萬里機構

hog^{6} hou^{2}

學好

廣東話

guong^{2} dung^{1} wa^{2}

天書

tin^{1} xu^{1}

一本天書解決學習廣東話的疑難

孔碧儀 著

序

一直很想寫一本書，給學習粵語的人全方位資料，為學習者講解竅門，也希望把我多年的教學經驗分享給其他粵語的老師，成為粵語教學的必讀天書。

這本書會全面講解粵語的特色，包括語音、詞彙、語法等各方面，除了口語，還有書寫粵語。

第一部分講解語音系統，詳細跟普通話的聲母、韻母、聲調等方面進行比較，說明發音對應關係，幫助學習者快速掌握，又針對學習者的弱點，提供近似發音的對比練習。本部分也會介紹粵語多個常用拼音方案的特色和合適應用對象，還有網上如何搜尋漢字發音。

第二部分是分類介紹常用詞彙和語法，並提供豐富實用的例子。另外針對學習者常會遇到的困難，對一些意思相近或跟普通話使用習慣不同而經常造成混淆的說法，以比對方式詳細說明，糾正學習者常犯錯誤。

第三部分介紹書寫粵語的特色，包括粵方言字的意思和用法，對閱讀網上資料大有幫助。另外還有按粵語發音排序的常用漢字發音表。

過往編寫的粵語教材，因應課程內容，詞彙、語法的介紹都會分散，難以全面說明清楚一些有多種用法，而且跟普通話不完全對應的詞彙，例如「得」、「過」、「咗」、「咪」等，也少有完整的特色詞彙表。一般研究粵語的書又因為讀者對象是對粵語已有相當認識的人，講解方式較學術性，不適合初學粵語者的需要。這本書正好填補了粵語教材的空缺，提供豐富的資料，對研究粵語和普通話的人士也有幫助，對學習粵語的人士，絕對是最強支援參考書。

目錄

第三部分

書寫粵語

第一部分

粵語的語音結構和特點

1 關於粵語

粵語俗稱廣東話、廣州話、廣府話、白話，是漢語七大方言之一，通行於廣東、廣西、香港和澳門地區，並隨着海外華僑傳播到五大洲，全世界約超過一億人使用粵語。

粵語有近三千年歷史，是除普通話外，唯一擁有完整記錄文字發音系統的漢語。

用粵語朗誦唐詩宋詞比普通話優勝，因為粵語保留着漢唐時期中原的語言、文化。

粵語的聲母和韻母可以與中古音對應，追溯來源，清楚看出發音的演變，極具規律。

粵語也完全保留了中古的平上去入四類聲調，而普通話已沒有了入聲。

學習粵語還會幫助書寫中文。普通話有些近義同音字，在粵語裏就可以清楚區分，例如：「的 dig^1、得 deg^1、地 $déi^6$」;「做 zou^6、作 zog^6」;「叫 giu^3、教 gao^3」;「一 yed^1、乙 yud^6」。

2 粵語的語音結構

粵語每個音節由三個部分組成：

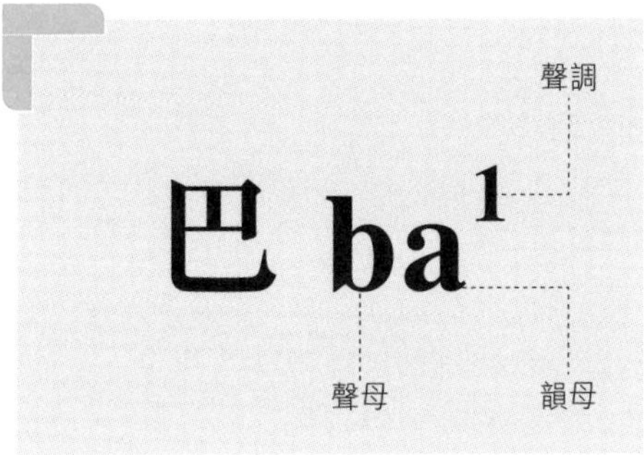

❶ **聲母** 指字音開始的部分，共 19 個。

❷ **韻母** 指收音的部分，共 53 個。

❸ **聲調** 指音高的升降變化，共 6 種。

普通話有 21 個聲母、39 個韻母和 4 種聲調，一共有 400 多個基本音節，加上聲調變化，約共 1490 個音節。粵語音節總數約共 1813 個，比普通話多 323 個。

粵語和普通話的聲母發音方法基本相同。

3.1 聲母表

1301. mp3

	聲母	例	IPA, 注音符號
1.	b	ba 巴	b ㄅ
2.	p	pa 趴	p ㄆ
3.	m	ma 媽	m ㄇ
4.	f	fa 花	f ㄈ
5.	d	da 打	d ㄉ
6.	t	ta 他	t ㄊ
7.	g	ga 加 gao 搞	g ㄍ
8.	gu	gu 姑 gua 瓜	gw ㄍㄨ
9.	k	ka 卡	k ㄎ
10.	ku	ku 箍 kua 誇	kw ㄎㄨ
11.	h	ha 哈	h ㄏ
12.	n	na 那	n ㄋ
13.	l	la 啦	l ㄌ
14.	z / j	za 渣 zan 贊 ji 支 ju 朱	dz ㄗ
15.	c / q	ca 叉 cai 猜 qi 痴 qu 柱	ca ㄘ
16.	s / x	sa 沙 san 散 xi 思 xu 書	s ㄙ
17.	y	yi 衣 ya 也 yung 用 ying 英	j 一
18.	w	wu 烏 wa 娃 wun 碗	w ㄨ
19.	ng	nga 牙 ngei 危 ngo 我	ŋ , si**ng**er

3.2 聲母的特色講解

g

粵語的 g 聲母可拼上 iu，o，oi，on，ong，ün 等韻母，例如：

giu 叫、go 個、goi 該、gon 干、gong 江、gün 捐

粵語 g 聲母大部分對應普通話 j 聲母，例如：

普通話	粵語	
jia	ga	加家嘉假價嫁架駕

只有小部分 g 聲母是對應的，例如：

普通話	粵語	
gu	gu	姑孤菇古般鼓固故僱顧

學習者會類推普通話 j 聲母的字變成粵語 g 聲母，原來這是不對的，因為普通話 j 聲母主要對應粵語 j、g、z 聲母。例如：

普通話	粵語	
	jing	晶睛精淨靜
jing	ging	京經驚景警境竟徑敬勁
	zéng	井

ii k

粵語的 k 聲母可拼上 iu，oi，ong，ün，üd 等韻母，例如：

kiu 橋、koi 概、kong 抗、kün 權

粵語 k 聲母主要對應普通話 q 聲母，例如：

普通話	粵語	
qiao	kiu	喬僑橋

只有小部分 k 聲母是對應的，例如：

普通話	粵語	
kao	kao	靠

如果學習者類推普通話 q 聲母的字變成粵語 k 聲母，那就不對了。因為普通話 q 聲母主要對應粵語 c—q，k，h 聲母。例如：

普通話	粵語	
	qun	全泉
quan	kün	拳權顴
	hün	犬圈勸

（更多例子，請看附錄詞彙表，下載連結見書封摺頁）

1-3.2-1.pdf

iii gu ku

gu 、ku 跟普通話發音一樣。

粵語把 g ＋ u 和 k ＋ u 當作聲母是為了減少韻母的數量。如果粵語把含介音 u 的發音算進韻母表，ua，uai，uan，uang，uad，uag，uei，un，ueng，ued，uing，uig，uo，uong 和 uog，就會增加 15 個，總數變成 68 個。

gu，ku 在 o 韻前，圓唇化往往被省去，屬一種懶音，讀錯一般不影響理解意思。例子：

過 guo^3 讀成「個 go^3」

國 guog^3 讀成「各 gog^3」，「各國」就似同音字

光 guong^1 讀成「剛 gong^1」

廣 guong^2 讀成「港 gong^2」

擴 kuog^3 讀成「確 kog^3」

礦 kuong^3 讀成「抗 kong^3」

iv h

粵語聲母 h 是喉音，像呵氣的樣子，而普通話是舌根，出氣的縫隙較窄。例如：ha 哈、hai 孩

粵語的 h 聲母可拼上 iu，o，oi，on，ong，ün，üd 等韻母，例如：

hiu 曉、ho 河、hoi 海、hon 漢、hong 康、hün 圈、hüd 血

v n l

香港人常把聲母 n 變成 l，不會影響實際溝通。

	例子
你 nei^{5} 讀成「李 lei^{5}」	léi^{5} xin^{1} sang^{1} 你先生、李先生
娘 nêng^{4} 讀成「涼 lêng^{4}」	lêng^{4} cen^{1} 娘親、涼親
女 nêu^{5} 讀成「屢 lêu^{5}」	lêu^{5} qi^{3} 女廁、屢次
寧 ning^{4} 讀成「零 ling^{4}」	ling^{4} ha^{6} 寧夏、零下
腦 nou^{5} 讀成「老 lou^{5}」	lou^{5} sei^{3} 腦細、老細
膿 nung^{4} 讀成「龍 lung^{4}」	lung^{4} zung^{2} 膿腫、龍種

這情況還影響到英譯詞如：

冧巴 lem^{1} ba^{2} **number**、拍乸 pad^{1} la^{4} **partner**、桑拿 son^{1} la^{2} **sauna**、士巴拿 xi^{6} ba^{1} la^{2} **spanner**、麥當勞 meg^{6} dong^{1} lou^{4} **McDonald's**

香港人偶然把聲母 l 變成 n，主要是為了好玩：

lég 叻　néi^{5} hou^{2} lég^{1} 你好叻　你真棒

néi^{5} hou^{2} nég^{1} nég^{1} 你好叻叻（模仿孩子説話不清楚，感覺很可愛）

néi^{5} ji^{6} géi^{2} nem^{2} ha^{5} leg^{3} 你自己諗吓嘞　你自己想一想吧

néi^{5} ji^{6} géi^{2} nem^{2} ha^{5} neg^{3} 你自己諗吓嘞（感覺很好玩）

vi 聲母 z c s

粵語聲母 z—j，c—q，s—x 發音沒區分，只因為要近似漢語拼音：

聲母 z、c、s 配韻母 i 就變成 ji、qi、xi

聲母 z、c、s 配 ü 時就變成 ju、qu、xu

聲母 z、c、s 是舌葉音，接近普通話的 j、q、x

粵語沒有普通話的 zi、ci、si、zhi、chi、shi、zu、cu、su、zhu、chu、shu

聲母 c 的送氣音比普通話強。

粵語沒有蹺舌音 zh、ch、sh

香港地名如長洲 Cheung Chau 標準讀音是 $Cêng^{4}$ Zeo^{1}，還有上水 Sheung Shui 是 $Sêng^{6}$ $Sêu^{2}$。

不過配韻母 êng、êg、êu、ên 和 êd，也有人把聲母 z、c、s 說得像 zh、ch、sh，不會感覺奇怪。

詞例：

一張相 yed^{1} $zêng^{1}$ $sêng^{2}$ / yed^{1} $zhêng^{1}$ $shêng^{2}$

（更多例子，請看附錄詞彙表） 1-3.2-2.pdf

普通話的 **zhi** 和 **zi**，粵語大都變成 **ji** 或 **jig**：

普 zi → 粵 ji	資姿滋子紫自字
普 zhi → 粵 ji	之芝知蜘支吱枝肢脂只止址旨指紙至致志誌痣置智摯治稚
普 zhi → 粵 jig	織職直值

普通話的 **chi** 和 **ci**，粵語大都變成 **qi**：

普 ci → 粵 qi	雌此次刺賜詞辭瓷磁慈
普 chi → 粵 qi	痴持池弛馳遲齒恥翅

普通話的 **shi** 和 **si**，粵語大都變成 **xi** 或 **xig**：

普 si → 粵 xi	司思私絲斯撕肆
普 shi → 粵 xi	屍師施獅詩史使屎試嗜市士仕示氏是事視
普 shi → 粵 xig	識食蝕飾式適釋

詞例：

ji1 qi4	ji6 xi1	xi1 ji2	ji2 qi2 yed1 qi3
支持	自私	獅子	只此一次

所以有些詞語在普通話裏不同音，粵語就變成同音。例子：

ji6 léi5	yu4 qi3	xi1 yen4
治理、自理	魚翅、魚刺	詩人、私人

普通話的 ji、qi、xi、ju、qu、xu 在粵語裏是完全不同的音：

普 ji → 粵 zab 集、zei 際、jig 積、géi 幾、gei 計、geb 急、ged 吉、guei 季、gig 極、keb 級

普 ju → 粵 zêu 聚、gêu 具、gug 菊、gued 橘、kêu 拒

普 qi → 粵 cei 齊、ced 七、qig 戚、kéi 奇、héi 起、hed 乞

普 qu → 粵 cêu 趨、hêu 去、kêu 區、kug 曲、wed 屈

普 xi → 粵 sei 細、xig 息、hei 係、héi 喜、jig 席、keb 吸

普 xu → 粵 sêu 需、sêd 恤、cug 畜、hêu 許、yug 旭、zug 續

vii 聲母 w

聲母 w 用法就像漢語拼音。

加在長 u 韻母前面，作為零聲母，例：wu 污、wui 回、wun 碗；加在韻母 a、o 前面，就如漢語拼音的 ua、uai、uan、uei、uo，例：娃 wa、歪 wai、彎 wan、威 wei、渦 wo。

viii 聲母 y

聲母 y 用法也像漢語拼音。

加在長 i 和 ü 韻母前面，作為零聲母，例：yi 衣、yin 燕、ying 英、yu 魚、yun 元；加在韻母 a、é、o 前面，就如漢語拼音的 ia、ie、iong，例：也 ya、耶 yé、用 yong。

ix ng

練習 nga 牙，先發鼻音 n，然後發 a，兩個音快速轉換而成一個音節。

試連讀「中外 zung^1 ngoi^6」一詞，較容易感覺 ng 的位置。

零聲母和 ng 聲母

零聲母出現在高音調：高平、高上、高去。只有例外的 ngam^1 啱、ngeo^1 勾。

ng 聲母出現在低音調：低平、低上、低去。

例：

a^1 丫	a^2 啞	a^3 亞	nga^4 牙	nga^5 雅	nga^6 訝
o^1 柯	o^2 婀	o^3 哦	ngo^4 鵝	ngo^5 我	ngo^6 餓

香港人把零聲母和 ng 聲母相混，完全不影響理解。

有人把高聲調加上 ng 聲母：

歐 eo^1 — ngeo^1　　矮 ei^2 — ngei^2　　暗 em^3— ngem^3

愛 oi^3 — ngoi^3　　惡 og^3 — ngog^3　　安 on^1— ngon^1

屋 ug^1— ngug^1

也有人省去低聲調中的 ng 聲母：

艾 ngai^6— ai^6　　咬 ngao^5 — ao^5　　牛 ngeo^4 — eo^4

我 ngo^5— o^5　　岸 ngon^6— on^6　　昂 ngong^4— ong^4

對比 n 和 ng 聲母

n 聲母的發音方法跟普通話一樣。

ng 聲母是先發鼻音 n，然後加韻母，兩個音快速轉換而成一個音節。

1302. mp3

nam^4 南	$ngam^4$ 岩
nan^4 難	$ngan^4$ 顏
nao^6 鬧	$ngao^5$ 咬
nei^4 泥	$ngei^4$ 危
neo^2 扭	$ngeo^5$ 偶
no^6 糯	ngo^6 餓
noi^6 內	$ngoi^6$ 外
$nong^4$ 囊	$ngong^4$ 昂
nog^6 諾	$ngog^6$ 岳
nou^6 怒	$ngou^6$ 傲

3.3 聲母的音變

粵語的聲母的音變，會隨語調、語速發生。例子：

i 同化，受前一個音節的收尾

琴日 kem^4 **yed^6** 昨日 → kem^4 **med^6**

好呃 hou^2 **ag^3** 好的 → hou^2 **wag^3**

ii 合音，h 聲母會跟前面否定的 m 合成一個音

唔好做 m^4 hou^2 zou^6 不要做 → 冇做 mou^2 zou^6

係唔係 hei^6 **m^4 hei^6** 是不是 → 係咪 hei^6 **mei^6**

iii 快速連讀變成一個音

二十四 **yi^6 seb^6** séi^3 → 廿四 **ya^6** séi^3

冚唪唥 hem^6 **bang^6 lang^6** 全部 → hem^6 **blang^6**

iv 為象聲詞增加戲劇性，出現複輔音

leo^4	hüd^3	leo^4	dou^3	**ba^4**	**ba^2**	séng^1
流	血	流	到	**巴**	**巴**	聲
leo^4	hüd^3	leo^4	dou^3	**bla^4**	**bla^2**	séng^1
流	血	流	到	**bla**	**bla**	聲

血流如注

go^{3}	sei^{2}	yi^{1}	géi^{1}	mo^{1}	da^{2}	**gueng^{4}**	**gueng^{2}**	séng^{1}
個	洗	衣	機	摩	打	**轟**	**轟**	聲
go^{3}	sei^{2}	yi^{1}	géi^{1}	mo^{1}	da^{2}	**greg^{6}**	**greg^{2}**	séng^{1}
個	洗	衣	機	摩	打	**grug**	**grug**	聲

洗衣機發動機發出噪音

da^{2}	ma^{4}	zêg^{3}	**pig^{1}**	**lig^{1}**	**pag^{1}**	**lag^{1}**
打	麻	雀	**霹**	**靂**	**啪**	**嘞**
da^{2}	ma^{4}	zêg^{3}	**plig^{1}**	**plag^{6}**		
打	麻	雀	**plick**	**plag**		

打麻將發出噪音

kig^{1}	**lig^{1}**	**kag^{1}**	**lag^{1}**	gei^{3}	mai^{4}	yiu^{3}	seb^{6}	man^{6}	men^{1}
虢	**礫**	**嚹**	**嘞**	計	埋	要	十	萬	蚊
klig^{1}	**klag^{1}**	gei^{3}	mai^{4}	yiu^{3}	seb^{6}	man^{6}	men^{1}		
klick	**klark**	計	埋	要	十	萬	蚊		

林林總總算起來一共要十萬元

3.4 粵語和普通話的聲母對應關係

（更多例子，請看附錄詞彙表）

1-3.4.pdf

4.1 韻母表

元音	複元音		鼻韻尾			塞韻尾		
a	ai	ao	am	an	ang	ab	ad	ag
	ei	eo	em	en	eng	eb	ed	eg
é	éi				éng			ég
ê	êu			ên	êng		êd	êg
o	oi	ou		on	ong		od	og
i		iu	im	in	ing	ib	id	ig
u	ui			un	ung		ud	ug
ü				ün			üd	
			m		ng			

粵語的韻母，基本有七個元音，元音細分長短，再配八種韻尾，共 51 個組合。另外聲母 m 和 ng 可以自成音節，於是一般認為粵語有 53 個韻母。

以下，我們按韻母元音排序，逐一介紹。

表格內，右面是幫助了解發音的方法，包括 IPA 國際音標，台灣的注音符號，和提示近似普通話或英語的字。

1401. mp3

	a	例	IPA，注音符號，提示
1.	a	a 阿、ba 爸	a，ㄚ far 阿
2.	ai	ai 埃、dai 大	ai，ㄞ aisle 挨
3.	ao	ao 拗、gao 交	au ㄠ how 凹
4.	am	ngam 啱、sam 三	am ㄚㄇ arm
5.	an	an 晏、san 山	an ㄢ aunt 安
6.	ang	ang 罌、sang 生	aŋ ㄤ 骯
7.	ab	ngab 鴨、dab 答	ap，harp（p 靜音）
8.	ad	ad 押、dad 達	at，art（t 靜音）
9.	ag	ag 厄、cag 拆	ak，bark（k 靜音）
	e	例	IPA，注音符號，提示
10.	ei	ei 矮、dei 第	ɐi，site（t 靜音）
11.	eo	eo 歐、ceo 抽	ɐu，out（t 靜音）
12.	em	em 暗、sem 心	ɐm，umbrella，sum
13.	en	en 奀、sen 新	ɐn，under，sun 恩
14.	eng	eng 鶯、deng 等	ɐŋ，dung
15.	eb	eb 噏、seb 十	ɐp，up（p 靜音）
16.	ed	bed 拔	ɐt，bud
17.	eg	eg 握、beg 北	ɐk，bug
	短 é	例	IPA，注音符號，提示
18.	éi	féi 非	ei ㄟ 非
	長 é	例	IPA，注音符號，提示
19.	é	sé 寫	ɛ，yes

20.	éng	léng 靚	ɛŋ，length
21.	ég	tég 踢	ɛk，echo
	長 ê	例	IPA，注音符號，提示
22.	ê	hê 靴	œ，urgent
23.	êng	hêng 香	œŋ，learning
24.	êg	gêg 腳	œk，turk（k 靜音）
	短 ê	例	IPA，注音符號，提示
25.	êu	hêu 去	œy 對
26.	ên	dên 敦	œn 敦
27.	êd	lêd 律	œt
	長 i	例	IPA，注音符號，提示
28.	i	yi 衣、xi 試	i 一 bee 衣
29.	iu	yiu 要、xiu 笑	iu 一ㄩ「ee」＋「oo」
30.	im	yim 炎、dim 點	im 一ㄇ seem
31.	in	yin 燕、xin 先	in 一ㄣ seen
32.	ib	yib 頁、tib 貼	ip，deep（p 靜音）
33.	id	yid 熱、bid 必	it，seed
	短 i	例	IPA，注音符號，提示
34.	ing	ding 丁	iŋ，ding
35.	ig	dig 的	ik，dig
	長 o	例	IPA，注音符號，提示
36.	o	o 柯、do 多	ɔ，order 哦

37.	oi	oi 哀、goi 該	ɔi，boy
38.	on	on 安、gon 乾	ɔn，on
39.	ong	fong 放	ɔŋ，song
40.	od	hod 渴	ɔt，odd
41.	og	og 惡、log 落	ɔk，log
	短 o	例	IPA，注音符號，提示
42.	ou	ou 奧、dou 都	ou ㄡ歐
	長 u	例	IPA，注音符號，提示
43.	u	wu 污、fu 夫	u ㄨ 五
44.	ui	wui 回、bui 杯	ui，「oo」＋「ee」
45.	un	wun 碗、mun 悶	un，moon
46.	ud	wud 活、fud 闊	ut，food
	短 u	例	IPA，注音符號，提示
47.	ung	ung 甕、dung 東	uŋ ㄨㄥ
48.	ug	ug 屋、lug 六	uk，hook（k 靜音）
	ü	例	IPA，注音符號，提示
49.	ü	yu 雨、ju 朱	y ㄩ魚
50.	ün	yun 元、qun 全、nün 暖	yn ㄩㄣ雲
51.	üd	yud 月、xud 雪、tüd 脱	yt，chute（French）
		鼻音	
52.	m	m 唔	m
53.	ng	ng 吳	ŋ，singer

4.2 韻母的特色講解

i m 和 ng 可自成音節

m 是雙唇鼻音，合口同時以鼻子發 n 音。

ng 是舌根鼻音，微開口用鼻發 n 音，發音部位與 g 相同。

m	m 唔
ng	ng 午五伍吳吾悟誤

ii e é ê 的發音比較

1402. mp3

sei^{3} 細	seo^{3} 瘦	sem^{1} 心	seb^{1} 濕	sen^{1} 申	sed^{1} 失	seng^{1} 笙	seg^{1} 塞
séi^{3} 四							
sé^{1} 些						séng^{1} 腥	ség^{3} 錫
sê^{4} sir						sêng^{1} 商	sêg^{3} 削
	sêu^{3} 歲			sên^{1} 詢	sêd^{1} 摔		

（更多例子，請看附錄詞彙表）

1-4.2.pdf

iii 韻母音變，會隨語調、語速發生

同化

	音變例子
把 ba^{2}	**bang^{2}** ngag^{1} 把 握
牙 nga^{4}	xiu^{3} dou^{3} gin^{3} **ngam^{4}** m^{4} gin^{3} ngan^{5} 笑 到 見 牙 唔 見 眼

音節縮短，省去尾音

「十」的變音	三十三	**sam^{1} seb^{6}** sam^{1}	**sa^{1}-a^{6}** sam^{1}
	八十三	**bad^{3} seb^{6}** sam^{1}	**ba^{3}-a^{6}** sam^{1}

4.3 粵語的近似韻母對比

1403. mp3

an	am	ab
can^{1} 餐	cam^{1} 參	cab^{3} 插
dan^{1} 丹	dam^{1} 擔	dab^{3} 答
han^{4} 閒	ham^{4} 咸	hab^{3} 呷
san^{1} 山	sam^{1} 三	sab^{3} 霎
zan^{6} 賺	zam^{6} 站	zab^{6} 集
gam^{1} fan^{2} 監犯		

（更多例子，請看附錄詞彙表）　1-4.3.pdf

4.4 容易混淆韻母

1404. mp3

普通話韻母 ao 變成粵語韻母 ou、普通話韻母 ou 變成粵語韻母 eo

普 ao 粵 ou 到澳

普 ou 粵 eo 由歐

yeo^{4} eo^{1} zeo^{1} dou^{3} ou^{3} zeo^{1}

由 歐 洲 到 澳 洲

普 ao 粵 ou 好

普 ou 粵 eo 後

heo^{6} yed^{6} hei^{6} hou^{2} yed^{2}

後 日 係 好 日 後天是好日子

普 ao 粵 ao 搞

普 ao 粵 ou 到逃

普 ou 粵 eo 走

gao^{2} dou^{3} tou^{4} zeo^{2}

搞 到 逃 走

普 ou 粵 eo 逗

普 ao 粵 ou 號

deo^{6} hou^{6}

逗 號

普 ao 粵 ou 曹操到

yed^{1} gong^{2} Cou^{4} Cou^{1} Cou^{4} Cou^{1} zeo^{6} dou^{3}

一 講 曹 操 ， 曹 操 就 到

說曹操，曹操到

普 ao　粵 ao　貓
普 ao　粵 ou　毛
普 ou　粵 eo　謀

mao[1] mou[4]　　med[6] meo[4]
貓　毛　　密　謀

普通話韻母 an 變成粵語韻母 an，un、普通話韻母 en 變成粵語韻母 en，un

1404. mp3

普 an　粵 an　班
普 an　粵 un　般半
普 en　粵 en　人
普 en　粵 un　本

yed[1] bun[1] yeo[5] bun[3] ban[1] hei[6] Yed[6] Bun[2] yen[4]
一　般　有　半　班　係　日　本　人

一般有半個班是日本人

普 an　粵 an　慣
普 an　粵 un　冠

lo[2] guan[3] gun[3] guen[1]
攞　慣　冠　軍　　經常拿冠軍

普 an　粵 an　慢
普 an　粵 un　滿

man[6] man[2] co[5] mun[5] hag[3] yen[4]
慢　慢　坐　滿　客　人

iii 普通話韻母 ei 變成粵語韻母 ui，ei

1404. mp3

普 ei　粵 ui　玫
普 ei　粵 ei　瑰

mui^4	guei^3	fa^1
玫	瑰	花

普 ei　粵 ui　每
粵 ei　粵 éi　美

mui^5	go^3	méi^5	guog^3	yen^1
每	個	美	國	人

普 ei　粵 ui　杯
普 ei　粵 éi　碑

mou^5	bui^1	mou^6	béi^3
冇	杯	墓	碑

m^4	goi^1	ngo^5	yiu^3	yed^1	go^3	bui^1
唔	該	我	要	一	個	杯
m^4	goi^1	ngo^5	yiu^3	yed^1	go^3	béi^1
唔	該	我	要	一	個	碑

iv 普通話韻母收尾 n 變成粵語韻母收尾 m 和 n

1404. mp3

普通話	~n	~m
dan	dan[1] sem[1] 丹心	dam[1] sem[1] 擔心
lan	lan[6] cé[1] 爛車	lam[6] cé[1] 纜車
shan	san[1] léng[5] 山嶺	sam[1] léng[5] 衫領
dian	din[6] sem[1] 電芯	dim[2] sem[1] 點心
lian	lai[1] lin[2] 拉鏈	lai[1] lim[2] 拉簾
qian	qin[4] sêu[2] 淺水	qim[4] sêu[2] 潛水
jin	gen[6] yed[6] 近日	gem[1] yed[6] 今日
tian	hou[2] tin[1] 好天	hou[2] tim[4] 好甜
yin	yun[4] yen[1] 原因	yun[4] yem[1] 元音

4.5 粵語和普通話韻母對應關係

（更多例子，請看附錄詞彙表）

1-4.5.pdf

5 聲調

粵語有九聲六調，即高平、高上、高去、低平、低上、低去、高入、中入、低入，完全保留了中古的聲調，分平上去入四類，而普通話已沒有了入聲。由於音域寬廣，用粵語說話時鏗鏘有聲，就像唱歌。

5.1 聲調講解

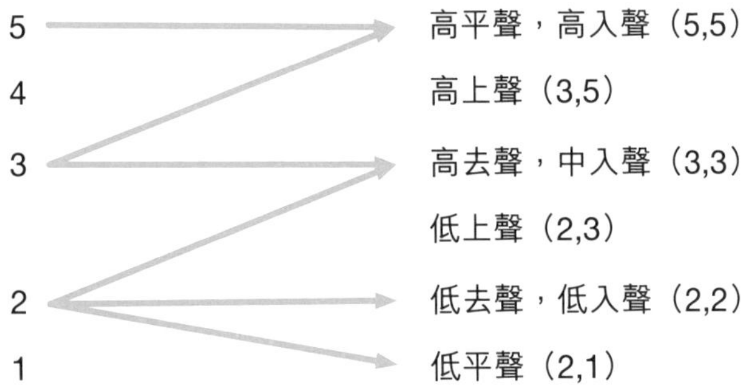

第一聲　高平（5,5）

1501. mp3

調值與普通話的第一聲相同。

dung1 gua1 冬瓜　gen1 zung1 跟蹤　yi1 seng1 醫生

hi1 hi1 ha1 ha1 嘻嘻哈哈　lo1 lo1 so1 so1 囉囉嗦嗦

gem1 man1 tung1 xiu1 wen1 xu1
今晚通宵溫書。　今晚通宵複習。

ting1 jiu1 yed1 tin1 guong1 jig1 hag1 fan1 gung1
聽朝一天光即刻返工。
明天早上天一亮就立刻上班。

ii 第二聲　高上（3,5）

調值與普通話第二聲相同。

xiu^{2} zé^{2} 小姐	géi^{2} dim^{2} 幾點	hou^{2} wan^{2} 好玩
hoi^{2} gong^{2} 海港	cêng^{2} fen^{2} 腸粉	yem^{2} sêu^{2} 飲水

Tei^{2} xiu^{2} ceo^{2} biu^{2} yin^{2}
睇 小 丑 表 演 。
看小丑表演。

對比第一聲高平 ＋ 第二聲高上

ba^{1} xi^{2} 巴士	ha^{1} gao^{2} 蝦餃	xi^{1} fu^{2} 師傅
gan^{2} dan^{1} 簡單	xiu^{2} sem^{1} 小心	deng^{2} cé^{1} 等車

iii 第三聲　高去（3,3）

調值接近普通話跟在第一聲後的輕聲，例如真的裏的「的」。

bao^{3} za^{3} 爆炸	gu^{3} yi^{3} 故意	fung^{3} qi^{3} 諷刺
bin^{3} tai^{3} 變態	po^{3} gai^{3} 破戒	bou^{3} gou^{3} 報告

Fong^{3} Xing^{3} dan^{3} jid^{3} ga^{3}
放 聖 誕 節 假 ，

yiu^{3} fen^{3} gao^{3} fen^{3} dou^{3} geo^{3}
要 瞓 覺 瞓 到 夠 。
耶誕節放假時要睡個飽。

對比第一聲高平 ＋ 第三聲高去

bed^{1} guo^{3} 不過　deng^{1} géi^{3} 登記　guan^{1} ju^{3} 關注

ga^{3} fé^{1} 咖啡　fad^{3} xiu^{1} 發燒　fo^{3} cong^{1} 貨倉

對比第二聲高上 ＋ 第三聲高去

seo^{2} tou^{3} 手套　gao^{2} co^{3} 搞錯　yin^{2} cêng^{3} wui^{2} 演唱會

fei^{3} wa^{2} 廢話　jun^{3} zo^{2} 轉左　coi^{3} pai^{2} 菜牌

iv 第四聲　低平（2,1）

1501. mp3

調值最低，發音時感到喉嚨底部微微震動，接近普通話第一、二、四聲前的第三聲，例如：「倚靠 」的「倚」或「粉紅」的「粉」。

ma^{4} fan^{4} 麻煩　ping^{4} xi^{4} 平時　wai^{4} yi^{4} 懷疑

mou^{4} liu^{4} 無聊　pou^{4} tou^{4} nga^{4} 葡萄牙

Ma^{4} ma^{4} xi^{4} xi^{4} ngem^{4}ngem^{4} cem^{4} cem^{4}
嫲 嫲 時 時 吟 吟 噚 噚 。

奶奶常常嘮嘮叨叨。

對比第一聲高平 ＋ 第四聲低平

ga^{1} ting^{4} 家庭　xun^{1} qun^{4} 宣傳　tin^{1} coi^{4} 天才

mo^{4} gu^{1} 蘑菇　so^{4} gua^{1} 傻瓜　ceng^{4} ging^{1} 曾經

dé^{1} di^{4} ma^{1} mi^{4} 爹哋媽咪　ji^{1} ma^{4} hoi^{1} mun^{4} 芝蔴開門

對比第二聲高上 ＋ 第四聲低平

wui^{2} yun^{4} 會員	géi^{2} xi^{4} 幾時	gem^{2} qing^{4} 感情
ting^{4} ji^{2} 停止	pai^{4} dêu^{2} 排隊	qu^{4} fong^{2} 廚房

對比第三聲高去 ＋ 第四聲低平

bog^{3} teo^{4} 膊頭	xun^{3} teo^{4} 蒜頭	Guei^{3} Lem^{4} 桂林
xing^{4} yi^{3} 誠意	cêng^{4} sei^{3} 詳細	yin^{4} geo^{3} 研究

V 第五聲　低上（2,3）

1501. mp3

調值似普通話第三聲，例如：「以」或「買」。

wing^{5} yun^{5} 永遠　　ma^{5} ngei^{5} 螞蟻　　miu^{5} tiu^{5} 窈窕

Néi^{5} yeo^{5} mou^{5} sêng^{5} mong^{5} mai^{5} yé^{5}

你 有 冇 上 網 買 嘢 ？

你有沒有上網買東西 ？

對比第一聲高平 ＋ 第五聲低上

gem^{1} man^{5} 今晚	fu^{1} fu^{5} 夫婦	wu^{1} yim^{5} 污染
xi^{5} kêu^{1} 市區	yé^{5} sang^{1} 野生	sêng^{5} cé^{1} 上車

對比第二聲高上 ＋ 第五聲低上

ho^{2} yi^{5} 可以	gu^{2} xi^{5} 股市	hon^{2} yeo^{5} 罕有
mei^{5} fen^{2} 米粉	lou^{5} ban^{2} 老闆	léi^{5} gai^{2} 理解

對比第三聲高上 ＋ 第五聲低上

guog3 sêu5 國粹	sung3 lei5 送禮	sei3 yu5 細雨
tou5 tung3 肚痛	sêng5 dong3 上當	nêu5 xing3 女性

對比第四聲低平 ＋ 第五聲低上

peng4 yeo5 朋友	wei4 yeo5 唯有	weng4 wei5 宏偉
yi5 qin4 以前	lêu5 heng4 旅行	yu5 yin4 語言

vi 第六聲　低去（2,2）

1501. mp3

調值接近普通話第四聲後面的輕聲，例如：「去吧」的「吧」或「是的」的「的」。

ji6 dung6 自動	yu6 béi6 預備	mug6 lug6 目錄
ming6 wen6 命運	hong6 mug6 項目	zou6 xin6 xi6 做善事

Seb6 yi6 yud6 yi6 seb6 lug6 hou6
十 二 月 二 十 六 號

Xi6 sed6 sêng6 , yud6 yé6 yud6 jig6 mog6
事 實 上 ， 愈 夜 愈 寂 寞 。

事實上，夜愈深愈覺得寂寞。

對比第一聲高平 ＋ 第六聲低去

do1 zé6 多謝	gem1 yed6 今日	cé1 zam6 車站
dai6 ga1 大家	gin6 hong1 健康	wei6 seng1 衛生

對比第三聲高去 ＋ 第六聲低去

fai^{3} log^{6} 快樂	yi^{3} yi^{6} 意義	zung^{3} dug^{6} 中毒
wu^{6} jiu^{3} 護照	zab^{6} guan^{3} 習慣	yu^{6} xun^{3} 預算

對比第四聲低平 ＋ 第六聲低去

qun^{4} bou^{6} 全部	ping^{4} jing^{6} 平靜	kéi^{4} xi^{6} 歧視
bog^{6} ho^{4} 薄荷	zam^{6} xi^{4} 暫時	deg^{6} xu^{4} 特殊

對比第五聲低上 ＋ 第六聲低去

néi^{5} déi^{6} 你哋	mai^{5} mai^{6} 買賣	tou^{5} ngo^{6} 肚餓
lug^{6} pui^{5} 六倍	fu^{6} yu^{5} 腐乳	yé^{6} man^{5} 夜晚

vii 入聲

傳統説粵語有九聲，除以上六個聲調，另外有三個入聲，比較短促，音高與第一、三、六聲相配，韻尾用輔音 bdg，香港常用字表把入聲稱作第七、八、九聲。例：

高平聲（5,5）	登 deng^{1}	高入聲（5）	得 deg^{1}
高去聲（3,3）	探 tam^{3}	中入聲（3）	塔 tab^{3}
低去聲（2,2）	但 dan^{6}	低入聲（2）	達 dad^{6}

入聲不會有第四聲低平和第五聲低上，但在變調情況下可出現第二聲高上。例：

wu^{4} dib^{6} gib^{3}	wu^{4} dib^{2}	jid^{3} pag^{3}	keo^{4} pag^{2}
蝴 蝶 結	蝴 蝶	節 拍	球 拍

5.2 聲調練習

1502. mp3

1 高平	2 高上	3 高去	4 低平	5 低上	6 低去
ma¹ 媽	ma² 痲	ma³ 嗎	ma⁴ 麻	ma⁵ 馬	ma⁶ 罵
sé¹ 些	sé² 寫	sé³ 舍	sé⁴ 蛇	sé⁵ 社	sé⁶ 射
yi¹ 衣	yi² 椅	yi³ 意	yi⁴ 疑	yi⁵ 已	yi⁶ 異
co¹ 初	co² 楚	co³ 錯	co⁴ 鋤	co⁵ 坐	co⁶
fu¹ 夫	fu² 苦	fu³ 富	fu⁴ 扶	fu⁵ 婦	fu⁶ 父

用句子練習聲調

sen¹ tei² zong³ m⁴ wui⁵ béng⁶
身 體 壯 唔 會 病　身體壯就不會生病

sam¹ dim² bun³ lei⁴ ngo⁵ dou⁶
三 點 半 嚟 我 度　三點半到我這裏來

yed¹ wun² sei³ ngeo⁴ nam⁵ min⁶
一 碗 細 牛 腩 麵　一碗小的牛腩麵

fan¹ ké² guei³ m⁴ mai⁵ ju⁶
番 茄 貴 唔 買 住
西紅柿價錢貴，暫時不要買。

ging¹ guo³ yêg⁶ fong⁴ mai⁵ ji² gen¹
經 過 藥 房 買 紙 巾
途經藥房買紙巾

5.3 粵語和普通話的聲調對應關係

（更多例子，請看附錄詞彙表） 1-5.3.pdf

5.4 粵語的變調

粵語的變調似乎沒有規律，絕少因相連的音彼此產生影響，一般只屬約定俗成。

舉例一個「妹」字，字典音是「mui^{6}」，但是不同組合有不同讀法：

「妹大 mui^{6} fu^{1}」、「姊妹 ji^{2} mui^{2}」、「肥妹 féi^{4} mui^{1}」，重疊時讀「妹妹 mui^{4} mui^{2}」。

如果看到一家店名「妹記鐘錶」，或者一個人的綽號「犀利妹」，要讀哪個音？

習慣是讀「妹記鐘錶 mui^{1} géi^{3} zung^{1} biu^{1}」和「犀利妹 sei^{1} léi^{6} mui^{2}」。

有些詞語可以隨意讀成不同聲調，例如：

今年 gem^{1} nin^{4} 或 gem^{1} nin^{2}

舊時 geo^{6} xi^{4} 或 geo^{6} xi^{2}

兩姊妹 lêng^{5} ji^{2} mui^{6} 或 lêng^{5} ji^{2} mui^{2}

妹妹仔 mui^{4} mui^{2} zei^{2} 或 mui^{4} mui^{1} zei^{2}

變調可發生於各類詞性：

詞性	原調	變調例子
名詞	利 **léi**^{6} 行 **hong**^{4}	通利琴行 tung^{4} **léi**^{2} kem^{4} **hong**^{2}
形容詞	傻 **so**^{4}	傻傻哋 so^{4} **so**^{2} déi^{2}
動詞	撩 **liu**^{2}	撩牙 **liu**^{1} nga^{4}
副詞	硬 **ngang**^{6}	硬係 **ngang**^{2} hei^{6}
	願 **yun**^{6}	寧願 ning^{4} **yun**^{2}

也可發生於任何音節位置：

	原調例子	變調例子
單字	梨 **léi**^{4}	梨 **léi**^{2}
	袋 **doi**^{6}	袋 **doi**^{2}
兩字詞	雪梨 **léi**^{4}	梨樹 **léi**^{2} xu^{6}　啤梨 bé^{1} **léi**^{2}
	中環 zung^{1} **waan**^{4}	耳環 yi^{5} **waan**^{2}
三字詞	九龍城 geo^{2} **lung**^{4} xing^{4}	烏龍茶 wu^{1} **lung**^{2} ca^{4}
	鹿鼎記 **lug**^{6} ding^{2} géi^{3}	梅花鹿 mui^{4} fa^{1} **lug**^{4}
四字詞	yun^{4} zeb^{1} yun^{4} **méi**^{6} 原汁原味	dug^{6} gu^{1} yed^{1} **méi**^{2} 獨沽一味

根據調值變化，變調的情況可分成以下幾類：

詞語中高平調連讀時變成更高的調，稱作超平調

cên^{1} xiu^{1} yed^{1} hag^{1} jig^{6} qin^{1} gem^{1}

例：「春　宵　一　刻　值　千　金」

相比讀有聲調高低的詞語「立春 lab^{6} cên^{1}」、「元宵 yun^{4} xiu^{1}」、「千萬 qin^{1} man^{6}」、「金融 gem^{1} yung^{4}」，連讀的調略拉得高平。

詞語中的一個字，聲調變成高上調

	原調例子	變調例子
高去	元旦 yun4 **dan3**	花旦 fa1 **dan2**
中入	節拍 jid3 **pag3**	球拍 keo4 **pag2**
低平	樓上 **leo4** sêng6	上樓 sêng5 **leo2**
	金錢 gem1 **qin4**	還錢 wan4 **qin2**
低上	女性 **nêu5** xing3	乖女 guai1 **nêu2**
低去	地下室 déi6 **ha6** sed1	地下 déi6 **ha2**
低入	一月 yed1 **yud6**	賞月 sêng2 **yud2**

詞語中的一個字，聲調變成高平調

	原調例子	變調例子
高上	打電話 **da2** din6 wa2	一打 yed1 **da1**
高去	拜 **bai3**	拜拜 **bai1** bai3 再見
中入	雪花 **xud3** fa1	白雪雪 bag6 **xud1** **xud1**
	脫節 **tüd3** jid3	光脫脫 guong1 **tüd1** **tüd1** 赤裸
低平	零度 **ling4** dou6	孤零零 gu1 **ling1** **ling1**
	琉璃 leo4 **léi4**	玻璃 bo1 **léi1**
低上	冷靜 **lang5** jing6	冷衫 **lang1** sam1 毛衣
低去	大人 **dai6** yen4	的咁大個 did1 gem3 **dai1** go3

詞語中的一個字，聲調變成低平調

	原調例子	變調例子
高平	灣仔 **wan**^{1} zei^{2}	長沙灣 cêng^{4} sa^{1} **wan**^{4}
高上	小姐 xiu^{2} **zé**^{2}	大姐 dai^{6} **zé**^{4}

疊字會變成高低不同的聲調

粵語讀疊字時特別喜歡變成高低不同的聲調，除變成高平調或高上調，也會變成低平調，還可消失了原調。原調為高平、高上、高入調的不會發生這類變調。

	原調例子	變調例子
高去	冰凍 bing^{1} **dung**^{3}	凍凍哋 dung^{3} **dung**^{2} déi^{2}
	太子 **tai**^{3} ji^{2}	太太 tai^{3} **tai**^{2}
	瞓覺 fen^{3} **gao**^{3}	瞓覺覺 fen^{3} **gao**^{4} **gao**^{1}
中入	滑梯 **wad**^{6} tei^{1}	滑滑 **wad**^{2} wad^{6}
低平	麻煩 **ma**^{4} fan^{4}	麻麻哋 ma^{4} **ma**^{2} déi^{2}
	紅樸樸 **hung**^{4} bog^{1} bog^{1}	紅紅哋 hung^{4} **hung**^{2} déi^{2}
低上	溫暖 wen^{1} **nün**^{5}	暖暖哋 **nün**^{5} **nün**^{2} déi^{2}
低去	沉悶 cem^{4} **mun**^{6}	悶悶哋 **mun**^{6} **mun**^{2} déi^{2}
	兄弟 hing^{1} **dei**^{6}	弟弟 dei^{4} **dei**^{2}
低入	辣椒 **lad**^{6} jiu^{1}	熱辣辣 yid^{6} **lad**^{1} **lad**^{1} 辣辣哋 lad^{6} **lad**^{2} déi^{2}

根據語義變化，以下情況會發生變調：

區別詞性

原調例子	變調例子
天衣無縫 tin^{1} yi^{1} mou^{4} **fung**^{4}（動詞）	裁縫 coi^{4} **fung**^{2}（名詞）
犯罪 **fan**^{6} zêu^{6}（動詞）	罪犯 zêu^{6} **fan**^{2}（名詞）

區別詞義

原調例子	變調例子
平房 ping^{4} **fong**^{4} 房屋	睡房 sêu^{6} **fong**^{2} 房間
一個人 yed^{1} go^{3} **yen**^{4} 人數	一個人 yed^{1} go^{3} **yen**^{2} / yed^{1} go^{3} **yen**^{1} 孤單一個人

名詞變讀含微小、次要或輕視之意

	原調例子	變調例子
次要	正門 jing^{3} **mun**^{4}	後門 heo^{6} **mun**^{2}
微小	靚仔 **léng**^{3} zei^{2} 帥哥	靚仔 **léng**^{1} zei^{2} 小子
輕視	朋友 peng^{4} **yeo**^{5}	果條友 go^{2} tiu^{4} **yeo**^{2} 那個人

形容不同程度

	例子
大	gem^{3} **dai**^{6} go^{3} 咁 大 個 這麼大
	hei^{6} gem^{3} **dai**^{2} 係 咁 大 只是這麼大，不大
	did^{1} gem^{3} **dai**^{1} go^{3} 的 咁 大 個 想不到這麼小

	例子
長	tiu^{4} xing^{2} cêng^{2} **cêng**^{4} 條 繩 長 長 非常長
	tiu^{4} xing^{2} cêng^{4} **cêng**^{2} déi^{2} 條 繩 長 長 哋 頗長
	tiu^{4} xing^{2} deg^{1} gem^{3} **cêng**^{1} **cêng**^{1} 條 繩 得 咁 長 長 只有很短

讓稱謂更親切又易上口

原調	變調例子
陳 **cen**^{4}	老陳 lou^{5} **cen**^{2} 陳仔 **cen**^{2} zei^{2} 阿陳 a^{3} **cen**^{2}
李 **léi**^{5}	肥佬李 féi^{4} lou^{2} **léi**^{2}
二 **yi**^{6}	阿二 a^{3} **yi**^{2} 老二 lou^{5} **yi**^{2}
婆 **po**^{4}	婆婆 **po**^{4} **po**^{2} / **po**^{4} **po**^{1} 大婆 **dai**^{6} **po**^{2}
姐 **zé**^{2}	玲姐 ling^{1} **zé**^{1} 娟姐 gün^{1} **zé**^{4}
瑩 **ying**^{4}	瑩瑩 **ying**^{4} **ying**^{2}
芝 **ji**^{1}	芝芝 **ji**^{1} **ji**^{4}

表示外文音譯時，模仿原音

原調	變調例子
打 **da**^{2}	一打 yed^{1} **da**^{1} dozen
蘭 **lan**^{4}	荷蘭 ho^{4} lan^{1} Holland
輪 **lên**^{4}	窩輪 wo^{1} **lên**^{2} 認股權證 warrant
咪 **mei**^{5} 錶 **biu**^{2}	咪錶 **mei**^{1} **biu**^{1} metre
甫 **pou**^{2} 士 **xi**^{6}	甫士 **pou**^{1} **xi**^{2} pose
古 **gu**^{2} 力 **lig**^{6}	朱古力 ju^{1} **gu**^{1} **lig**^{1} chocolate

省略、整合音節，取代詞句中某些字

讀數字時省去夾在中間的「十」

例：四十三　séi^{3} seb^{6} sam^{1}　/　séi^{3}-a^{6} sam^{1}

略拉長動詞或形容詞，取代「咗 zo^{2}」字。例：

kêu^{5} hêu$^{3-2}$ bin^{1} dou^{6}
佢　去咗　邊　度？
他去了哪裏？

sêng$^{5-2}$ lêng^{5} tong^{4} zeo^{6}
上咗　兩　堂　就
zeo$^{2-1}$ la^{1}
走咗　啦　。
上了兩節課就離開了。

dung$^{3-2}$ hou^{2} do^{1}
凍咗　好　多
冷了很多

féi^{1} géi^{1} yi^{5} ging^{1}
飛　機　已　經
féi$^{1-3}$ la^{3}
飛咗　喇　。
飛機已經飛了。

疑問句省去語氣詞如「呀 a^{3}」、「咩 mé^{1}」，例：

xig^{6} zo^{2} fan^{6} méi^{6} a^{3}
食　咗　飯　未　呀？
xig$^{6-2}$ fan^{6} méi$^{6-2}$
食～飯　未　～？
吃飯了嗎？

zung^{6} méi^{6} xig^{6} fan^{6} mé^{1}
仲　未　食　飯　咩？
zung^{6} méi^{6} xig^{6} fan$^{6-2}$
仲　未　食　飯～？
怎麼還沒吃飯？

hei^{6} mei^{6} fan^{1} gung^{1} a^{3}
係　咪　返　工　呀？
hei^{6} mei^{6} fan^{1} gung^{1}
係　咪　返　工　～？
是不是上班？

néi^{5} mou^{5} fan^{1} gung^{1} mé^{1}
你　冇　返　工　咩？
néi^{5} mou^{5} fan^{1} gung^{1}
你　冇　返　工　～？
你為甚麼沒上班？

6 常用粵語拼音方案

輔助學習粵語發音要用拼音，可是香港特區政府沒有一套官方指定的拼音方案；香港的學校不用拼音教中文，所以香港人都不懂粵語拼音。

香港常見的地名、人名的拼寫法，不能準確標示粵語發音。例：

地名和拼音		廣州拼音
柴灣	Chai Wan	cai wan
灣仔	Wan Chai	wan zei
深水埗	Sham Shui Po	sem sêu ou
破邊洲	Po Pin Chau	po bin zeo
尖沙咀	Tsim Sha Tsui	jim sa zêu
又一村	Yau Yat Tsuen	yeo yed qun
杏花邨	Heng Fa Chuen	heng fa qun

這些拼音不區分送氣不送氣的聲母，如 b—p；d—t；g—k、z—c：見「埗」、「破」、「咀」、「村」

用 ch、sh，其實粵語沒有翹舌音 zh、ch、sh 的：見「柴」、「仔」、「深」、「水」

隨意選擇 ts 或 ch 拼寫：見「村」、「邨」、「尖」、「咀」

不細分韻母 a—e：見「柴」、「仔」、「洲」、「又」

不細分韻母 o—ou：見「埗」、「破」

香港入境處發證件時沒有固定的姓名拼寫法，碰到一家人的姓氏以不同方式拼寫，見慣不怪。例：

林 Lam Lim Lum Lin	徐 Chui Tsui Hsu
周 Chau Chow Chou	施 Si Sze Shi Shih

有時拼音連外國人都覺得香港的英文拼音莫名其妙。例：

名稱	香港英文拼音	合適的英文拼音	廣州拼音
紅磡	Hung Hom	Hong Hum	Hung Hem
恒生銀行	Hang Seng (Bank)	Hung Sung	Heng Seng

6.1 常用於教學研究的粵語拼音系統

廣州拼音，又稱饒秉才拼音

對於熟悉漢語拼音的人，最合適使用這方案，因為拼寫方法很接近。

粵拼

香港研究粵語的學者使用香港語言學學會粵語拼音方案，一般簡稱粵拼。使用普通鍵盤就可以打出拼音，不需要特別符號。

耶魯拼音

以英語學習粵語的外國人，最常使用耶魯拼音 Yale Romanization。一般對外粵語教科書和中文大學雅禮中國語文研習所的教材都用耶魯拼音。優點是使用符號「ˉ ˊ ˋ」提示聲調。

國際音標或黃錫凌粵音韻匯拼音

香港編寫的字典使用國際音標或黃錫凌粵音韻匯拼音。

特別拼音方案

香港教育大學培訓教師有香港教育局認可的一套拼音方案。

劉錫祥拼音方案

1997 年前港英政府教外籍公務員使用劉錫祥編寫的教科書，有一套劉錫祥拼音方案。

香港地名	廣州拼音	粵拼	耶魯拼音
尖沙咀 Tsim Sha Tsui	jim^1 sa^1 zêu^2	zim^1 saa^1 zeoi^2	jīm sā jéui
長洲 Cheung Chau	cêng^4 zeo^1	coeng^4 zau^1	chèuhng jāu
又一村 Yau Yat Chuen	yeo^6 yed^1 qun^1	jau^6 jat^1 cyun^1	yauh yāt chyūn
月園街 Yuet Yuen Steet	yud^6 yun^4 gai^1	jyut^6 jyun^4 gaai^1	yuht yùhn gāai
太古城 Tai Koo Shing	tai^3 gu^2 xing^4	taai^3 gu^2 sing^4	taai gú sìhng

6.2 網上檢查漢字的粵音

人文電算研究中心與香港中文大學合作，編了粵語審音配詞字庫，收字涵蓋古今幾萬漢字。

粵語審音配詞字庫的連結：

https://humanum.arts.cuhk.edu.hk/Lexis/lexi-can/

使用方法：

在左上角「輸入漢字，查取粵音」，輸入「行」字，點搜索，就可以看到「行」字的拼音和聽到發音，這類破音字還有配詞，方便學習。在左下角有不同注音系統選擇，例如「香港語言學學會」的粵拼，還有「廣州」就是廣州拼音，即這書使用的拼音系統。

另有網上轉換器可以把中文句子及文章轉換成粵語拼音，不過用來檢查口語讀音就約有 10% 錯誤。

漢字轉換成廣州拼音的連結：

Hong Kong Vision 漢字→廣東話 / 粵語拼音轉換工具

https://hongkongvision.com/tool/cc_py_conv_zh

第二部分

詞彙和語法

粵語與普通話約有百分之七十的詞彙是相同的，另外的百分之三十有甚麼特點，讓我們來認識吧。

1.1 保留大量的古漢語

早在春秋戰國時，楚國影響嶺南住民，粵方言已開始萌芽，秦始皇統一天下後，中原人進入五嶺阻隔的南越，把中原漢語言帶進嶺南，到了唐宋時期，更多中原人逐漸往南遷居，同時帶去那個時期的文化習俗和語言，形成了粵語。

粵語保留了大量的古漢語，有些口語詞，在中原地區不用了，粵語卻一直沿用至今。 例如「直不甩」（筆直）一詞，是秦代用語；「索氣」（用力呼吸）是西晉時用語；「邋遢」（髒）是唐宋時期吸收的阿拉伯語。

普通話	粵語中的古漢語	普通話	粵語中的古漢語
吃	xig6 食	翅膀	yig6 翼
喝	yem2 飲	開水	guen2 sêu2 滾水
看	tei2 睇	罵	lao6 鬧
走	hang4 行	生氣	leo1 嬲
穿	zêg3 着	美麗	léng3 靚
給	béi2 畀	有空	deg1 han4 得閒
臉	min6 面	今天	gem1 yed6 今日
今天早上	gem1 jiu1 今朝	甚麼時候	géi2 xi4 幾時

1.2 常用單音節詞

普通話喜歡把單音節詞加「子」和「兒」，粵語不會加：

普通話	粵語	普通話	粵語
杯子	杯 bui^{1}	椅子	椅 yi^{2}
盤子	碟 dib^{2}	桌子	枱 toi^{2}
鳥兒	雀 zêg^{2}	女兒	女 nêu^{2}

一般雙音節詞語，口語選用單音節，正式場合才多用雙音節：

	口語例子
ji^{1} dou^{3} 知 道	ngo^{5} **ji^{1}** kêu^{5} hou^{2} do^{1} béi^{3} med^{6} 我 **知** 佢 好 多 秘 密 我知道他很多的秘密
héi^{1} mong^{6} 希 望	**mong^{6}** kêu^{5} zung^{6} géi^{3} deg^{1} ngo^{5} **望** 佢 仲 記 得 我 希望他還記得我
ying^{6} xig^{1} 認 識	ngo^{5} **xig^{1}** kêu^{5} 我 **識** 佢　我認識他
sêng^{1} sên^{3} 相 信	go^{5} **sên^{3}** kêu^{5} 我 **信** 佢　我相信他

1.3 倒裝詞語

普通話	粵語
搭配	配搭 pui^{3} dab^{3}
積累	累積 lêu^{6} jig^{1}
責怪	怪責 guai^{3} zag^{3}
錄取	取錄 cêu^{2} lug^{6}

普通話	粵語
裝訂	訂裝 déng^{1} zong^{1}
忌妒	妒忌 dou^{6} géi^{6}
要緊	緊要 gen^{2} yiu^{3}
道地	地道 déi^{6} dou^{6}
期限	限期 han^{6} kéi^{4}
隱私	私隱 xi^{1} yen^{2}
素質	質素 zed^{1} sou^{3}
碎紙	紙碎 ji^{2} sêu^{3}
公雞	雞公 gei^{1} gung^{1}
人行道	行人路 hang^{4} yen^{4} lou^{6}
打秋千	打韆鞦 da^{2} qin^{1} ceo^{1}

有些詞語，兩種說法都可以：

整齊	齊整 cei^{4} jing^{2} / 整齊 jing^{2} cei^{4}
客人	人客 yen^{4} hag^{3} / 客人 hag^{3} yen^{4}

1.4 同義複詞，粵語和普通話各取其中一字

有些粵語說法跟普通話不同，其實這些用字來自同義複詞，但是粵、普口語中就各取其中一字。例如：

詞語	粵語	普通話
幾多	yeo^{5} géi^{2} dai^{6} 有 幾 大	多大
	sam^{3} bag^{3} géi^{2} yen^{4} 三 百 幾 人	三百多人
時常	xi^{4} xi^{4} zou^{6} wen^{6}dung^{6} 時 時 做 運 動	常常做運動

詞語	粵語	普通話
耐久	hou[2] noi[6] mou[5] gin[3] 好 耐 冇 見	很久不見
黑暗	gan[1] fong[2] tai[3] hag[1] 間 房 太 黑	房間太暗
光亮	tin[1] guong[1] 天 光	天亮
	ji[1] deng[1] hou[2] guong[1] 支 燈 好 光	這燈很亮
肥胖	féi[4] zei[2] féi[4] mui[1] 肥 仔 、肥 妹	胖子
沙啞	ba[2] séng[1] sa[1] sai[3] 把 聲 沙 晒	嗓子啞了
瘋癲	fad[3] din[1] 發 癲	發瘋
擠逼	hou[2] big[1] yen[4] 好 逼 人	很擠
寬闊	tiu[4] lou[6] hou[2] fud[3] 條 路 好 闊	路很寬
兇惡	kêu[5] dêu[3] ngo[5] hou[2] og[3] 佢 對 我 好 惡	他對我很兇
使用	m[4] sei[2] 唔 使	不用
進入	yeb[6] lei[4] 入 嚟	進來
説話	kêu[5] wa[6] hou[2] wo[5] 佢 話 好 喎	他説好
帶領	néi[5] dai[3] lou[6] 你 帶 路	你領着我走
阻礙	zo[2] seo[2] zo[2] gêg[3] 阻 手 阻 腳	礙手礙腳
燒烤	xiu[1] ngab[3] 燒 鴨	烤鴨
驚怕	géng[1] séi[2] 驚 死	怕死

詞語	粵語	普通話
穿着	zêg3 sam1 着 衫	穿衣服
碰撞	zong6 dou2 peng4 yeo5 撞 到 朋 友	碰到朋友
醫治	yi1 béng6 醫 病	治病
理睬	m4 hou2 coi2 kêu5 唔 好 睬 佢	別理他
按照	jiu3 ji2 xi6 zou6 照 指 示 做	按指示做
裝扮	ban6 m4 ji1 扮 唔 知	裝作不知道
執拾	zeb1 héi2 執 起	拾起
修整	jing2 din6 héi3 整 電 器	修電器
量度	dog6 ha5 géi2 cêng4 度 下 幾 長	量一下長度
羹匙	tong1 geng1 湯 羹	湯匙
號碼	zung1 ma5 中 碼	中號
肩膊	bog3 teo4 膊 頭	肩、膀子

部分詞語在粵語裏兩個字都用，但意思不同：

詞語	粵語	普通話
潮濕	ju6 hoi2 bin1 hou2 **seb1** 住 海 邊 好 **濕**	住海邊很潮
	zêg3 deg1 hou2 **qiu4** 着 得 好 **潮**	穿得很時尚

詞語	粵語	普通話
配襯	ni1 dêu3 hai4 hou2 yi6 **cen3** sam1 呢 對 鞋 好 易 **襯** 衫	這雙鞋很容易搭配衣服
	hung4 zeo2 **pui3** hung4 yug6 紅 酒 **配** 紅 肉	紅酒配紅肉
計算	**gei3** qing1 co2 tiu4 sou3 **計** 清 楚 條 數	算清楚這筆帳
	séng4 yed6 **xun3** ju6 yen4 成 日 **算** 住 人	整天計算着別人
霸佔	hêu3 tou4 xu1 gun2 **ba3** wei2 去 圖 書 館 **霸** 位	去圖書館佔座位
	jim3 hou2 xiu2 béi2 léi6 **佔** 好 少 比 例	佔很少比例
穩定	kéi5 ding6 企 定	站穩不要走動
	kéi5 deg1 hou2 wen2 企 得 好 穩	站得很穩重，不會搖

1.5 用字不同，但發音相近

粵語	普通話
伙記 fo2 géi3	夥計 fo2 gei3
雲吞 wen4 ten1	餛飩 wen4 ten4
豬扒 ju1 pa2	豬排 ju1 pai4
沙律 sa1 lêd2	沙拉 sa1 lai1
湯丸 tong1 yun2	湯圓 tong1 yun4
梳打 so1 da2	蘇打 sou1 da2 soda
布甸 bou3 din1	布丁 bou3 ding1 pudding
三文治 sam1 men4 ji6	三明治 sam1 ming4 ji6 sandwich
朱古力 ju1 gu1 lig1	巧克力 hao2 hag2 lig6 chocolate
拖肥糖 to1 féi2 tong2	太妃糖 tai3 féi1 tong2 toffee

2.1 數字

2201. mp3

yed^{1}	yi^{6}	sam^{1}	séi^{3}	ng^{5}
一	二	三	四	五
lug^{6}	ced^{1}	bad^{3}	geo^{2}	seb^{6}
六	七	八	九	十
bag^{3}	qin^{1}	man^{6}	yig^{1}	ling^{4}
百	千	萬	億	零

數字與粵語的聲調：

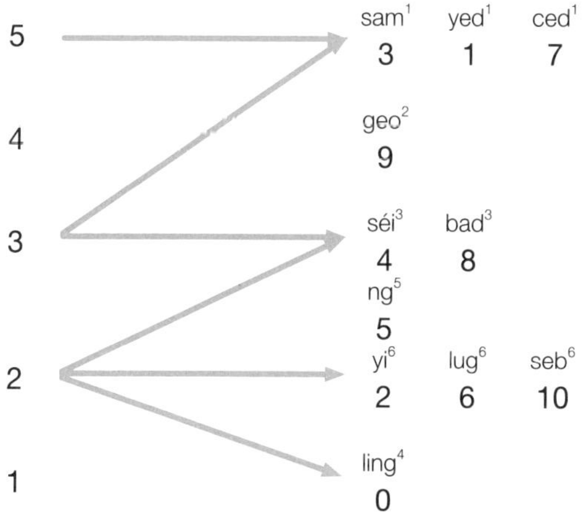

2201. mp3

sam^{1}	geo^{2}	séi^{3}	ling^{4}	ng^{5}	yi^{6}
三	九	四	零	五	二
yed^{1}	séi^{3}	yi^{6}	ling^{4}	geo^{2}	ng^{5}
一	四	二	零	九	五

零 ling⁴

韻母 ing 比普通話短，更接近英語 sing 的 ing。聲調低沉，感受到喉嚨底部震動。

一 yed¹

韻母 ed，像英語 bud 的 ud，收尾要短促。以輔音 b d g 比較短促作結的入聲，屬粵語保留中古音的特色。

b 收尾：「十 seb⁶」；**d 收尾**：「一 yed¹」、「七 ced¹」、「八 bad³」；**g 收尾**：「六 lug⁶」

二 yi⁶

雖然發音近似普通話的「一 yī」，但聲調低很多，而且發音的部位比較前，嘴唇要橫拉，前齒用力咬住。

粵語韻母元音有明顯長短區分，「二 yi⁶」是長 i 韻母，「零 ling⁴」的「ing」屬短 i 韻母。

三 sam¹

要合口收尾。用字母 m b 收尾的都要合口，例：「十 seb⁶」。

四 séi³

像英語 say，近似普通話「誰 shei」。韻母 éi 跟漢語拼音 ei 一樣，例如「悲 béi¹」、「非 féi¹」、「美 méi⁵」發音跟普通話幾乎一樣。

五 ng^{5}

舌根鼻音，微開口用鼻發音。越來越多人讀「五 m^{5}」變雙唇鼻音，合口同時發 n 音，像「唔該」的 m^{4} 唔。

六 lug^{6}

韻母 ug，非常短促。比英語 look 要短促，聲調低。

七 ced^{1}

近似普通話「測 cè」。 一 yed^{1}、七 ced^{1} 的韻母相同，反覆讀出來，有助掌握發音。

八 bad^{3}

近似普通話，只是收尾短促。

九 geo^{2}

韻母 eo 像英語 out（t 靜音）。

十 seb^{6}

2201. mp3

像英語 subscribe 的 sub。用字母 b 收尾要合口。

「十」的連讀變音：

「十」在數字中間，發音變成 a，省卻合口收尾。

「二十」可讀成「廿 **ya^{6}**」，即是把「二 **yi^{6}**」和「十 **a^{6}**」合為一個音。例子：

「廿個人 **ya^{6}** go^{3} yen^{4}」 二十個人

「廿蚊 **ya^{6}** men^{1}」 二十元

二十一 **yi**^{6} **seb**^{6} yed^{1} ⟶ 廿一 **ya**^{6} yed^{1}

二十二 **yi**^{6} **seb**^{6} yi^{6} ⟶ 廿二 **ya**^{6} yi^{6}

二十四 **yi**^{6} **seb**^{6} séi^{3} ⟶ 廿四 **ya**^{6} séi^{3}

在口語裏經常使用這種連讀變音，比如：

ya^{6} séi^{3} xiu^{2} xi^{4} guong^{2} dung^{1} lêng^{4} ca^{4} ya^{6} séi^{3} méi^{2}
廿 四 小 時 、 廣 東 涼 茶 廿 四 味 、

nin^{4} ya^{6} bad^{3} sei^{2} lad^{6} tad^{3}
年 廿 八 洗 邋 遢 。

「三十」可讀成「卅 **sa**^{1}**-a**^{6}」，即是把三 sam^{1} 省卻合口連着 a^{6} 快讀而成。例如：

「卅個人 **sa**^{1}**-a**^{6} go^{3} yen^{4}」 三十個人

「卅蚊 **sa**^{1}**-a**^{6} men^{1}」 三十元

三十三 **sam**^{1} **seb**^{6} sam^{1} ⟶ 卅三 **sa**^{1}**-a**^{6} sam^{1}

三十六 **sam**^{1} **seb**^{6} lug^{6} ⟶ 卅六 **sa**^{1}**-a**^{6} lug^{6}

四十以上的數字，十 seb^{6} 發音成 a，例如：

四十二 séi^{3} seb^{6} yi^{6} ⟶ séi^{3}-a^{6} yi^{6}

五十八 ng^{5} seb^{6} bad^{3} ⟶ ng^{5}-a^{6} bad^{3}

九十七 geo^{2} seb^{6} ced^{1} ⟶ geo^{2}-a^{6} ced^{1}

六、七、八的入聲要放輕，連着 a^{6} 快讀，不需要短促停頓。例如：

六十六 lug^{6} seb^{6} lug^{6} ⟶ lu^{6}-a^{6} lug^{6}

七十七　ced1 seb6 ced1 ⟶ ce1-a6 ced1

八十八　bad3 seb6 bad3 ⟶ ba3-a6 bad3

一百以上　　2201. mp3

200	yi6 bag3 二 百
800	bad3 bag3 八 百
1,111	yed1 qin1 yed1 bag3 yed1 seb6 yed1 一 千 一 百 一 十 一
7,008	ced1 qin1 ling4 bad3 七 千 零 八
2,024	yi6 qin1 ling4 yi6 seb6 séi3 二 千 零 二 十 四
23,456	yi6 man6 sam1 qin1 séi3 bag3 ng5 seb6 lug6 二 萬 三 千 四 百 五 十 六
一百萬	yed1 bag3 man6 一 百 萬
兩個億	yi6 yig1 二 億

有別於普通話的數字説法講

2201. mp3

粵語喜歡説：二百 **yi6** bag3、二千 **yi6** qin1、二萬 **yi6** man6、二億 **yi6** yig1，偶爾也會説「兩百蚊 **lêng5** bag3 men1」兩百元、「兩千人 **lêng5** qin1 yen4」兩千人。

跟普通話一樣，兩個相連單位，後一個省略。粵語還會把開首的「一」省略。

160	yed1 bag3 lug6 seb6 一 百 六 十	bag3 lug6 百 六
1,400	yed1 qin1 séi3 bag3 一 千 四 百	qin1 séi3 千 四
19,000	yed1 man6 geo2 qin1 一 萬 九 千	man6 geo2 萬 九
570	ng5 bag3 ced1 seb6 五 百 七 十	ng5 bag3 ced1 五 百 七
6,200	lug6 qin1 yi6 bag3 六 千 二 百	lug6 qin1 yi6 六 千 二
38,000	sam1 man6 bad3 qin1 三 萬 八 千	sam1 man6 bad3 三 萬 八

有關數目的説法

2201. mp3

讀出一串數字時，例如電話號碼、車牌號碼、證件編號或銀行帳戶，如有兩個相同的數字相連，粵語喜歡用「孖 ma1」。

3344	ma1 sam1 ma1 séi3 孖 三 孖 四
90552222	Geo2 ling4 ma1 ng5 séi3 go3 yi6 九 零 孖 五 四 個 二

小數、分數、倍數：

98.76 geo2 seb6 bad3 dim2 ced1 lug6 九 十 八 點 七 六	0.3 ling4 dim2 sam1 零 點 三
百分之十 bag3 fen6 ji1 seb6 百 分 之 十	八成 80% bad3 xing4 八 成

三分之一	兩倍
sam1 fen6 yed1 三 分 一	lêng5 pui5 兩 倍

序數：

dei6 yed1 第 一	dei6 yi6 第 二	méi1 yi2 尾 二 倒數第二	méi1 sam1 尾 三 倒數第三

「最後一個」有幾個說法：

heo6 méi1 / lai1 méi1
後 尾 / 蓫 尾

dei6 méi1 / bao1 méi1
第 尾 / 包 尾（比賽名次用）

2.2 錢銀

2202. mp3

一角	二角	五角
yed1 hou4 (ji2) 一 毫（子）	lêng5 hou4 (ji2) 兩 毫（子）	ng5 hou4 (ji2) 五 毫（子）
一元 yed1 men1 一 蚊	二元 lêng5 men1 兩 蚊	幾十元 géi2 seb6 men1 幾 十 蚊

100 元	yed1 bag3 men1 / yed1 geo6 sêu2 一 百 蚊 / 一 舊 水
兩萬元	lêng5 man6 men1 / lêng5 péi4 yé5 兩 萬 蚊 / 兩 皮 嘢（比較粗俗）
$1.20	**go3** yi6 個 二（開首的「一」省略）
$2.20	lêng5 go3 yi6 兩 個 二

$2.50	**lêng** go3 bun3 兩 個 半
$1.50	**go3** bun3 個 半
$47.50	**séi3** -a6 ced1 go3 bun3 四 十 七 個 半
$3.80	**sam1** go3 bad3 三 個 八
$16.90	**seb6** lug6 go3 geo2 十 六 個 九
$232.50	yi6 bag3 sa1-a6 yi6 go3 bun3 二 百 卅 二 個 半 （不會說「兩百三十二個半」）

2.3 概數的說法

2203. mp3

附加副詞表示約數，以「十蚊」（十元）為例

dai6 yêg3 seb6 men1 **大 約** 十 蚊	**dai6 koi3** seb6 men1 **大 概** 十 蚊
ca1 m4 do1 seb6 men1 / **ca1 bed1 do1** seb6 men1 **差 唔 多** 十 蚊 / **差 不 多** 十 蚊	
seb6men1 **zo2 yeo2** 十 蚊 **左 右**	seb6men1 **gem3sêng6ha2** 十 蚊 **咁 上 下** （普通話是「上下」）
seb6men1 **dou2** 十 蚊 **倒**	Yed1 gung1 gen4 hei6 yi6 dim2 yi6 bong6 **dou2** 一 公 斤 係 2 點 2 磅 **倒** 一公斤約 2.2 磅

ii 表示界限

seb6 bad3 sêu3 **yi5 sêng6**
十八歲**以上**

seb6 go3 yen4 **yi5 ha6**
十個人**以下**

Yed1 mei5 **ji1 noi6**
一米**之內**

Yed1 mei5 **ji1 ngoi6**
一米**之外**

iii 「有多」強調多於前面的數目

Ngo5 hei2 Hêng1 Gong2 ju6 zo2 bun3 nin4 **yeo5 do1**
我喺香港住咗半年**有多**。
我在香港住了超過半年。

Ngo5 hei2 Yed6 Bun2 leo4 hog6 bad3 go3 yud6 **yeo5 do1**
我喺日本留學八個月**有多**。
我在日本留學超過八個月。

Ni1 dou6 yod1 bag3 yen4 **yeo5 do1**
呢度一百人**有多**。這裏有一百餘人。

Sou3 ji6 zeng1 ga1 zo2 seb6 pui5 **yeo5 do1**
數字增加咗十倍**有多**。數字增加了超過十倍。

iv 「幾 géi2」代表 3-9 之間的數字

可以用在「十」之後，和「百千萬」等之前：

seb6 **géi2** man6 men1
十**幾**萬蚊　13-19 萬元

Ngo5 hei2 Hêng1 Gong2 ju6 zo2 **géi2** seb6 nin4
我喺香港住咗**幾**十年。我在香港住了幾十年。

Yeo5 **géi2** qin1 yen4 zêu6 zab6 hei2 guong2 cêng4
有**幾**千人聚集喺廣場。
有幾千人聚集在廣場上。

容易混淆的「幾」和「多」：

2204. mp3

表示不確定的零數，粵語用「幾」，普通話用「多」：

Yud6 fei3 yiu3 qin1 **géi2** men1
月 費 要 千 **幾** 蚊 。月費要一千多元。

Yed1 go3 yud6 sa1-a6 **géi2** man6 men1 zou1
一 個 月 卅 **幾** 萬 蚊 租 。一個月的租金三十多萬。

Ngo5 hei2 Hêng1 Gong2 ju6 zo2 ced1 nin4 **géi2**
我 喺 香 港 住 咗 七 年 **幾** 。我在香港住了七年多。

Ni1 tiu4 yu2 lêng5 gen1 **géi2** cung5
呢 條 魚 兩 斤 **幾** 重 。這條魚重兩斤多。

＊香港沿用傳統的斤両 gen1 lêng2，1 斤有 605 克，1 両是 38 克。1 斤 16 両，半斤八両，跟內地的完全不同，內地 1 市斤 500 克，1 斤 10 両。

V 「零 léng4」代表 1-4 之間

可以用在「十」之後，和「百千萬」等之前：

bag3 **léng4** men1
百 **零** 蚊 101-140 元

seb6 yed1 dim2 **léng4** zung1
十 一 點 **零** 鐘 剛過了十一點 / 11：05-11：20

go3 **léng4** zung1 teo4
個 **零** 鐘 頭 一個小時多一點 / 61-80 分鐘

ya6 **léng4** yen4
廿 **零** 人 二十幾個人 / 21-24 人

偶然會變調讀成「零 léng^{2}」：

Ngo^{5} lei^{4} zo^{2} Hêng^{1} Gong^{2} lêng^{5} nin^{4} **léng^{2}**

我 嚟 咗 香 港 兩 年 **零** 。

我來了香港兩年多一點。

Ni^{1} tiu^{4} yu^{2} sam^{1} gen^{1} **léng^{2}** la^{1}

呢 條 魚 三 斤 **零** 啦 。

這條魚重三斤多一點。

Yed^{1} mei^{5} mei^{6} sam^{1} cég^{3} **léng^{2}**

一 米 咪 三 呎 **零** 。

一米就是三呎多一點（**3.3** 呎）。

「零 léng^{4}」多一點，不同於 0 發音是「零 ling^{4}」：

lêng^{5} go^{3} **ling^{4}**

兩 個 零 **00**

lêng^{5} go^{3} **léng^{4}**

兩 個 零 **2.1-2.4** 元

3.1 時鐘報時

2301. mp3

粵語問幾點，跟普通話説法差不多：

géi2 dim2 zung1 a3
幾 點 鐘 呀 ？幾點鐘呀？

説幾點也跟普通話相似：

1：00 一點鐘 (yed1 dim2 zung1)　　2：00 兩點鐘 (lêng5 dim2 zung1)

粵語中二、兩的用法區分基本上跟普通話一樣：

2：00 是「兩點 (lêng5 dim2)」。兩個人是「兩個人 (lêng5 go3 yen4)」。

普通話可以説「一點整」，粵語的説法略有不同：

yed1 dim2 jing3 　 dab6 zéng3 yed1 dim2
一 點 正 / 踏 正 一 點

不過平日粵語講幾點幾分時，幾分不是跟普通話一樣，而是喜歡説分針按在鐘面上的哪個數字，比如五分是一，十分是二，十五分是三，如此類推。但三十分就不是「六」。例：

3：05	sam1 dim2 yed1 三點一
9：10	geo2 dim2 yi6 九點二
1：15	yed1 dim2 sam1 一點三
2：20	lêng5 dim2 séi3 兩點四
10：25	seb6 dim2 ng5 十點五

4：30	séi3 dim2 bun3 四點半
5：35	ng5 dim2 ced1 五點七
7：40	ced1 dim2 bad3 七點八
11：45	seb6 yed1 dim2 geo2 十一點九
6：50	lug6 dim2 seb6 六點十
8：55	bad3 dim2 seb6 yed1 八點十一

其他說法：

「3：05 三點零五分（sam1 dim2 ling4 ng5 fen1）」、

「4：30 四點三十分（séi3 dim2 sam1 seb6 fen1）」，只會在正式場合和廣播時才說，一般口語中不會出現。

一般口語3：05也可以說「三點踏一（sam1 dim2 dab6 yed1）」或「三點一個字（sam1 dim2 yed1 go3 ji6）」，清楚說出分針踏着數字「一」。

粵語常用「一個字（yed1 go3 ji6）」表示五分鐘，「兩個字（lêng5 go3 ji6）」就是十分鐘，「三個字（sam1 go3 ji6）」是十五分鐘。例如：

9：10	geo2 dim2 lêng5 go3 ji6 九點兩個字
1：15	yed1 dim2 sam1 go3 ji6 一點三個字
7：40	ced1 dim2 bad3 go3 ji6 七點八個字

如果分針不是按在鐘面上的一個數字，那就隨意選擇接近的

lêng5 dim2 ced1
數字，像2：37，可以説「兩 點 七」 或

bad3 lêng5 dim2
「兩 點 八」。

粵語沒有「一點一刻」、「一點三刻」、「差十分八點」，這些説法。

yed1 dim2 bun3 / dim2 bun3 zung1
「1：30 一 點 半」，也可以説成「點 半 鐘」，把開首的「一」省掉。

香港人喜歡説大概的時間，比如：

sam1 dim2 léng4 zung1
三 點 零 鐘　剛過了三點 / 3：05 - 3：15

lêng5 dim2 géi2 zung1
兩 點 幾 鐘　兩點多 / 2：15 - 2：45

ced1 dim2 dai6 bun3
七 點 大 半　七點半後

lug6 dim2 géi2 ced1 dim2
六 點 幾 七 點　差不多七點

來一個總結小測試，2：10 怎樣説？

a 兩點十　　b 兩點踏二　　c 二點兩個字

d 二點二個字　　e 兩點踏二個字

正確選擇是 b。

2：10 的常用説法是「兩點踏二 lêng^{5} dim^{2} dab^{6} yi^{6}」、「兩點二 lêng^{5} dim^{2} yi^{6}」或「兩點兩個字 lêng^{5} dim^{2} lêng^{5} go^{3} ji^{6}」；

a 不對，因為「兩點十 lêng^{5} dim^{2} seb^{6}」是 2：50，分針按在鐘面數字十的上面；

c 和 d 不對，因為 2：00 是「兩點」，不可以説「二點」；

d 和 e 不對，因為 10 分鐘是「兩個字」，不可以説「二個字」。

3.2 日期

2302. mp3

年

bin^{1} nin^{4} 邊 年 ？ 哪年？	géi^{2} do^{1} nin^{4} 幾 多 年 ？ 幾年？多少年？	yi^{6} ling^{4} yi^{6} yed^{1} nin^{4} 二 O 二 一 年 2021 年
sam^{1}nin^{4} bun^{3} 三 年 半 三年半	dai^{6} qin^{4} nin^{2} 大 前 年 大前年	qin^{4} nin^{2} 前 年 前年
geo^{6} nin^{2} / sêng^{6} nin^{2} 舊 年 / 上 年 去年	gem^{1} nin^{4} (gem^{1} nin^{2}) 今 年 今年	cêd^{1} nin^{2} / ha^{6} nin^{2} 出 年 / 下 年 明年
heo^{6} nin^{2} 後 年 後年	dai^{6} heo^{6} nin^{2} 大 後 年 大後年	
nin^{4} teo^{4} / nin^{4} co^{1} 年 頭 / 年 初 年初	nin^{4} zung^{1} 年 中 年中	nin^{4} méi^{5} / nin^{4} dei^{2} 年 尾 / 年 底 年底

月、日

2302. mp3

géi2 (do1) yud6 幾（多）月？ 幾月？	géi2 (do1) hou6 幾（多）號？ 幾號？	yed1 yud6 yed1 hou6 一月一號 1 月 1 號
géi2 do1 go3 yud6 幾多個月？ 幾個月？	lug6 go3 géi2 yud6 六個幾月 六個多月	
yed1 yud6 一月	yi6 yud6 二月	sam1 yud6 三月
séi3 yud6 四月	ng5 yud6 五月	lug6 yud6 六月
ced1 yud6 七月	bad3 yud6 八月	geo2 yud6 九月
seb6 yud6 十月	seb6 yed1 yud6 十一月	seb6 yi6 yud6 十二月
sêng6 go3 yud6 上個月 上月	ni1 go3 yud6 / 呢個月 / gem1 go3 yud6 今個月 這個月	ha6 go3 yud6 下個月 下月
lêng5 go3 yud6 qin4 兩個月前 兩個月前	zoi3 ha6 go3 yud6 再下個月 再下個月	séi3 go3 yud6 heo6 四個月後 四個月後
yud6 teo4 月頭 月初	yud6 zung1 月中 月中	yud6 méi5 月尾 月底

星期

2302. mp3

xing1 kéi4 géi2 星期幾？/ lei5 bai3 géi2 禮拜幾？ 星期幾？	géi2 do1 go3 xing1 kéi4 幾多個星期？ 幾個星期？	lêng5 go3 géi2 xing1 kéi4 兩個幾星期 兩個多星期

xing1 kéi4 yed1 星期一 / lei5 bai3 yed1 禮拜一 星期一	xing1 kéi4 yi6 星期二 / lei5 bai3 yi6 禮拜二 星期二	xing1 kéi4 sam1 星期三 / lei5 bai3 sam1 禮拜三 星期三
xing1 kéi4 séi3 星期四 / lei5 bai3 séi3 禮拜四 星期四	xing1 kéi4 ng5 星期五 / lei5 bai3 ng5 禮拜五 星期五	xing1 kéi4 lug6 星期六 / lei5 bai3 lug6 禮拜六 星期六
xing1 kéi4 yed6 星期日 / lei5 bai3 (yed6) 禮拜（日） 星期天	sêng6 go3 xing1 kéi4 上個星期 上星期	ni1 go3 xing1 kéi4 / 呢個星期 gem1 go3 xing1 kéi4 今個星期 這個星期
ha6 go3 xing1 kéi4 下個星期 下星期	zoi3 ha6 go3 xing1 kéi4 再下個星期 再下星期	

日

bin1 yed6 邊日？ 哪天？	géi2 do1 yed6 幾多日？ 幾天？	ng5 yed6 bun3 五日半 五天半
kem4 yed6 琴日 昨天	gem1 yed6 今日 今天	ting1 yed6 聽日 明天
dai6 qin4 yed6 大前日 大前天	qin4 yed6 前日 前天	heo6 yed6 後日 後天
dai6 heo6 yed6 大後日 大後天		

3.3 一天內時段的表達

2303 mp3

yed6 teo2 日 頭 白天	yé6 man5 夜 晚 / yé6 man5 heg1 夜 晚 黑 晚上	jiu1 zou2 朝 早 / jiu1 teo4 zou2 朝 頭 早 早上
sêng6 zeo3 上 晝 上午	an3 zeo3 晏 晝 中午（12：00-15：00）	ha6 zeo3 下 晝 下午
kem4 yed6 jiu1 琴 日 朝 昨天早上	gem1 jiu1 (zou2) 今 朝（早） 今天早上	ting1 jiu1 (zou2) 聽 朝（早） 明天早上
kem4 man5 琴 晚 / cem4 man5 尋 晚 昨晚	gem1 man5 (gem1 man1) 今 晚 今晚	ting1 man5 (ting1 man1) 聽 晚 明晚

3.4 多長時間

géi2 do1 go3 zung1 (teo4) 幾 多 個 鐘（頭）？ 幾個小時？	go3 bun3 zung1 (teo4) 個 半 鐘（頭） 一個半小時
géi2 do1 fen1 zung1 幾 多 分 鐘 ？ 幾分鐘？	lêng5 fen1 bun3 zung1 兩 分 半 鐘 兩分半鐘
géi2 do1 go3 ji6 幾 多 個 字 ？ （以五分鐘為單位）	lêng5 go3 ji6 兩 個 字 十分鐘

géi² do¹ miu⁵ 幾 多 秒 ？ 幾秒鐘？	lêng⁵ miu⁵ (zung¹) 兩 秒 （鐘） 兩秒 geo² miu⁵ geo² 九 秒 九 9.9 秒

3.5 更多有關時間的說法

2303 mp3

géi² xi⁴ 幾 時 ？ 甚麼時候？	géi² noi⁶ 幾 耐 ？ 多久？
yi⁴ ga¹ yi¹ ga¹ ga¹ zen² 而 家 / 依 家 / 家 陣 現在	yed¹ zen⁶ gan¹ 一 陣（間） 一會兒
go² zen⁶ go² zen⁶ xi⁴ 果 陣 / 果 陣 時 那時候	gé² xi⁴ heo⁶ go² zen⁶ xi⁴ 嘅 時 候 / 果 陣 時 ……的時候
yi⁵ qin⁴ 以 前 / hou² noi⁶ hou² noi⁶ ji¹ qin⁴ 好 耐 好 耐 之 前 從前	yi⁵ heo⁶ 以 後 從此以後
ji¹ qin⁴ 之 前 以前	ji¹ heo⁶ 之 後 以後
sam¹ nin⁴ qin⁴ 三 年 前 三年前 gid³ fen¹ ji¹ qin⁴ 結 婚 之 前 結婚前	sam¹ nin⁴ heo⁶ 三 年 後 三年後 fen¹ seo² ji¹ heo⁶ 分 手 之 後 分手以後

yed6 yed6 mui5 yed6
日 日 / 每 日
每天

man5 man5 mui5 man5
晚 晚 / 每 晚
每晚

jiu1 jiu1 mui5 jiu1 (zou2)
朝 朝 / 每 朝 (早)
每天早上

nin4 nin4 mui5 nin4
年 年 / 每 年
每年

go3 go3 zung1 teo4
個 個 鐘 頭
每個小時

fen1 fen1 zung1 mui5 fen1 zung1
分 分 鐘 / 每 分 鐘
每分鐘

go3 go3 yud6 mui5 go3 yud6
個 個 月 / 每 個 月
每月

go3 go3 xing1 kéi4
個 個 星 期
每星期

有關時間的句子

2303 mp3

géi2 yud6 géi2 hou6 xing1 kéi4 géi2 géi2 dim2 zung1 a3
幾 月 幾 號 、 星 期 幾 、 幾 點 鐘 呀 ？
幾月幾號、星期幾、幾點鐘？

yed1 yud6 yi6 hou6 xing1 kéi4 yed6 lêng5 dim2 zung1
一 月 二 號 星 期 日 、 兩 點 鐘 。
一月二號星期天、兩點鐘。

Néi5 géi2 xi4 lei4 ga3 deng2 zo2 géi2 noi6
你 幾 時 嚟 㗎 ？ 等 咗 幾 耐 ？
你甚麼時候來到？等了多久？

粵語裏描述要花多長時間做一件事，要重複講動詞，或把時間放在詞語中間。例如：

Néi5 xig6 yed1 can1 fan6 xig6 géi2 noi6 a3
你 食 一 餐 飯 食 幾 耐 呀 ？ 你吃一頓飯要多久？

xig6 yed1 can1 fan6 séi3 go3 ji6
食 一 餐 飯 四 個 字 。 吃一頓飯要二十分鐘。

yed1 go3 xing1 kéi4 fong3 géi2 do1 yed6 ga3 a3
一 個 星 期 放 幾 多 日 假 呀 ？ 一星期放假幾天？

yed1 go3 xing1 kéi4 fong3 lêng5 yed6 ga3
一 個 星 期 放 兩 日 假 。一星期放假兩天。

Néi5 yed6 yed6 sêng5 géi2 do1 go3 zung1 teo4 tong4 a3
你 日 日 上 幾 多 個 鐘 頭 堂 呀 ？
你每天上課幾個鐘？

Ngo5 yed6 yed6 zou6 yé5 zou6 seb6 go3 zung1
我 日 日 做 嘢 做 十 個 鐘 。我每天工作十個鐘頭。

3.6 對比「天」和「日」

2303 mp3

粵語的「天」指的是天氣、天色或天意。粵語的「日」是一天的時間。

Gem1 yed6 hou2 **hou2 tin1** **kem4 yed6** zeo6 **yem1 tin1**
今 日 好 **好 天** ， **琴 日** 就 **陰 天** 。
今天的天氣很好，昨天就天陰。

Yed6 yed6 go3 **tin1** dou1 hou2 lam4
日 日 個 **天** 都 好 藍 。每天的天空都很藍。

Lin4 go3 **tin1** dou1 bong1 néi5 **hou2 yed6 ji2** lei4 gen2 ga3 la3
連 個 **天** 都 幫 你 ， **好 日 子** 嚟 緊 㗎 喇 。
連上天都在幫助你，好日子快來了。

Kao3 go3 **tin1** zou6 yen4 hou2 nan4 **yeo5 yed1 yed6** fad3 dad6
靠 個 **天** 做 人 ， 好 難 **有 一 日** 發 達 。
靠上天眷顧，很難會有一天發財。

Yeo5 yed1 yed6 go3 **tin1** hag1 hag1 déi2
有 一 日 ， 個 **天** 黑 黑 哋……
有一天，天色有點暗……

Ni1 yed6 ngo5 gin3 **hou2 tin1** zeo6 yêg3 peng4 yeo5
呢 日 ， 我 見 **好 天** 就 約 朋 友……
這一天，我看天氣不錯就約友……

4.1 唔該和多謝

2401. mp3

謝謝在粵語裏有「唔該 m4 goi1」和「多謝 do1 zé6」兩個說法。

「唔該 m4 goi1」用於感謝別人幫助，比如回應以下的情況：

Ngo5 lei4 hoi1 mun4 Néi5 hang4 xin1 la1
我 嚟 開 門 。 你 行 先 啦 。
我來開門。你先走吧。

Ngo5 bong1 néi5 hêu3 mai5 yé5 la1
我 幫 你 去 買 嘢 啦 。
我替你去買東西吧。

「唔該 m4 goi1」也可以用於請人注意，表示禮貌：

M4 goi1 deng2 deng2
唔 該 等 等 請等一下。

M4 goi1 hoi1 mun4
唔 該 開 門 請給我開門。

M4 goi1 sei2 seo2 gan1 hei2 bin1 dou6 a3
唔 該 ， 洗 手 間 喺 邊 度 呀 ？
請問洗手間在哪裏？

M4 goi1 lo2 go3 pun2 xin1
唔 該 攞 個 盤 先 。 請你先拿托盤過來取食物。

有人建議要不要甚麼東西，回應時也會加上「唔該 m4 goi1」：

超市收銀員問客人：

Sei2 m4 sei2 doi2
使 唔 使 袋 ？ 要不要袋子？

M4 goi1 yiu3 yed1 go3
唔 該 ， 要 一 個 。 好的，要一個。

M4 sei2 la3 m4 goi1
唔使喇，唔該。不要了，謝謝。

服務員問客人：

Ni1 go3 zung6 yiu3 m4 yiu3 ga3
呢個仲要唔要㗎？這個還要不要？

M4 goi1 m4 yiu3 la3
唔該，唔要喇。不要了。

喝檸檬茶的時候，問朋友要不要放糖：

Ling4 mung1 ca4 yiu3 m4 yiu3 tong4 a3
檸檬茶要唔要糖呀？檸檬茶要不要放糖？

M4 goi1 hou2 ag3
唔該，好呃。好的。

M4 goi1 yed1 bao1 tong4 a1
唔該，一包糖吖。好的。請給我一包糖。

M4 goi1 m4 sei2 la3
唔該，唔使喇。不要了。

「多謝 do1 zé6」用於感謝別人的送贈、好意、讚賞或祝賀，比如以下情況：

Zug1 néi5 sang1 yed6 fai3 log6 Ni1 fen6 lei5 med6 sung3 béi2 néi5
祝你生日快樂！呢份禮物送畀你。
祝你生日快樂！這禮物送你。

Néi5 gé3 guong2 dung1 wa2 gong2 deg1 hou2 hou2
你嘅廣東話講得好好。
你的粵語說得很好。

Ni1 can1 ngo5 céng2 m4 sei2 hag3 héi3
呢餐我請，唔使客氣！
這頓飯我來請，不用客氣。

表示非常感謝，可以說：

Do1 zé6 sai3
多 謝 晒 。

M4 goi1 sai3
唔 該 晒 。

M4 goi1 sai3 wo3
唔 該 晒 喎 。

Zen1 hei6 m4 goi1 sai3 néi5
真 係 唔 該 晒 你 。

M4 goi1 sai3 ma4 fan4 néi5 la3
唔 該 晒 ， 麻 煩 你 喇 。

4.2 女和女仔

2401 mp3

「女 nêu5」指女性：

nam4 xing3 nêu5 xing3 男 性 女 性	nam4 yen2 nêu5 yen2 男 人 女 人	nam4 nêu5 lou5 yeo3 男 女 老 幼
nêu5 ging2 女 警	nêu5 yin2 yun4 女 演 員	nêu5 gung1 女 工

「女仔 nêu5 zei2」是女孩子的意思：

nam4 zei2 nêu5 zei2
男 仔 、 女 仔 男孩子、女孩子

「女 nêu2」讀第二聲，是女兒的意思：

zei2 nêu2
仔 女 兒女 / 兒子、女兒

Néi5 go3 nêu2 hou2 lég1
你 個 女 好 叻 。 你的女兒很聰明。

Néi5 zen1 hei6 guai1 nêu2
你 真 係 乖 女 。 你真是好女兒。

帶貶義的詞語，會變調讀第二聲「女 lêu2」：

So4 lêu2 ma1 mi4 géi2 xi4 dou1 gem3 ség3 néi5 ga3
傻 女 ， 媽 咪 幾 時 都 咁 錫 你 㗎 。
傻孩子，媽媽永遠都愛你。

Néi5 tiu4 lêu2 hou2 fan4
你 條 女 好 煩 。 你的女朋友很麻煩。

gong2 lêu2
港 女 香港拜金女

粵語裏，有些女性稱謂也值得一談。「港姐 gong2 zé2」是香港小姐的簡稱。

Kêu5 hei6 gong2 zé2 Gem3 gong2 lêu2 gé2
佢 係 港 姐 ？ 咁 港 女 嘅 ？
她是香港小姐？那麼拜金女的？

Gem3 léng3 lêu2 hêu3 xun2 gong2 zé2 la1
咁 靚 女 ， 去 選 港 姐 啦 。
那麼漂亮，去選香港小姐吧。

「姐姐 zé4 zé1」對香港人來説是指家裏的外籍女傭。

Néi5 giu3 zé4 zé1 bong1 néi5 la1
你 叫 姐 姐 幫 你 啦 。 你叫傭人幫你做吧。

Ni1 di1 hei1 mai5 béi2 zé4 zé1 gé3
呢 啲 係 買 畀 姐 姐嘅。 這是買給傭人的。

粵語裏姐姐是「家姐 ga1 zé1」，妹妹是「細妹 sei3 mui2」或「妹妹 mui4 mui2」。

ga1 zé1 hou2 jiu3 gu3 sei3 mui2
家 姐 好 照 顧 細 妹 。 姐姐很照顧妹妹。

「妹妹 mui4 mui2」也可以是小女孩。

Mui4 mui2 céng2 néi5 xig6 tong2 la1
妹 妹 ， 請 你 食 糖 啦 。
小妹子，我請你吃糖果。

如果變調成第一聲「妹 mui1」就帶貶義：

so4 mui1
傻 妹　傻妹子

féi4 zei2　féi4 mui1
肥 仔 、 肥 妹　胖子

Yed6 Bun2 mui1
日 本 妹　日本女孩

guei2 zei2　guei2 mui1
鬼 仔 、 鬼 妹　年輕的洋人

guei2 lou2　guei2 po4
鬼 佬 、 鬼 婆　洋人，沒有年齡區分。

「阿姨 a3 yi1」或「姨姨 yi1 yi1」是稱呼媽媽的妹妹或朋友的。香港人不會叫傭人或中年婦女「阿姨」。

「阿伯、阿婆 a3 bag3 a3 po4」 或「公公婆婆 gung1 gung1 po4 po2」稱呼年長的男性女性。

「阿姐 a3 zé1」，稱呼中年的清潔女工、保安員、服務員等。

「阿嬸 a3 sem2」稱呼稍年長的清潔女工。

「靚姐 léng3 zé1」，小販稱呼中年女性顧客。

「姑娘 gu1 nêng4」，一般用來稱呼護士。

某些職業女性像社工、算命師也喜歡用「姑娘」這稱謂，比如姓陳的就叫「陳姑娘」。

5.1 日常活動詞彙表

2501. mp3

學習粵語的人會發現很多日常活動的詞彙聽不懂，原因是粵語保留了大量古漢語，還有些方言詞跟普通話相差很遠。

這裏把詞彙列出來，再附加敘述日常生活的示範。

普通話	粵語
起床	起身 héi^{2} sen^{1}
睡覺	瞓覺 fen^{3} gao^{3}
洗澡、淋浴	沖涼 cung^{1} lêng^{4}
洗髮	洗頭 sei^{2} teo^{4}
洗臉	洗面 sei^{2} min^{6}
刷牙	刷牙 cad^{3} nga^{4}
換衣服	換衫 wun^{6} sam^{1}
吃早飯	食早餐 xig^{6} zou^{2} can^{1}
吃午飯	食晏 xig^{6} an^{3} / 食晏晝飯 xig^{6} an^{3} zeo^{3} fan^{6}
喝下午茶	飲下午茶 yem^{2} ha^{6} ng^{5} ca^{4}
吃晚飯	食晚飯 xig^{6} man^{5} fan^{6}
吃夜消	宵夜 xiu^{1} yé^{2}
喝茶、飲茶	飲茶 yem^{2} ca^{4}
吃火鍋	打邊爐 da^{2} bin^{1} lou^{4}/ 食火鍋 xig^{6} fo^{2} wo^{1}
吃自助餐	食自助餐 xig^{6} ji^{6} zo^{6} can^{1}
吃放題	食放題 xig^{6} fong^{3} tei^{4}
叫外賣	叫外賣 giu^{3} ngoi^{6} mai^{6}
做飯	煮飯 ju^{2} fan^{6}
做菜	煮餸 ju^{2} sung^{3}/ 整嘢食 jing^{2} yé^{5} xig^{6}
買菜	買餸 mai^{5} sung^{3}

普通話	粵語
收拾東西	執嘢 zeb^{1} yé^{5}
洗碗	洗碗 sei^{2} wun^{2}
打掃	掃地 sou^{3} déi^{6}
擦地板	（用拖把）拖地 to^{1} déi^{6} / （用布）抹地 mad^{3} déi^{6}
洗衣服	洗衫 sei^{2} sam^{1}
晾衣服	晾衫 long^{6} sam^{1}
收衣服	收衫 seo^{1} sam^{1}
逛街	行街 hang^{4} gai^{1}
買東西	買嘢 mai^{5} yé^{5}
回家	返屋企 fan^{1} ug^{1} kéi^{2}
上班	返工 fan^{1} gung^{1} / 開工 hoi^{1} gung^{1}
下班	放工 fong^{3} gung^{1}/ 收工 seo^{1} gung^{1}
做兼職	做兼職 zou^{6} gim^{1} jig^{1}
加班	開 OT hoi^{1} OT / 加班 ga^{1} ban^{1}
開會	開會 hoi^{1} wui^{2}
上學	返學 fan^{1} hog^{6}
放學	放學 fong^{3} hog^{6}
上課	上堂 sêng^{5} tong^{4}
下課	落堂 log^{6} tong^{4}
學習	讀書 dug^{6} xu^{1}
複習	溫書 wen^{1} xu^{1}/ 溫習 wen^{1} zab^{6}
補習	補習 bou^{2} zab^{6}
上網	上網 sêng^{5} mong^{5}
鍛煉身體	做運動 zou^{6} wen^{6} dung^{6}
上健身房	做 gym zou^{6} jim^{1}
跑步	跑步 pao^{2} bou^{6}
游泳	游水 yeo^{4} sêu^{2}
打球	打波 da^{2} bo^{1}

普通話	粵語
打籃球	打籃球 da2 lam4 keo4
打羽毛球	打羽毛球 da2 yu5 mou4 keo4
打網球	打網球 da2 mong5 keo4
打乒乓球	打乒乓波 da2 bing1 bem1 bo1
踢足球	踢波 tég3 bo1/ 踢足球 tég3 zug1 keo4
跳舞	跳舞 tiu3 mou5
騎自行車	踩單車 cai2 dan1 cé1
爬山	行山 hang4 san1
滑冰	溜冰 leo4 bing1
打機	打機 da2 géi1
下棋	捉棋 zug1 kéi2
下圍棋	捉圍棋 zug1 wei4 kéi2
下象棋	捉象棋 zug1 zêng6 kéi2
畫畫	畫畫 wag6 wa2
聽音樂	聽音樂 téng1 yem1 ngog6
彈鋼琴	彈鋼琴 tan4 gong3 kem4
拉小提琴	拉小提琴 lai1 xiu2 tei4 kem4
吹笛	吹笛 cêu1 dég2
寫書法	寫書法 sé2 xu1 fad3/ 練字 lin6 ji6
看電影	睇戲 tei2 héi3
看電視	睇電視 tei2 din6 xi6
聊天	傾偈 king1 gei2/ 吹水 cêu1 sêu2
談戀愛	拍拖 pag3 to1

5.2 敘述日常生活

2501 mp3

Ngo5 yed1 zou2 héi2 sen1 cad3 nga4 sei2 min6 xig6 zou2 can1

我一早起身，刷牙、洗面、食早餐，

我清早起床，刷牙、洗臉、吃早餐，

yin4 heo6 hêu3 zou6 Zou6 yun4 wen6 dung6 cung1 lêng4 sei2 teo4
然後去做gym。做完運動沖涼、洗頭，
就去上健身房。做運動後洗澡、洗頭，

gen1 ju6 wun6 sam1 fan1 hog6 Geo2 dim2 bun3 hoi1 qi2 sêng5 tong4
跟住換衫返學。九點半開始上堂，
接着換衣服去上學。九點半開始上課，

seb6 yi6 dim2 géi2 log6 tong4 zeo6 xig6 an3
十二點幾落堂就食晏。
十二點多下課就吃午飯。

Ha6 zeo3 hei2 tou4 xu1 gun2 dug6 xu1
下晝喺圖書館讀書，
下午在圖書館複習，

dug6 dou3 ng5 dim2 hêu3 yem2 go3 ha6 ng5 ca4 xin1 fan1 ug1 kéi2
讀到五點去飲個下午茶先返屋企。
直到五點先去吃下午茶才回家。

Yé6 man5 xig6 yun4 fan6 wui5 tei2 ha5 din6 xi6 da2 ha5 géi1
夜晚食完飯會睇吓電視、打吓機，
晚上吃飯後會看電視、打機，

yeo5 xi4 peng4 yeo5 lei4 wen2 ngo5 yed1 cei4 hêu3 xiu1 yé2
有時朋友嚟搵我一齊去宵夜。
有時候朋友來找我一起去吃夜消。

Ngo5 man5 man5 yed1 dim2 dou2 fen3 gao3
我晚晚一點倒瞓覺。
我每晚大概一點睡覺。

5.3 幼兒用語（BB 話）

2601. mp3

對幼兒說話，粵語有些特別詞彙。

（更多例子，請看附錄詞彙表） 2-5.3.pdf

6.1 位置和方向詞彙表

2701. mp3

普通話	粵語
位置	位置 wei^{6} ji^{3}
方向	方向 fong^{1} hêng^{3}
這裏	呢度 ni^{1} dou^{6}
那裏	果度 go^{2} dou^{6}
前面	前便 qin^{4} bin^{6} / 前面 qin^{4} min^{6}
後面	後便 heo^{6} bin^{6} / 後面 heo^{6} min^{6}
左面	左手便 zo^{2} seo^{2} bin^{6} / 左面 zo^{2} min^{6}
右面	右手便 yeo^{6} seo^{2} bin^{6} / 右面 yeo^{6} min^{6}
上面	上便 sêng^{6} bin^{6} / 上面 sêng^{6} min^{6}
下面	下便 ha^{6} bin^{6} / 下面 ha^{6} min^{6}
底下	底下 dei^{2} ha^{6} / 下低 ha^{6} dei^{1}
中間	中間 zung^{1} gan^{1}
樓上	樓上 leo^{4} sêng^{6}
樓下	樓下 leo^{4} ha^{6}
對面	對面 dêu^{3} min^{6}
正面	正面 jing^{3} min^{6}
側面	側面 zeg^{1} min^{6}
背面	背面 bui^{3} min^{6} / 背後 bui^{3} heo^{6}
裏面	裏便 lêu^{5} bin^{6} / 裏面 lêu^{5} min^{6} 入便 yeb^{6} bin^{6} / 入面 yeb^{6} min^{6} / 埋便 mai^{4} bin^{6}

普通話	粵語
外面	外便 ngoi6 bin6 / 外面 ngoi6 min6 出便 cêd1 bin6 / 出面 cêd1 min6 / 開便 hoi1 bin6
東南西北	東 dung1 南 nam4 西 sei1 北 beg1
角落	角落頭 gog3 log1 teo2 / 埋便 mai4 bin6
牆角	牆角 cêng4 gog3
窗邊	窗邊 cêng1 bin1
旁邊	旁邊 pong4 bin1 / 隔籬 gag3 léi4/ 側邊 zeb1 bin1
隔壁	隔籬 gag3 léi4
附近	附近 fu6 gen6
周圍	周圍 zeo1 wei4/ 四圍 séi3 wei4

6.2 説明位置

2701 mp3

Ma1 mi4 ju6 hei2 ngo5 gag3 léi4 ga1 zé1 ju6 hei2 leo4 sêng6
媽咪住喺我隔籬，家姐住喺樓上。
媽媽住在我隔壁，姐姐住在樓上。

têu1 hoi1 zo2 seo2 bin6 dou6 mun4 zeo6 gin3 dou2 lab6 sab3 fong4
推開左手便度門就見到垃圾房。
推開左面的門就見到垃圾房。

Ngo5 léi1 zo2 mai4 gog3 log1 teo2
我匿咗埋角落頭。 我躲在角落。

Ngo5 kéi5 zo2 hei2 dai6 mun4 heo2 zeb1 bin1
我企咗喺大門口側邊。 我就站在大門旁。

Gin6 sam1 gua3 zo2 yeb6 yi1 guei6
件衫掛咗入衣櫃。 那件衣服掛進衣櫃了。

6.3 度（標示地點）

2701 mp3

普通話常用「上」、「裏」，粵語用「度 dou⁶」。

i 上

Yi⁶ gung¹ hei² gai¹ **dou⁶** ceo⁴ fun²
義 工 喺 街 **度** 籌 款 。 志願者在街上募捐籌款。

Kêu⁵ séng⁴ go³ zag³ log⁶ lei⁴ ngo⁵ **dou⁶**, gao² dou³ ngo⁵ zong⁶ log⁶ geo⁶ ség⁶ **dou⁶**
佢 成 個 責 落 嚟 我 **度** ， 搞 到 我 撞 落 嚿 石 **度** 。 他整個人壓在我身上，我被推倒在石頭上。

Zég³ seo² ji² cab³ hei² din⁶ nou⁵ **dou⁶**
隻 手 指 插 喺 電 腦 **度** 。 優盤插在電腦上。

xu¹ ga² **dou⁶** yeo⁵ hou² do¹ cen⁴
書 架 **度** 有 好 多 塵 。 書架上有很多塵埃。

ii 裏

Guai¹ guai¹ déi² co⁵ hei² cé¹ **dou⁶** deng² ngo⁵ fan¹ lei⁴
乖 乖 哋 坐 喺 車 **度** 等 我 番 嚟 。
靜靜坐在車裏等我回來。

Gin⁶ dan⁶ gou¹ bai² zo² hei² xud³ guei⁶ **dou⁶**
件 蛋 糕 擺 咗 喺 雪 櫃 **度**。那片蛋糕放了在冰箱裏。

粵語不會説「到」甚麼地方，只可以用「去」或「嚟」：

Kêu⁵ céng² ngo⁵ **hêu³** kêu⁵ ug¹ kéi²
佢 請 我 **去** 佢 屋 企 。他請我到他家去。

Néi⁵ **lei⁴** Hêng¹ Gong², yed¹ ding⁶ yiu³ wen² ngo⁵
你 **嚟** 香 港 ， 一 定 要 搵 我 。
你到香港來，一定要找我。

Ngo⁵ **hêu³ dou³** yed¹ go³ sen¹ déi⁶ fong¹ zeo⁶ wui⁵ xig¹ sen¹ peng⁴ yeo⁵
我 **去 到** 一 個 新 地 方 就 會 識 新 朋 友 。
我到了一個新地方就會認識新朋友。

7.1 表示趨向詞彙表

2801. mp3

普通話	粵語
上來	上嚟 sêng^{5} lei^{4}
上去	上去 sêng^{5} hêu^{3}
下來	落嚟 log^{6} lei^{4}
下去	落去 log^{6} hêu^{3}
出來	出嚟 cêd^{1} lei^{4}
出去	出去 cêd^{1} hêu^{3}
進來	入嚟 yeb^{6} lei^{4}
進去	入去 yeb^{6} hêu^{3}
過來	過嚟 guo^{3} lei^{4}
過去	過去 guo^{3} hêu^{3}
回來	番嚟 fan^{1} lei^{4}
回去	番去 fan^{1} hêu^{3}
起來	起身 héi^{2} sen^{1}
靠近	埋嚟 mai^{4} lei^{4} / 近 ken^{5} / 近住 gen^{6} ju^{6}
遠離	開去 hoi^{1} hêu^{3}
左拐	轉左 jun^{3} zo^{2}
右拐	轉右 jun^{3} yeo^{6}
往前走	行前 hang^{4} qin^{4} / 向前行 hêng^{3} qin^{4} hang^{4}
往後退	退後 ten^{3} heo^{6} / 向後退 hêng^{3} heo^{6} ten^{3}
一直走	直行 jig^{6} hang^{4}
一直走進去	直入 jig^{6} yeb^{6}
回頭	番轉頭 fan^{1} jun^{3} teo^{4}
往回走	掉頭 diu^{6} teo^{4} / U turn

7.2 說明行動方向

2801 mp3

Ngo5 dab3 din6 tei1 sêng5 hêu3 yin4 heo6 dab3 lib1 log6 lei4
我搭電梯上去，然後搭𨋢落嚟。
我搭扶手電梯上去，然後搭升降機下來。

yeo4 heo6 leo4 tei1 hang4 log6 déi6 ha2
由後樓梯行落地下
從後樓梯走到地面。

Kêu5 hang4 zo2 cêd1 hêu3 lou6 toi4
佢行咗出去露台
他走出陽台了

Yeo5 men1 féi1 zo2 yeb6 lei4 gon2 fan1 kêu5 cêd3 hêu3 la1
有蚊飛咗入嚟，趕番佢出去啦！
有蚊子飛了進來，把牠趕出去。

ging1 tin1 kiu4 hang4 guo3 hêu3 gao3 tong2
經天橋行過去教堂
經過人行橋往教堂走過去

Céng2 guo3 lei4 ni1 bin6 deng1 géi3 zo2 xin1 la1
請過嚟呢便登記咗先啦
請先過來這邊登記

jig6 hang4 jun3 yeo6 m4 hou2 hang4 fan1 jun3 teo4
直行轉右，唔好行番轉頭。
一直走，往右拐，不要走回頭。

hang4 qin4 lêng5 bou6 ten3 heo6 yed1 bou6
行前兩步，退後一步。
向前走兩步，後退一步。

7.3 關於出去的說法

2801 mp3

粵語「出去」有三個說法：

cêd^{1} hêu^{3} cêd^{1} gai^{1} hêu^{3} gai^{1}

出 去 / 出 街 / 去 街 出去

粵語說「上街」有特別意義：

sêng^{5} gai^{1} yeo^{4} heng^{4} sêng^{5} gai^{1} kong^{3} zeng^{1}

上 街 遊 行 / 上 街 抗 爭

普通話「出門」，粵語是「出門口」：

Ngo^{5} bad^{3} dim^{2} cêd^{1} mun^{4} heo^{2}

我 八 點 出 門 口 我八點出門

粵語的「出門」是遠行：

cêd^{1}mun^{4} hêu^{3} lêu^{5} heng^{4} yiu^{3} xiu^{2} sem^{1}

出 門 去 旅 行 要 小 心 出門去旅遊要小心

7.4 去某些地方有特定的動詞

2801 mp3

往返常去的地方或回原居地用「返」：

fan^{1} gung^{1} **返 工** 上班	**fan^{1}** office **返 office** 去辦公室 / 寫字樓	**fan^{1}** hog^{6} **返 學** 上學
fan^{1} bou^{2} zab^{6} sé^{5} **返 補 習 社** 去補習社	**fan^{1}** ug^{1} kéi^{2} **返 屋 企** 回家	**fan^{1}** ngoi^{6} ga^{1} **返 外 家** 回娘家
fan^{1} hêng^{1} ha^{2} **返 鄉 下** 回鄉	**fan^{1}** zo^{2} lou^{5} ga^{1} **返 咗 老 家** 回老家了	**fan^{1}** Dai^{6} Lug^{6} **返 大 陸** 去內地

dab3 yé6 géi1 **fan1** Hêng1 Gong2
搭 夜 機 **返** 香 港　坐晚上的航班從外地回香港

Ngo5 ging1 sêng4 **fan1** Dai6 Lug6 zou6 yé5
我 經 常 **返** 大 陸 做 嘢　我經常去內地工作

去郊區用「入」，從郊區到市中心用「出」：

yeb6 Cêng4 Zeo1 lou6 ying4
入 長 洲 露 營

yeo4 yun4 long5 dab3 ba1 xi2 **cêd1** Zung1 Wan4 bun3 go3 zung1
由 元 朗 搭 巴 士 **出** 中 環 半 個 鐘
從元朗坐公車去中環要半個鐘

出境往內地用「上」：

deg1 han4 zeo6 **sêng5** Sem1 Zen3 deb6 gued1
得 閒 就 **上** 深 圳 揼 骨　有空就去深圳按摩

deg6 seo2 **sêng5** Beg1 Ging1 sëd0 jig1
特 首 **上** 北 京 述 職　特首去北京述職

越洋過海、移民用「過」：

dab3 xun4 **guo3** Geo2 Lung4
搭 船 **過** 九 龍　（由香港島）坐船去九龍

guo3 Ou3 Mun2 hang4 ha5 xig6 ha5 yé5
過 澳 門 行 吓 食 吓 嘢　去澳門走走，吃點好東西

kêu5 séng4 ga1 **guo3** zo2 Méi5 Guog3
佢 成 家 **過** 咗 美 國　他全家移民去了美國

2901. mp3

i 行走、行禮、行某種制度的意思讀 hang⁴

hang⁴ gai¹
行街 逛街

hang⁴ sêng¹ cêng⁴
行商場 逛商場

hang⁴ gung¹ yun²
行公園 在公園散步

hang⁴ san¹
行山 爬山

hang⁴ leo⁴ tei¹
行樓梯 爬樓梯

hang⁴ cé³ lou²
行斜路 爬斜坡

hang⁴ lou⁶ hêu³ la¹, m⁴ sei² dab³ cé¹
行路去啦，唔使搭車。
走路去吧，不用坐車。

hang⁴ lei⁵
行禮 行禮

hang⁴ bed¹ yib⁶ lei⁵
行畢業禮 行畢業禮

Hêng¹ Gong² hang⁴ yed¹ fu¹ yed¹ cei¹ zei³
香港行一夫一妻制 香港行一夫一妻制

ii 對比「行」和「走」

粵語的「走」是離開的意思，也可以是跑或走到特定地點，不是一般走路：

Ngo⁵ tung⁴ peng⁴ yeo⁵ yed¹ cei⁴ **hang⁴**
我同朋友一齊行 我和朋友一起走。

Ngo⁵ tung⁴ peng⁴ yeo⁵ yed¹ cei⁴ **zeo²**
我同朋友一齊走 我和朋友一起離開。

hang⁴ wen⁴ séng⁴ go³ sêng¹ cêng⁴
行勻成個商場 逛了整個商場。

zeo² wen⁴ séng⁴ go³ sêng¹ cêng⁴
走勻成個商場 跑遍整個商場。

Kêu5 **hang4 mai4 lei4** tung4 ngo5 da2 jiu1 fu1 / Kêu5 **zeo2 mai4 lei4**
佢**行埋嚟**同我打招呼 / 佢**走埋嚟**
tung4 ngo5 da2 jiu1 fu1
同我打招呼。他走過來跟我打招呼。

Ngo5 yêg3 kêu5 hei2 déi6 tid3 zam6, kêu5 zeo6 **zeo2 zo2 hêu3**
我約佢喺地鐵站，佢就**走咗去**
ba1 xi2 zam6
巴士站。我約他在地鐵站，他卻去了公車站。

Ngo5 yud6 giu3 kêu5, kêu5 yud6 **zeo2**
我愈叫佢，佢愈**走**。我愈叫他，他走得愈遠。

Ngo5 **zeo2** la3. Bai1 bai3
我**走**喇。拜拜！我走了（要離開）。再見！

普通話讀 xing，粵語讀 heng4：

lêu5 heng4 旅行　gêu2 heng4 舉行　heng4 dung6 行動　heng4 wei4 行為

普通話讀 xing，粵語讀 heng6：

ben2 heng6 品行　dou6 heng6 道行　bou6 heng6 暴行

普通話讀 hang，粵語讀 hong4：

ngen4 hong4 銀行　hong4 yib6 行業　dei6 yed1 hong4 第一行

i 特定詞彙讀 gen6：

21001. mp3

fu6 gen6 附近　jib3 gen6 接近　gen6 loi4 近來　gen6 pai2 近排（最近一段時間）

ii 表示靠近可讀 gen6 或 ken5：

Gen6 ju6 déi6 tid3 zam6 gé3 sêng1cêng4
近住地鐵站嘅商場。在地鐵站附近的商場。

Sêng1cêng4 **hou2 ken5** déi6 tid3 zam6
商場**好近**地鐵站。商場靠近地鐵站。

Néi5 xiu2 sem1 di1, mei5 gem3 **gen6** kêu5, kêu5 m4 hei6 hou2 yen4
你小心啲，咪咁**近**佢，佢唔係好人。
你小心點，不要接近他，不要跟他來往，他不是好人。

Kêu5 yeo5 qun4 yim5 béng6, néi5 xiu2 sem1 di1, mei5 gem3 **ken5** kêu5
佢有傳染病，你小心啲，咪咁**近**佢。
他有傳染病，你小心點，不要靠近他。

Ken5ken2 déi2 hei2 **fu6 gen6** gung1 yun2 wan2 ha5
近近哋喺**附近**公園玩吓。
就在附近的公園玩一會兒吧。

zêu3ken5 gé3 cêd1 heo2
最近嘅出口　最近的出口（表示距離）

zêu3gen6 gé3 tin1 héi3
最近嘅天氣　最近的天氣（表示近來）

10.1 告訴（話知）

21101. mp3

普通話「我告訴他」，粵語有多個說法：

ngo5 **wa6** kêu5 **ji1** / ngo5 **gong2** kêu5 **ji1** / ngo5 tung4 kêu5 **gong2** /
我 **話** 佢 **知** / 我 **講** 佢 **知** / 我 同 佢 **講** /

ngo5 **wa6** kêu5 **téng1** / ngo5 **gong2** kêu5 **téng1**
我 **話** 佢 **聽** / 我 **講** 佢 **聽**

Ngo5 **wa6** **zo2** go4 go1 **ji1** a3 ma1 béng6 zo2
我 **話** **咗** 哥 哥 **知** 阿 媽 病 咗 。
我告訴了哥哥，媽媽生病了。

Néi5 ji1 gé3 dou1 **gong2** **sai3** **béi2** ngo5 **téng1**
你 知 嘅 都 **講** **晒** **畀** 我 **聽** ？
你知道的全都告訴我了嗎？

Ngo5 **gong2** **guo3** **béi2** kêu5 yed1 go3 **téng1** za3
我 **講** **過** **畀** 佢 一 個 **聽** 咋 ，
dim2 ji1 kêu5 **wa6** **sai3** **béi2** qun4 sei3 gai3 **téng1** zé1
點 知 佢 **話** **晒** **畀** 全 世 界 **聽** 啫 。
我只告訴過他一個人，誰料他告訴了所有人。

10.2 忘了（唔記得、漏咗）

21101. mp3

普通話「忘了」，粵語是「唔記得」或「漏咗」：

tai3 noi6 m4 géi3 deg1
太 耐 ， 唔 記 得 。 太久以前，忘了。

m4 géi3 deg1 zo2 gao3 nao6 zung1
唔 記 得 咗 校 鬧 鐘 忘了上鬧鐘

leo[6] zo[2] sé[2] méng[2]
漏 咗 寫 名　忘了寫上名字

m[4] hou[2] leo[6] zo[2] seo[2] géi[1]
唔 好 漏 咗 手 機　別忘了帶手機

10.3 想（想、諗、掛住）

21101. mp3

普通話裏的「想」，可對應粵語的「想」、「諗」或「掛住」:

「想 sêng[2]」，表示意願和打算。「諗 nem[2]」，表示思索、考慮和心裏怎麼想。掛住「gua[3] ju[6]」，表達想念。

Ngo[5] hou[2] **gua[3] ju[6]** ug[1] kéi[2] **nem[2] héi[2]** ga[1] hêng[1] coi[3] zeo[6] **sêng[2]** xig[6]
我 好 **掛 住** 屋 企 ， **諗 起** 家 鄉 菜 就 **想** 食 。
我很想家，想起家鄉菜就想吃。

Ngo[5] **nem[2]** ni[1] go[3] hei[6] kêu[5] **sêng[2]** yiu[3] gé[3] yé[5]
我 **諗** 呢 個 係 佢 **想** 要 嘅 嘢 。
我想這是他想要的東西。

Ngo[5] m[4] **sêng[2]** ji[1] kêu[5] gé[3] **nem[2] fad[3]**
我 唔 **想** 知 佢 嘅 **諗 法** 。我不想知道他的想法。
（想法可以説「想法 sêng[2] fad[3]」或「諗法 nem[2] fad[3]」。）

「諗 nem[2]」有很多不同變化組合：

Ngo[5] **nem[2] m[4] dou[3]** kêu[5] **m[4] hei[6] hou[2] sêng[2]** gin[3] dou[2] ngo[5]
我 **諗 唔 到** 佢 **唔 係 好 想** 見 到 我 。
我想不到他不那麼想見到我。

Néi[5] **nem[2] do[1] zo[2]** la[3] ngo[5] **mou[5] nem[2] guo[3]** yiu[3] gem[2] dêu[3] néi[5]
你 **諗 多 咗** 喇 ， 我 **冇 諗 過** 要 咁 對 你 。
你真的想多了，我沒想過要這樣對你。

Néi[5] **sêng[2]** kêu[5] tung[4] néi[5] dou[6] hib[3-2] néi[5] **nem[2] dou[1] m[4] sei[3] nem[2]**
你 **想** 佢 同 你 道 歉 ？ 你 **諗 都 唔 使 諗** 。
你想他跟你道歉？你想都不用想。

Kêu5 zeo6 hei6 m4 **sêng2** béi2 néi5 ji1 kêu5 **nem2 gen2** med1 **nem2 dou3** **yeb6 sai3 sen4**

佢就係唔**想**畀你知，佢**諗緊**乜**諗到入晒神**。他就是不想讓你知道他在想甚麼想得出神。

Ngo5 **nem2 ju6** dab3 dig1 xi2 fan1 ug1 kéi2

我**諗住**搭的士返屋企。我打算坐出租車回家。

Kêu5 zung6 sei3 go3 **m4 xig1 nem2**

佢仲細個，**唔識諗**。他年紀還小，思想不成熟。

Néi5 zêu3 **dei2 deg1 nem2** heng2 bong1 yen4 m4 pa3 xid6 dei2

你最**抵得諗**，肯幫人，唔怕蝕底。

你最計較，樂於助人又不怕吃虧。

Nem2 zen1 di1 ni1 pun4 sang1 yi3 **nem2 deg1 guo3**

諗真啲，呢盤生意**諗得過**。

仔細考慮，這門生意值得投資。

Nem2 sem1 yed1 ceng4 mai5 cé1 zen1 hei6 **nem2 m4 guo3**

諗深一層，買車真係**諗唔過**。

細心思考，買車真的不值得。

10.4 會、識

普通話裏的「會」，可對應粵語的「會」或「識」：

ⓘ 會 wui5

21101. mp3

表示有可能：

Ting1 yed6 hou2 yeo5 ho2 neng4 **wui5** log6 yu5

聽日好有可能**會**落雨。明天很大可能會下雨。

Wui5 m4 wui5 da2 fung1 M4 hei6 **m4 wui5** gem3 yid6 ga3

會唔會打風？唔係**唔會**咁熱㗎。

有可能是颱風來嗎？不然不會那麼熱的。

Kêu5 **m4** **wui5** **m4** ling5 qing4
佢 **唔** **會** **唔** 領 情 。他不會不領情。

Dim2yêng2 xin1 **wui5** yeo5 géi1 wui6 zou6 wui2 yun4
點 樣 先 **會** 有 機 會 做 會 員 ？
怎樣才會有機會做會員？

表示作出承諾：

Ngo5**wui5** jiu3 gu3 hou2 kêu5
我 **會** 照 顧 好 佢 我會好好照顧他。

「會」作為名詞，有兩個聲調 wui2 和 wui6，讀哪一個按約定俗成。例如：

開會 hoi1 wui2	會場 wui2 cêng4	會議 wui6 yi5
集會 zab6 wui2	座談會 zo6 tam4 wui2	聚會 zêu6 wui6

讀成 wui2 的常用詞彙：

會籍 wui2 jig6	交會費 gao1 wui2 fei3
入會 yeb6 wui2	退會 têu3 wui2
開會 hoi1 wui2	散會 san3 wui2
社會 sé3 wui2	黑社會 hag1 sé3 wui2
委員會 wei2 yun4 wui2	教會 gao3 wui2
工會 gung1 wui2	學生會 hog6 sang1 wui2
運動會 wen6 dung6 wui2	

讀成 wui6 的常用詞彙：

會長 wui6 zêng2	會址 wui6 ji2
會刊 wui6 hon2	會計 wui6 gei3
會話 wui6 wa2	國際大都會 guog3 zei3 dai6 dou1 wui6
誤會 ng6 wui6	領會 ling5 wui6

識 xig^{1}

21101. mp3

表示懂得怎樣做或有能力做某事，普通話是「會」：

Néi^{5} **xig^{1}** di^{1} med^{1} yé^{5} **Xig^{1}** m^{4} **xig^{1}** din^{6} nou$^{5-2}$
你 **識** 啲 乜 嘢 ？ **識** **唔** **識** 電 腦 ？
你會甚麼？會用計算機嗎？

Xig^{1} téng^{1} **m^{4}** **xig^{1}** gong^{2}
識 聽 **唔** **識** 講　會聽不會說。

Néi^{5} **xig^{1}** **m^{4}** **xig^{1}** cêng^{3} ni^{1} zég^{3} go^{1} Tung^{1} néi^{5} heb^{6} cêng^{3} la^{1}
你 **識** **唔** **識** 唱 呢 隻 歌 ？ 同 你 合 唱 啦 。
你會唱這首歌嗎？和你合唱吧。

Ngo^{5} **xig^{1}** **xig^{1}** **déi^{2}** néi^{5} pui^{4} ju^{6} ngo^{5} cêng^{3} zeo^{6} deg^{1}
我 **識** **識** **哋** ， 你 陪 住 我 唱 就 得 。
我懂一點點，你陪着我唱就可以。

Ngo^{5} **hog^{6}** **xig^{1}** do^{1} gog^{3} dou^{6} tei^{2} yed^{1} gin^{6} xi^{6}
我 **學** **識** 多 角 度 睇 一 件 事 。
我學會從多角度看一件事。

Kêu^{5} hou^{2} **xig^{1}** zou^{6} héi^{3} Ngo^{5} m^{4} ming^{4} néi^{5} dim^{2} gai^{2} tei^{2} m^{4} cêd^{1}
佢 好 **識** 做 戲 。 我 唔 明 你 點 解 睇 唔 出 。
他很會演戲。我不懂你為甚麼就看不出來？

Ngo^{5} **m^{4}** **xig^{1}** tei^{2} sêng^{3} **m^{4}** **xig^{1}** fen^{1} hou^{2} yen^{4} wai^{6} yen^{4}
我 **唔** **識** 睇 相 ， **唔** **識** 分 好 人 壞 人 。
我不會看相，不懂得分辨好人壞人。

善於做某事：

Néi^{5} zen^{1} hei^{6} **xig^{1}** gong^{2} yé^{5} gem^{3} **xig^{1}** tem^{3} yen^{4} hoi^{1} sem^{1}
你 真 係 **識** 講 嘢 ， 咁 **識** 氹 人 開 心 。
你真會說話，真會逗人喜歡。

粵語不說「懂」或「懂得」

表示認識：

Néi5 **xig1** m4 **xig1** yen4 **xig1** gao3 kem4 a3
你**識唔識**人**識**教琴呀？
你認識會教人彈鋼琴的人嗎？

Ngo5 **xig1** hou2 do1 ging6 yen4
我**識**好多勁人　我認識很多很厲害的人

iii 對比「會」和「識」

21101. mp3

「會」表示有可能；「識」表示有能力做某事：

Néi5 **xig1** gong2 guong2 dung1 wa2 néi5 **wui5 m4 wui5** bong1 ngo5 fan1 yig6
你**識**講廣東話，你**會唔會**幫我翻譯？
你會說粵語，會替我當翻譯嗎？

Ngo5 **m4 xig1** yeo4 sêu2 néi5 **wui5 m4 wui5** gao3 ngo5
我**唔識**游水，你**會唔會**教我？
我不會游泳，你會教我嗎？

Ngo5 **xig1** yeo4 sêu2 dan6 hei6 **m4 xig1** gao3 yen4
我**識**游水，但係**唔識**教人。
我會游泳，但不會教人。

Néi5 **m4 xig1** zou6 ngo5 **wui5** bong1 néi5
你**唔識**做，我**會**幫你。
你不會做，我會幫你。

10.5 換、轉

21101. mp3

「換 wun6」是更換；「轉 jun3」的用法比較多，比如換乘交通工具、換新工作、天氣轉變。

Hei2 ha6 go3 zam6 **jun3 cé1**
喺下個站**轉車**。在下一站換車。

Ga3 cé1 gem3 geo6 sêng2 **wun6 cé1**
架車咁舊，想**換車**。汽車那麼舊，想換新的車。

Jun3 gung1 **wun6** ha5 sen1 wan4 ging2
轉工，**換**吓新環境。換工作，換個新環境。

Jun3 zo2 tin1 héi3 di1 sam1 yiu3 **wun6** guei3
轉咗天氣，啲衫要**換**季。
天氣轉變，衣服要換季。

10.6 理、管、睬

21101. mp3

「理」是普通話的「管」；「管」只限於管理、管制、管教。

Néi5 **léi5** kêu5 lêng5 go3 gao2 mé1 zég1 néi5 dou1 **m4 léi5 deg1 gem3 do1**
你**理**佢兩個搞咩嘢？你都**唔理得咁多**。
你管他們做甚麼？你管不了那麼多。

Ngo5 **m4 léi5** yen4 dim2 tei2 kêu5 déi6 **gun2 m4 dou2** ngo5 dim2 zou6
我**唔理**人點睇，佢哋**管唔到**我點做。
我不管別人怎麼看，他們管不了我怎樣做。

Zou6 gun2 léi5 ceng4 yiu3 **gun2 ju6** di1 ha6 sug6 xi6 mou4 dai6 xiu2
做管理層要**管住**啲下屬，事無大小
dou1 yiu3 **léi5**
都要**理**。
當管理層要管好下屬，事無大小都要管。

Fu6 mou5 **gun2** deg1 ngo5 hou2 yim4 ngo5 zou6 med1 yé5 dou1 yiu3 **léi5**
父母**管**得我好嚴，我做乜嘢都要**理**。
父母管得我很嚴，我做甚麼都要管。

普通話的「理」作為回應、理會，粵語是「睬」：

Ngo5 **m4 coi2** kêu5 yen1 wei6 ngo5 leo1 gen2 kêu5
我**唔睬**佢，因為我嬲緊佢，
kêu5 zou6 med1 yé5 ngo5 dou1 **m4 wui5 léi5**
佢做乜嘢我都**唔會理**。
我不理他，因為我在生他的氣，他做甚麼我才不管。

10.7 憎、討厭、恨

21101. mp3

「憎」是討厭的意思：

Ngo^5 hou^2 **zeng^1** log^6 yu^5 seb^1 seb^1
我 好 **憎** 落 雨 濕 濕 。我很討厭下雨天濕漉漉的。

Kêu^5 hou^2 **hed^1 yen^4 zeng^1**
佢 好 **乞 人 憎** ！他很惹人討厭。

Ngo^5 **zeng^1** séi^2 kêu^5
我 **憎** 死 佢 ！我恨死他！好討厭！

「討厭」的感覺比「憎」更強烈：

Ngo^5 hou^2 **tou^2 yim^3** leo^4 lin^4 méi^6
我 好 **討 厭** 榴 槤 味 。我非常討厭榴槤的氣味。

Ngo^5 zêu^3 **tou^2 yim^3** gao^3 sei^3 lou^6
我 最 **討 厭** 教 細 路 。我最討厭教孩子。

「恨」是渴望的意思：

Ngo^5 hou^2 **hen^6** zung^3 lug^6 heb^6 coi^2
我 好 **恨** 中 六 合 彩 。我渴望中彩票。

Kêu^5 yeo^5 gem^3 hou^2 géi^1 wui^6 zen^1 hei^6 **hen^6 séi^2 gag^3 léi^4**
佢 有 咁 好 機 會 ， 真 係 **恨 死 隔 籬** 。
他得到那麼好的機會，真是羨剎旁人。

Néi^5 **m^4 hen^6 deg^1 gem^3 do^1**
你 **唔 恨 得 咁 多** 。別人有的機會，你就是只能羨慕。

10.8 貪、鍾意

21101. mp3

「鍾意」和「貪」兩個詞都有喜歡的意思，但是用「貪」必須説明原因，「鍾意」就沒有規定：

Ngo5 **zung1 yi3** yem2 sam1 heb6 yed1 ga3 fé1 **tam1** kêu5 fong1 bin6

我**鍾意**飲三合一咖啡，**貪**佢方便。

我喜歡喝三合一咖啡沖劑，因為方便。

Ngo5 **zung1 yi3** hei2 sêng1 cêng4 mai5 yé5

我**鍾意**喺商場買嘢。我喜歡在商場購物。

Ngo5 **tam1** hei2 sêng1 cêng4 mai5 yé5 yeo5 min5 fei3 pag3 cé1

我**貪**喺商場買嘢有免費泊車。

我喜歡在商場購物有免費停車。

「貪」跟普通話一樣有貪圖的意思，也可以用於説明喜歡某一點，不帶貶義：

Kêu5 m4 hei6 **tam1 qin2** xin1 ga3 go3 nin4 géi2 gem3 dai6 gé3

佢唔係**貪錢**先嫁個年紀咁大嘅，

hei6 **tam1** kêu5 yeo5 on1 qun4 gem2

係**貪**佢有安全感。

她不是貪錢才嫁給一個年紀那麼大的，其實是因為他有安全感。

Néi5 **tam1 léng3** xig6 tim4 ben2 zeo6 m4 ho2 yi5 **tam1 sem1**

你**貪靚**，食甜品就唔可以**貪心**。

你愛美，吃甜品就不可以貪心。

Di1 yen4 **tam1 sen1 xin1** zung1 yi3 xi3 sen1 yé5

啲人**貪新鮮**，鍾意試新嘢。

人們愛新鮮，喜歡嘗試新事物。

Ngo5 **tam1 deg1 yi3** bou3 méng2 xi3 ha5

我**貪得意**報名試吓。

我隨意報名試試，只圖好玩。

Ngo5 ju6 hei2 gung1 xi1 fu6 gen6 **tam1 ken5** fan1 gung1

我住喺公司附近，**貪近**返工。

我住在公司附近，因為靠近上班的地點。

11 外來語

粵語滲入了大量外來語，經常聽到香港人説話夾雜英語，還吸納很多日語中的漢字。外來語應用範圍很廣，詞彙創造量十分豐富，使粵語增加活力。

11.1 英譯詞

21201. mp3

外來語以英語為主，被粵語吸納的詞彙，語音會循粵語規律作出變化，像 keep set check pair 收尾的送氣或捲舌音不會發出來，同時英語為粵語拓闊了發音的可能性，例如出現複輔音 plan friend。英語詞彙使用時會混入粵語的語法，配上量詞、各種動詞詞尾和補語。香港人還可以把英語變化，創出自己的英語詞彙。

有些英譯詞可以用漢字寫出，而且按粵語規律發音，還加入聲調，大部分詞彙以第一聲高平開始，第二聲高上收尾。

（更多例子，請看附錄詞彙表） 2-11.1.pdf

有些詞彙普通話同樣是音譯詞，但選字不同。

英語	粵語	普通話
salad	沙律 sa^1 lêd^2	沙拉
lace	喱士 léi^1 xi^2	蕾絲

有些詞彙粵語選擇音譯，跟普通話不同：

英語	粵語	普通話
bus	巴士 ba^1 xi^2	公共汽車
cherries	車厘子 cé^1 léi^4 ji^2	櫻桃

有些詞彙音義並存：

英語	粵語	普通話
pear	啤梨 bé1 léi2	洋梨
shirt	恤衫 sed1 sam1	襯衫

就算詞彙不能以漢字寫出，但發音仍要按粵語規律：

英語	粵語	普通話
pan	煎 pan jin1 pén1	平底鍋
seat	seat 位 xid1 wei2	汽車的座位

英語詞彙按粵語的語法使用

21201. mp3

名詞可以延伸成豐富的新詞彙，還會配上量詞和相應的動詞：

英語	粵語
ball 波	一個波 yed1 go3 bo1 一個球 打波 da2 bo1 打球 踢波 tég3 bo1 踢球 yed1 dêu3 bo1 hai4 一 對 波 鞋 一雙球鞋 bing1 bem1 bo1 toi2 乒 乓 波 枱 乒乓球桌子
pass	hao2 cé1 pai4 pa1 m4 pa1 xi4 考 車 牌 pa 唔 pass？ 考車牌及格嗎？ yed6 tig1 guo3 pa1 xi4 一 剔 過 pass 考一次就及格 lo2 go3 pa1 xi2 攞 個 pass 拿取工作證 cêd1 yeb6 yiu3 sou1 pa1 xi2 出 入 要 show pass 進出要出示證件

ii 動詞會混入粵語語法

21201. mp3

比如提問按是非問，表示動作完成會加上「咗」、「完」、「晒」等字。

英語	粵語
feel	zen1 hei6 hou2 hou2 fiu1 a3 真 係 好 好 feel 呀　真的感覺很棒 dêu3 kêu5 mou5 fiu1 對 佢 冇 feel　對他沒特別感覺 néi5 m4 hoi1 sem1 sen1 bin1 gé3 yen4 fiu1 dou2 你 唔 開 心 ， 身 邊 嘅 人 feel 到 。 你不高興，身邊的人都感覺到。
mark	mag1 ju6 hei2 yed6 lig6 mark 住 喺 日 曆　標記在日曆上 yi5 ging1 mag1 dei1 zo2 已 經 mark 低 咗　已經標記下來了

iii 形容詞可加上程度

21201. mp3

英語	粵語
cute	hou2 kiu1 好 cute 很可愛可以變音成「好 cutie hou2 kiu1ti2 」 ban6 kiu1 扮 cute 賣萌
out	néi5 di1 yé5 eo1 la3 你 啲 嘢 out 喇　你的想法 / 做法已過時

21201. mp3

iv 英語作量詞

英語	粵語
pair / 啤	Yen⁴ yen⁴ dou¹ yed¹ pé¹ yed¹ pé¹ 人人都一啤一啤 人人都成雙成對 ngo⁵ lo² ju⁶ yed¹ pé¹ yin¹ 我攞住一啤煙 我拿着兩張 A 撲克牌
round	hei² leo⁴ ha⁶ da² zo² lêng⁵ go³ rang¹ 喺樓下打咗兩個 round 在樓下逛了兩圈 lei⁴ do¹ go³ rang¹ 嚟多個 round 再來一回合

v 用英語作為連接句子

英語	粵語
anyway	ngo⁵ mou⁵ men⁶ tei⁴ anyway 我冇意見 不管怎樣，我沒意見
so far	mou⁵ men⁶ tei⁴ so far 冇問題 到現時為止沒問題
even	sam¹ sêu³ sei³ lou⁶ dou¹ ming⁴ bag⁶ even 三歲細路都明白 就算三歲孩子都明白

vi 介詞也會借用英語

英語	粵語
for	fo⁶ yi¹ liu⁴ yung⁶ dai³ ni¹ zung² heo² zao³ for 醫療用，戴呢種口罩。 給醫療專用的，戴這種口罩。 ni¹ gan¹ dai⁶ fong² fo⁶ yed¹ go³ ga¹ ting⁴ ju⁶ 呢間大房 for 一個家庭住 這個大房間特別適合一個家庭住

vii 有些英語會把原字縮短

21201. mp3

英語	粵語
cap — capture	keb[1] tou[4] cap 圖　截圖
賓 Q — security guard	ko[1] sed[6] kiu[1] call 賓 Q　叫保安員來

viii 香港人還會創作港式英語詞彙，把單音節字變成雙音節

a[3] sê[4] 阿 sir　男老師 / 男警	mid[1] xi[4] Missy 女老師 / 售貨員稱呼女性客人
m[4] lei[1] ki[2] 唔 likey　不高興	

ix 粵語還會活用英文字母

ni[1] can[1] éi[1] éi[1]
呢 餐 A A　這頓飯各付各的，或所有人平均分攤。

cêng[3] kéi[1]
唱 K　唱卡拉 OK

ém[1] géi[3]
M 記　麥當勞餐廳

M 是 mensuration 的縮寫：

ém[1] lei[4]
M 嚟　來月經

N 在數學上代表無限：

deng² zo² én¹ nin⁴
等 咗 N 年 等了不知多少年

Néi⁵ men⁶ dei⁶ én¹ qi³ la³
你 問 第 N 次 喇 你問過無限次了

én¹ mou⁴ yen⁴ xi⁶
N 無 人 士
未能享受各種社會福利和政府為民抒困措施的基層人士

英文字母 O 形象化張着嘴巴：

Kêu⁵ di¹ zou⁶ fad³ téng¹ dou³ ngo⁵ ou¹ zêu²
佢 啲 做 法 聽 到 我 O 嘴 。
他的做事方法，聽得我目瞪口呆。

qun⁴ sei³ gai³ dou¹ ou¹ sai³ zêu²
全 世 界 都 O 晒 嘴 所有人都錯愕，反應不過來

OT 是 over time 的縮寫：

hoi¹ ou¹ ti¹
開 O T 開夜、超時工作

kem¹ ou¹ ti¹ qin²
claim T 錢 領取加班費

P 是 party 的縮寫：

hoi¹ pi¹
開 P 開派對

xun⁴ pi¹
船 P 在船上開派對

11.2 英譯詞用粵語音來選字

漢語中有些英語音譯地名或店名，用粵語讀出來才接近英語發音，用普通話讀就莫名其妙。例如：

英語	粵語
Canada	加拿大 Ga^{1} Na^{4} Dai^{6}
Hawaii	夏威夷 Ha^{6} Wei^{1} Yi^{4}
McDonald's	麥當勞 Meg^{6} Dong^{1} Lou^{4}
Park'n Shop	百佳 Bag^{3} Gai^{1}
Switzerland	瑞士 Sêu^{6} Xi^{6}
Sweden	瑞典 Sêu^{6} Din^{2}
Watson's	屈臣氏 Wed^{1} Sen^{4} Xi^{6}

另外，西班牙 Sei^{1} Ban^{1} Nga^{4}、希臘 Héi^{1} Lab^{6}，同樣是用粵語讀出來才像原來的西班牙語和希臘語。

這個現象跟明、清朝的歷史有關係，早期的外語翻譯由傳教士負責，他們活躍於廣東地區，所以音譯詞就以粵語音來選字。現代的麥當勞餐廳、屈臣氏個人護理店和百佳超市先在香港開店，所以店名也是以粵語音來選字。

翻譯人名方面，香港以粵語音來選字，經常跟內地、台灣不同。如 David Beckham，香港翻譯是「碧咸 Big^{1} Ham^{4}」，充分發揮粵語發音的特色，兩個音節就夠，不像內地翻譯成「貝克漢姆」，需要四個音節來處理 Beckham 的短促 k 音和合口收尾 m。

11.3 日本漢字

粵語吸納了日語漢字，用原本日語的意思，但用粵音讀出。

比如飲食方面：「壽司 seo^{6} xi^{1}」、「刺身 qi^{3} sen^{1}」、「天婦羅 tin^{1} fu^{5} lo^{4}」、「放題 fong^{3} tei^{4}」即任點任吃；還有「達人 dad^{6} yen^{4}」即高手、「人妻 yen^{4} cei^{1}」即為人妻子，形容「人氣急升 yen^{4} héi^{3} geb^{1} xing^{1}」即大受歡迎。

偶然也有音譯詞，比如「奸爸爹 gan^{1} ba^{1} dé^{1}」（がんばって），意思是努力、加油。

最有趣是「丼 don^{1}」即蓋飯、大碗飯。丼，是古漢字，讀 dem^{2}，投物井中的聲音。不過粵語從日語吸納這個和制漢字過來時，也用了日語發音，與原本的古漢字沒關連。

yeo5 mou5 yeo5
A：有冇？有沒有？ B：有。有。

yeo5 med1 yé5 ni1 di1
A：有乜嘢？有甚麼？ B：呢啲。這些。

以上的對話像機械人。

21301. mp3

要是在句首加歎詞，在句末加語氣助詞，使説話節奏有長有短，聲調高低變化，一個簡單的對話也充滿生活氣色。

比如在菜市場買菜：

Wei3 lou5 sei3 a4
客人：喂，老細呀！ 老闆！你好。

Léng3 zé1 sêng2 mai5 med1 yé5 a3
菜販：靚姐，想買乜嘢呀？
你好。想買甚麼？

Ni1 di6 hei6 mei6 sen1 gai3 coi3 lei4 ga3
客人：呢啲係咪新界菜嚟㗎？
這是新界菜嗎？

Hei6 a3 Hou2 léng3 hou2 tim4 ga3
菜販：係呀！好靚好甜㗎！
是的。很好吃很甜的。

Béi2 yed1 gen1 ngo5 la1 Géi2 do1 qin2 a3
客人：畀一斤我啦。幾多錢呀？
給我一斤吧。多少錢？

Seb6 men1 gen1 Na4 Yiu4 m4 yiu3 cung1 a3
菜販：十蚊斤。嗱。要唔要葱呀？
十元一斤。這是你的。要葱嗎？

Hou2 ag3 m4 goi1
客人：好呃，唔該。 好，謝謝。

加入助詞還可以讓我們感受到對某人某事物的感情，比如錢對説話人的重要程度。

Hai⁴ Ngo⁵ béi² yen⁴ teo¹ zo² ngeo⁴ bao¹ mou⁵ sai³ di¹ qin²

A：嗐！我畀人偷咗銀包，冇晒啲錢。

真倒霉！我的錢包被偷了，所有錢沒了。

Qin² zé¹

B：錢啫。　不過是錢。

Qin² wo³ qin² a³

A：錢喎。錢呀！　是錢啊！

有些語氣助詞可以跟普通話的助詞基本對應，像「呀 a³」就是「啊」；「喇 la³」是「了」；「啦 la¹」是「吧」。

粵語的歎詞和語氣助詞非常豐富，這裏就以用法分類介紹。

提問

21301. mp3

Nói⁵ giu³ mé¹ méng² **a³**

你叫咩名**呀**？（「呀」沒有意思，可以用於所有提問）

你叫甚麼名字？

Néi⁵ hêu³ zo² bin¹ **a³**

你去咗邊**呀**？（「呀」拉長，表示質問）　你去哪兒了？

Néi⁵ sêng² yêg³ ngo⁵ géi² dim² **a¹**

你想約我幾點**吖**？（輕鬆地）　你想約我幾點？

Gem² néi⁵ sêng² m⁴ sêng² **a¹**

咁你想唔想**吖**？（確認、調皮地）　那麼你想不想？

Hêu³ bin¹ dou⁶ hou² **né¹** Néi⁵ wa⁶ **né¹**

去邊度好**呢**？你話**呢**？（問對方意見、禮貌地）

去哪裏？你說吧。

Zou⁶ yun⁴ ni¹ bou⁶ yin⁴ heo⁶ **né¹**

做完呢步，然後**呢**？（詢問人或事物怎麼樣）

完成了這步驟，然後呢？

Néi5 zung1 m4 zung1 yi3 xig6 lad6 **ga3**
你 鍾 唔 鍾 意 食 辣 **㗎**？（問及習慣、喜好）
你喜不喜歡吃辣的食物？

Dim2 gai2 **gé2** Dim2 gai2 wui5 gem2 **ga3**
點 解 **嘅** ？ 點 解 會 咁 **㗎**？（想知道多一點）
為甚麼？為甚麼會這樣？

Ni1 di1 hei6 mé1 **lei4** **ga3** Hei6 mei6 hou2 guei3 **gé3** **zég1**
呢 啲 係 咩 **嚟** **㗎** ？ 係 咪 好 貴 **嘅** **唧** ？
（要求詳細解譯） 這是甚麼？很貴的嗎？

Néi5 wa6 hei6 mei6 kêu5 m4 ngam1 **xin1**
你 話 係 咪 佢 唔 啱 **先**？（強烈要求對方表態）
你說是不是他不對？

Hei6 mei6 zen1 **ga3** **ha2**
係 咪 真 **㗎** ， **吓**？（「吓」表示全句重複，要確認）
是不是真的？

助詞可以代表詢問是將來還是過去的事。問將來的事：

Néi5 géi2 xi4 hêu3 Sêng6 Hoi2 **a3**
你 幾 時 去 上 海 **呀** ？ 你甚麼時候去上海的？

問過去發生的事：

Néi5 géi2 xi4 hêu3 Sêng6 Hoi2 **ga3**
你 幾 時 去 上 海 **㗎** ？
Néi5 géi2 xi4 hêu3 Sêng6 Hoi2 **gé2**
你 幾 時 去 上 海 **嘅** ？

反問、反詰

So4 ju1 néi5 m4 sên3 ngo5 **a4**
傻 豬 ， 你 唔 信 我 **牙** ？
寶貝，你不相信我？我會騙你嗎？（把語氣助詞變成最低的第四聲就成了反問。像「呀 a3」變調成「牙 a4」）

Gem^{2}dou^{1} m^{4} sei^{6} gem^{3} dai^{6} sai^{1} **ga^{2}**
咁 都 唔 使 咁 大 嘥 **㗎** ？
不用這樣浪費吧？（強烈地表明不滿）

Néi^{5} gong^{2} gé^{3} m^{4} hei^{6} kêu^{5} **a^{5}**
你 講 嘅 唔 係 佢 **雅** ？
你説的不是他吧？（確認原來事實是這樣）

21301. mp3

回應別人的説話，表示同意、認同，語調柔和

Hei^{6} a^{3} Ngo^{5} dou^{1} gog^{3} deg^{1} hei^{6} gem^{2}
係 呀 。 我 都 覺 得 係 咁 。
是的，我也覺得是這樣。

Géi^{2} hou^{2} **a^{1}**
幾 好 **吖** 。 挺不錯。

Hou^{2} a^{3} Ngo^{5} zan^{3} xing^{4} néi^{5} gé^{3} tei^{4} yi^{5}
好 呀 。 我 贊 成 你 嘅 提 議 。
這個好，我贊成你的建議。

Ngam^{1} a^{3} Béi^{2} ngo^{5} dou^{1} wui^{5} gem^{2} zou^{6}
啱 呀 。 畀 我 都 會 咁 做 。
對，要是我也會這樣做。

回應別人，表示非常同意和認同對方

Hei^{6} leg^{3} hei^{6} gem^{2} **ga^{3} la^{1}**
係 嘞 ， 係 咁 **㗎 啦** 。 對，就是這樣。

Hei^{6} gé^{2} néi^{5} gong^{2} deg^{1} ngam^{1} **gé^{2}**
係 嘅 ， 你 講 得 啱 **嘅** 。 對，你説得對。

Hei^{6} la^{1} geng^{2} hei^{6} kêu^{5} m^{4} ngam^{1} **la^{1}**
係 啦 。 梗 係 佢 唔 啱 **啦** 。 對，當然是他不對。

Mou5co3 zeo6 hei6 gem2
冇錯。就係咁。 沒錯。就是這樣。

Hei6 lo4 dim2 gai2 néi5 m4 men6 kêu5
係囉，點解你唔問佢？
就是嘛，為甚麼你不問他？

21301. mp3

表示同意，同時被對方提醒或有新發現

Hei6 wo3 Néi5 gong2 ngo5 xin1 xing2 héi2
係喎！你講我先醒起。
對了！你說起才讓我記起來。

Gem2 a4 Béi2 ngo5 zoi1 hao2 lêu6 ha5
咁牙？畀我再考慮吓。
這樣，你讓我再考慮一下。

表示明白，頓然領悟

O3 ngo5 ji1 **la3** Yun4 loi4 hei6 gem2 **gé2**
哦，我知**喇**。原來係咁**嘅**。
好，知道了，原來如此。

表示不確定

M4 ji1 **né1** **Hei6 gua3** Ngo5 m4 qing1 co2 **wo3**
唔知**呢**。**係啩**。我唔清楚**喎**。
我不知道。大概是吧。我不清楚。

Béng6zo2 gem3 noi6 hou2 fan1 **la3 gua3**
病咗咁耐，好番**喇啩**。
病了那麼久，應該康復了吧？

Kêu5 ji1 **ga5**
佢知**㗎**？（不肯定，但應該是這樣） 我猜他知道吧。

尋求得到認同

21301. mp3

Hou²hou² xig⁶ **a³ ho²**
好 好 食 **呀 可** ？ 很好吃吧？你也同意吧。

Geo³zung¹ **la³ ho²**
夠 鐘 **喇 可** ？ 時間到了吧？

Kêu⁵ying¹ xing⁴ zo² léi⁴ **ga³ ho²**
佢 應 承 咗 嚟 **㗎 可** ？ 他答應了來吧？
*「可」必須連住另一個語氣助詞使用。

Guo³yen⁵ **lé⁵**
過 癮 **哩** ？ 你現在也發現過癮了吧？

列舉例子，要說得輕聲

21301. mp3

Yeo⁵ med¹ yé⁵ yem² a³
A：有 乜 嘢 飲 呀 ？ 有甚麼飲料？
Yeo⁵ ga³ fé¹ **la¹** nai⁵ ca⁴ **la¹** ning⁴mung¹ ca⁴ **la¹**
B：有 咖 啡 **啦** 、 奶 茶 **啦** 、 檸 檬 茶 **啦** 、
cang² zeb¹ **la¹**
橙 汁 **啦** 。

也可以說：

Yeo⁵ ga³ fé¹ **a³** nai⁵ ca⁴ **a³** ning⁴mung¹ ca⁴ **a³**
有 咖 啡 **呀** 、 奶 茶 **呀** 、 檸 檬 茶 **呀** 、
cang² zeb¹ **a³**
橙 汁 **呀** 。
有咖啡、奶茶、檸檬茶、橙汁等。

請求

Deg¹ la¹ M⁴ goi¹ néi⁵ bong¹ ha⁵ ngo⁵ **la¹**
得 啦 。 唔 該 你 幫 吓 我 **啦** 。
好吧。請你幫幫我吧。

Fai³ di¹ **la¹**
快 啲 **啦** ！ 快點兒吧！

懇求

Zeo2 **a3** M4 goi1 néi5 zeo2 **a3**
走**呀**！唔該你走**呀**！ 走開！請你走開！

Keo4 néi5 geo3 ha5 ngo5 **la1** **ha2**
求你救吓我**啦**，**吓**？ 求你救救我，好嗎？

M4 goi1 la1 néi5 jing6 yed1 zen6 **la1**
唔該啦，你靜一陣**啦**。 拜託，你安靜一會吧。

表示感謝說「唔該晒」、「多謝晒」，不要加「啦」做助詞結尾，變成反話。例子：

Do1 zé6 néi5 **la1** gem3 hou2 gai3 xiu6
多謝你**啦**，咁好介紹。（反話）

Do1 zé6 néi5 **wo3** gem3 hou2 gai3 xiu6
多謝你**喎**，咁好介紹。（真心感謝）
真要感謝你，推薦這種好東西給我。

建議

21301. mp3

Ngo5 déi6 yed1 cei4 hêu3 **la1**
我哋一齊去**啦**。 我們一起去吧。

Ngo5 déi6 yed1 cei4 hêu3 **a1**
我哋一齊去**吖**。（輕鬆地）

Ngo5 déi6 yed1 cei4 hêu3 **lo3**
我哋一齊去**囉**。（親切地）

Ngo5 déi6 yed1 cei4 hêu3 **la3** **wéi3**
我哋一齊去**喇喂**。（熱情地）

Yed1 hei6 néi5 dou1 xi3 ha5 **la1**
一係你都試吓**啦**。 不如你也試試吧。

Bed1 yu4 fong3 héi3 **ba2** **la1**
不如放棄**罷啦**。 還是放棄吧。

Deng[2] ngo[5] xi[3] ha[5] **xin[1]**
等 我 試 吓 **先** 。 讓我來試試吧。

Wei[4] yeo[5] zoi[3] xi[3] ha[5] **hei[2] la[1]**
唯 有 再 試 吓 **喺 啦** 。 只好再試試。

Ngo[5] tung[4] néi[5] deo[3] fai[3] yem[2] sai[3] kêu[5] **a[1] la[4]**
我 同 你 鬥 快 飲 晒 佢 **吖 嗱** ？
我跟你比誰最快喝光這個吧。（提出建議，對自己表現非常有信心）

對於回應建議：

Hou[2] ag[3]
好 呃 。好的。（樂意接受）

Hou[2] la[1]
好 啦 。 好吧。（輕聲表示無所謂、沒關係，但拉長了像勉強接受）

Deg[1] la[1] zeo[6] gem[3] la[1]
得 啦 。 就 咁 啦 。 可以吧。就這樣吧。（可以接受，但拉長了像被迫無耐接受）

Xi[6] dan[6] la[1]
是 旦 啦 。 隨便吧。

M[4] hou[2] la[1]
唔 好 啦 。 不要吧。（不想接受）

M[4] hou[2] la[3] gua[3] Yeo[6] lei[4-2]
唔 好 喇 啩 。 又 嚟 ？
不是吧。又要再來？（不想接受，還有點抗拒）

Dou[1] wa[6] zo[2] m[4] deg[1] lé[5]
都 話 咗 唔 得 哩 ！（拒絕）
已經說得很清楚了，不可以。

叮囑

21301. mp3

Na4 Géi3 ju6 **a3**
嗱！記住**呀**！ 要記住！

Xiu2 sem1 di1 **wo3** / Xiu2 sem1 di1 **bo3**
小心啲**喎**！/ 小心啲**噃**！ 小心點！

Fong3 sung1 di1 **a3** **ha2**
放鬆啲**呀吓**。 放鬆點吧。

Hou2 fai3 di1 **lo3** **bo3** qi3 dou3 la3
好快啲**囉噃**，遲到喇。 快點吧，遲到了。

命令，語氣強而促

Ngo5 giu3 néi5 fai3 di1 **a3**
我叫你快啲**呀**！ 我叫你快點！

Néi5 hou2 hêu3 fen3 gao3 **la3** **ha2**
你好去瞓覺**喇吓**！ 你快去睡吧！

Néi5 hei6 m4 dou6 hib3 **a1** **ma3**
你係唔道歉**吖嘛**？ 你就不能道個歉嗎？

Néi5 xi3 ha5 zoi3 gong2 **a1** **la4**
你試吓再講**吖嗱**！ 你膽敢再說？

轉換話題

Hei6 **lag3** Néi5 ji1 m4 ji1
係嘞。你知唔知…… 對了，你知不知道……

Wa6 **xi4** **wa6** néi5 zên2 béi6 séng4 dim2 a3
話時話，你準備成點呀？
話說回來，你準備得怎樣？

情況有變化，出現新情況

21301. mp3

Sen^{1} ug^{1} zeo^{6} fai^{3} yeb^{6} fo^{2} **la^{3}**
新屋就快入伙**喇**。 快可以搬進新房子了。

Mou^{5}sai^{3} yen^{4} **lo^{3}**
冇晒人**囉**！ 沒有人了。

M^{4} hêu^{3} **lu^{3}**
唔去**嚧**！（女孩子常用的語氣，聽來很可愛）
我不去了。

表示驚歎、讚歎

Wa^{3} Hou^{2} sei^{1} léi^{6} a^{3}
嘩！好犀利呀！ 啊！好厲害！

Wa^{3} hai^{2} Gao^{2} med^{1} guei^{2} a^{3}
嘩嗨？搞乜鬼呀？ 怎麼了？你在做甚麼？

Gung^{1}héi^{2} sai^{3} **wo^{3}**
恭喜晒**喎**！ 恭喜！

Néi^{5} zeb^{1} dou^{2} **la^{1}**
你執到**啦**！ 我有點妒羨你的好運氣。

表示懷疑或好奇，還有點驚訝

Ha^{2} Néi^{5} gong^{2} mé^{1} **wa^{2}**
吓？你講咩**話**？（沒聽清楚或忘了，請對方再說）
甚麼？你說甚麼？

Hei^{6} mé^{1} Yeo^{5} gem^{2} gé^{3} xi^{6} **mé^{1}** Ngo^{5} m^{4} ji^{1} gé^{2}
係咩？有咁嘅事**咩**？我唔知嘅？
（強烈疑問）是真的嗎？ 有這樣的事嗎？怎麼我不知道？

Yi2 Mé1 **lei4 ga3**
咦 ？ 咩 **嚟 㗎** ？ 這是甚麼？（好奇）

Med1 gem3 guei3 **gé2** Béi2 zêng1 dan1 ngo5 tei2 ha5
乜 咁 貴 **嘅** ？ 畀 張 單 我 睇 吓 。
怎會這樣貴？讓我看帳單。（不理解或不相信）

M4 tung1 yeo5 sang1 yi3 m4 zou6 **mé1**
唔 通 有 生 意 唔 做 **咩** ？
難道有生意上門也不想做嗎？

Gu2 m4 dou3 yeo5 lei5 med6 pai3 **tim1**
估 唔 到 有 禮 物 派 **添** ！ 想不到會派發禮物。

Kêu5 zeo2 zo2 **la4**
佢 走 咗 **嗱** ？ 他離開了嗎？

Néi5 géi3 deg1 **ga4**
你 記 得 **㗎** ？ 你真的記得嗎？

Gan1 pou3 hoi1 zo2 géi2 go3 yud6 zeo6 zeb1 zo2 **la3 wo4**
間 舖 開 咗 幾 個 月 就 執 咗 **喇 喎** ？
這店鋪開了幾個月就結業了？

表示懊惱、責怪

21301. mp3

Ai3 ya3 Log6 dai6 yu5 **wo3**
哎 吔 ！ 落 大 雨 **喎** 。 哎喲！下大雨。

Bei6 la3 M4 géi3 deg1 zo2 **tim1**
弊 喇 ！ 唔 記 得 咗 **添** ！ 糟糕！忘了！

Ai3 Xid6 dei2 zo2 **tim1**
哎 ！ 蝕 底 咗 **添** ！ 哎喲！吃虧了！

M4 hei6 a3 ma5 Dim2 gai2 wui5 zou6 deg1 gem3 ca1
唔 係 呀 嘛 ？ 點 解 會 做 得 咁 差 ？
不是吧。怎麼會做得這麼差？

Hai4 m4 hou2 tei4 la3
嚡！唔好提喇！ 哎！別提了。

Néi5 mou5 yé5 **a5** giu3 zo2 néi5 mei5 wa6 kêu5 téng1 **ga1** **ma3**
你冇嘢**雅**？叫咗你咪話佢聽**㗎嘛**！
不是吧。已警告你不要告訴他的！（教訓的語氣）

表示不耐煩

Léi5 yen4 mong6 mé1 **zég1**
理人望咩**唧**？ 為甚麼要在意別人怎樣看你？

Néi5 zung6 xig6 m4 xig6 **ga3**
你仲食唔食**㗎**？（「㗎」要拉長）你還吃不吃呢？

* 部分語氣助詞不是虛詞，是要表達意思的。

已經、完結

21301. mp3

Kêu5 zeo2 zo2 **la3**
佢走咗**喇**。 他離開了。

Hao2 yun4 xi3 **la3**
考完試**喇**。 考完試了。

「喇」經常配合「咗」、「完」一起用，表示動作的完成：

Géi2 dim2 zung1 **la3** zung6 m4 héi2 sen1
幾點鐘**喇**，仲唔起身？
都幾點鐘了，還不起床？

M4 gong2 **la3** **hei6 gem2 xin1** bai1 bai3
唔講**喇**，**係咁先**。拜拜。
不說啦，就這樣，再見。

增加

Zung⁶yiu³ do¹ di¹ **tim¹**
仲 要 多 啲 **添** ！ 還要更多。

解釋原因

Ji⁶ géi² m⁴ xig¹ ju² **ma³** cêd¹ gai¹ xig⁶ la¹
自 己 唔 識 煮 **嘛** ， 出 街 食 啦 。
因為自己不會做，所以在外面吃。

Bed¹ leo¹ dou¹ hei⁶ gem² zou⁶ **ga¹ ma³**
不 留 都 係 咁 做 **㗎 嘛** 。 一直都是這樣做的。

Kêu⁵ sêu¹ **za¹ ma³** ngo⁵ ji³ yug¹ seo² da² kêu⁵ **zé¹**
佢 衰 **咋 嘛** ， 我 至 郁 手 打 佢 **啫** ！
全因為他不好，我才衝打他。

Ma¹ mi⁴ zung¹ yi³ **a¹ ma³** ngo⁵ mei⁶ pui⁴ kêu⁵ **lo¹**
媽 咪 鍾 意 **吖 嘛** ， 我 咪 陪 佢 **囉** ！
媽媽喜歡，所以我就陪她做。

Mei⁶ yen¹ wei⁶ tég³ bo¹ seo⁶ sêng¹ **lo¹**
咪 因 為 踢 波 受 傷 **囉**！（強調一些明顯的事或答案）
就是因為踢足球受傷的。

Ji⁶ géi² yen⁴ **lei⁴ ga³** Mou⁵ léi⁵ yeo⁴ m⁴ sên³ kêu⁵
自 己 人 **嚟 㗎** ！ 冇 理 由 唔 信 佢 。
因為是自己人，你沒理由不相信他。

表示轉述

Kêu⁵ wa⁶ mou⁵ gin³ guo³ **wo⁵**
佢 話 冇 見 過 **喎** 。 他說沒見過。

Kêu⁵ **men⁶** néi⁵ géi² dim² dou³ **wo⁵**
佢 **問** 你 幾 點 到 **喎** 。 他叫我問你幾點到。

Téng¹ yi¹ seng¹gong² kêu⁵ hei⁶ cêng⁴ wei⁶ yim⁴ **wo⁵**
聽 醫 生 講 ， 佢 係 腸 胃 炎 **喎** 。
聽醫生說他是腸胃炎。

表示只有、不多

21301. mp3

Deng² yed¹ zen⁶ **zé¹**
等 一 陣 **啫** 。 只是等一會兒。

Ngo⁵ deg¹ fan¹ seb⁶ men¹ **za³**
我 得 番 十 蚊 **咋** 。 我只剩下十元。（強調非常少）

Deg¹ gem³ xiu² **za⁴**
得 咁 少 **咋** ？ 只有那麼少？（表示不滿太少）

Ngo⁵ deg¹ han⁴ lei⁴ ceo³ ha⁵ yid⁶ nao⁶ **zé¹**
我 得 閒 嚟 湊 吓 熱 鬧 **啫** 。
我有空就來湊湊熱鬧。（意指不過是，沒大不了）

Ngo⁵ ma⁴ ma² déi² zung¹ yi³ **zé¹**
我 麻 麻 哋 鍾 意 **啫** 。 我不太喜歡。

Ngo⁵ m⁴ hei⁶ gem³zung¹ yi³ wong⁴ xig¹ **ga³ za³**
我 唔 係 咁 鍾 意 黃 色 **㗎 咋** ，
Bed¹ guo³ mai⁶ jing⁶ wong⁴ xig¹ dou¹ yiu³ mai⁵ la¹
不 過 賣 剩 黃 色 都 要 買 啦 。（表示沒有選擇）
我不是那麼喜歡黃色，可是賣剩黃色的也只得買了。

Kêu⁵ hou² coi² **zé¹**
佢 好 彩 **啫** 。 他只是運氣好罷了。

Ngo⁵ tam¹ deg¹ yi³ **ji¹ ma³**
我 貪 得 意 **之 嘛** 。 我只是圖好玩。

Néi⁵ tei² deg¹ héi² ngo⁵ **zé¹**
你 睇 得 起 我 **啫** 。 感謝你看得起我。（謙虛）

Ngo⁵ déi⁶ xig¹ zo² m⁴ hei⁶ hou² noi⁶ **za³ bé³**
我 哋 識 咗 唔 係 好 耐 **咋 啤** 。（輕挑、淘氣）
我們認識了不是很久呢。

13

提問

13.1 正反問句

21401. mp3

粵語提問的方式跟普通話差不多。這裏提供正反兩面選擇的提問方式。例如：

Néi5 **hei6 m4 hei6** wui2 yun4 a3
你 **係 唔 係** 會 員 呀 ？ 你是不是會員？

回答：（正） hei6 係 是 / （反） m4 hei6 唔 係 不是

Yid6 m4 yid6 a3
熱 唔 熱 呀 ？ 熱不熱？

回答：（正） hou2 yid6 a3 好 熱 呀！ 很熱！ / （反） m4 yid6 唔 熱 不熱

téng1 m4 téng1 dou2
聽 唔 聽 到 ？ 聽得到嗎？

回答：（正） téng1 dou2 聽 到 聽得到 / （反） téng1 m4 dou2 聽 唔 到 聽不到

Yeo5 mou5 sêu2 a3
有 冇 水 呀 ？ 有沒有水？

回答：（正） yeo5 有 有 / （反） mou5 冇 沒有

Néi **Yeo5 mou5** bou3 méng2 a3
你 **有 冇** 報 名 呀 ？ 你有沒有報名？

回答：（正） Ngo5 bou3 zo2 méng2 我 報 咗 名 。 / Ngo5 yeo5 bou3 méng2 我 有 報 名 。
我報名了。

（反） Ngo5 mou5 bou3 méng2 我 冇 報 名 。 我沒報名。

Xig6 **zo2** fan6 **méi6** a3
食 **咗** 飯 **未** 呀 ？ 吃飯了沒？

回答：（正） xig6 **zo2** 食 **咗** 吃了 / （反） méi6 xig6 未 食 還沒吃

普通話經常整個詞語重複來提問，粵語一般只重複第一個字。例如：

Néi^{5} ming^{4} m^{4} ming^{4} bag^{6} ga^{3} ha^{2}
你 明 唔 明 白 㗎 ， 吓 ？ 你明白不明白？

Néi^{5} zung^{6} sêng^{5} m^{4} sêng^{5} tong^{4} a^{3}
你 仲 上 唔 上 堂 呀 ？ 你還上課不上課？

Néi^{5} hao^{2} xi^{3} heb^{6} m^{4} heb^{6} gag^{3}
你 考 試 合 唔 合 格 ？ 你考試及格不及格？

普通話可以問「你吃飯不吃？」，粵語問「你食飯唔食？」不算是錯，只是不常用。

13.2 是非問句

21401. mp3

fan^{1} gung^{1} **a^{4}**
返 工 **牙** ？ 上班嗎？

Mai^{5} hou^{2} coi^{4} liu^{2} **la^{4}**
買 好 材 料 **喇** ？ 買好材料了嗎？

Ni^{1} gin^{6} xi^{6} hei^{6} mei^{6} zen^{1} **ga^{3}**
呢 件 事 係 咪 真 **㗎** ？ 這件事是真的嗎？

wen^{2} m^{4} dou^{2} kêu^{5} **mé^{1}**
搵 唔 到 佢 **咩** ？ 找不到他嗎？（帶反詰語氣）

M^{4} tung^{1} yeo^{5} sang^{1} yi^{3} m^{4} zou^{6} **mé^{1}**
唔 通 有 生 意 唔 做 **咩** ？！
難道有生意上門也不做嗎？

這類問題，在心目中已有假設，通過提問確認，期望得到的回答是：「係呀 hei^{6} a^{3}」是的，對了；也可以是「唔係 m^{4} hei^{6}」不是，不對。

13.3 選擇問句

Néi^5 xig^6 min^6 **ding^6** xig^6 zug^1 a^3
你 食 麵 **定** 食 粥 呀 ？ 你吃麵還是粥？

Néi^5 gan^2 hung^4 xig^1 wong^4 xig^1 **ding^6** hag^1 xig^1
你 揀 紅 色 、 黃 色 **定** 黑 色 ？
你選紅色、黃色還是黑色？

13.4 用「呢」詢問人或事物怎麼樣

Yé^4 yé^2 **né^1** Hêu^3 zo^2 bin^1 dou^6
爺 爺 **呢** ？ 去 咗 邊 度 ？ 爺爺呢？去哪兒了？

Ngo^5 gao^2 dim^6 la^3 Néi^5 **né^1**
我 搞 掂 喇 。 你 **呢** ？ 我完成了。你呢？

普通話經常用「嗎」，但粵語除了「你好嗎？Néi^5 hou^2 ma^3」就極少用。

13.5 用疑問代詞

21402. mp3

粵語的疑問代詞主要由四個字變化出來：

géi^2 do^1
i. 幾 多 ？ 多少。

géi^2 do^1 nin^4
例：幾 多 年 ？ 多少年？幾年？

bin^1 bin^1 nin^4
ii. 邊 哪 例：邊 年 ？ 哪一年？

med^1 yé^5
iii. 乜 嘢 甚麼

Gem^1 nin^4 hei^6 med^1 yé^5 nin^4 a^3
例：今 年 係 乜 嘢 年 呀 ？
今年是甚麼年？（比如牛年、羊年。）

dim^{2}

iv. 點　怎樣

dim^{2} yêng^{2} guo^{3} nin^{4}

例：點 樣 過 年 ？　怎樣過年？

i 幾 géi^{2}（幾多、多少）

Gem^{1} yed^{6} **géi^{2} do^{1} dou^{6}** a^{3}

今 日 **幾 多 度** 呀 ？　今天氣溫幾度？

Gem^{1} yed^{6} sam^{1} seb^{6} dou^{6}

回答：今 日 三 十 度 。　今天三十度。

Géi^{2} do^{1} yen^{4} yed^{1} cei^{4} hoi^{1} wui^{2} a^{3} ?

幾 多 人 一 齊 開 會 呀 ？　多少人一起開會？

Géi^{2} seb^{6} yen^{4} yed^{1} cei^{4} hoi^{1} wui^{2}

回答：幾 卜 人 一 齊 開 會 。　幾十人一起開會。

Yed^{1} nin^{4} **géi^{2} do^{1} qin^{2}** wui^{2} fei^{3} a^{3}

一 年 **幾 多 錢** 會 費 呀 ？　一年會費多少錢？

Yed^{1} nin^{4} yed^{1} qin^{1} men^{1} wui^{2} fei^{3}

回答：一 年 一 千 蚊 會 費 。　一年會費 $1,000。

Géi^{2} yud^{6} géi^{2} hou^{6} xing^{1} kéi^{4} géi^{2} géi^{2} dim^{2} a^{3}

幾 月 幾 號 、 **星 期 幾** 、 **幾 點** 呀 ？

幾月幾號、星期幾、幾點鐘？

Yed^{1} yud^{6} yed^{1} hou^{6} xing^{1} kéi^{4} yed^{6} lêng^{5} dim^{2} zung^{1}

回答：一 月 一 號 星 期 日 ， 兩 點 鐘 。

一月一號星期天，兩點鐘。

Yed^{1} go^{3} xing^{1} kéi^{4} fong^{3} **géi^{2} do^{1}** yed^{6} ga^{3} a^{3}

一 個 星 期 放 **幾 多** 日 假 呀 ？

一星期放假幾天？

Yed^{1} go^{3} xing^{1} kéi^{4} fong^{3} lêng^{5} yed^{6}

回答：一 個 星 期 放 兩 日 。　一星期放假兩天。

Néi5 mui5 yed6 sêng5 **géi2 do1 go3 zung1 teo4** tong4 a3
你 每 日 上 **幾 多 個 鐘 頭** 堂 呀 ？
你每天上課幾個鐘？

Ngo5 mui5 yed6 sêng5 séi2 go3 zung1
回答： 我 每 日 上 四 個 鐘 。 我每天上課四個鐘。

Néi5 lei4 zo2 **géi2 noi6** la3
你 嚟 咗 **幾 耐** 喇 ？ 你來了多久？

Gag3 **géi2 noi6** gim2 ca4 yed1 qi3 **a3**
隔 **幾 耐** 檢 查 一 次 **呀** ？ 隔多久檢查一次？

Néi5 **géi2 xi4** hêu3 Sêng6 Hoi2 **a3**
你 **幾 時** 去 上 海 **呀** ？ 你甚麼時候去上海的？

Néi5 **géi2 xi4** hêu3 Sêng6 Hoi2 **ga3**
你 **幾 時** 去 上 海 **㗎** ？ 你甚麼時候去上海的？

Néi5 **géi2 xi4** hêu3 Sêng6 Hoi2 **gé2**
你 **幾 時** 去 上 海 **嘅** ？ 你甚麼時候去上海的？

配合「幾時」的語氣助詞要小心使用。「呀 a3」是問將來的事。「㗎 ga3」、「嘅 gé2」來問過去發生的事。

Néi5 gem1 nin2 **géi2 dai6** la3
你 今 年 **幾 大** 喇 ？ 你今年多大？
Ngo5 gem1 nin4 bad3 seb6 sêu3 la3
回答： 我 今 年 八 十 歲 喇 。 我今年八十歲了。

Leo4 dei2 yeo5 **géi2 gou1**
樓 底 有 **幾 高** ？ 樓底有多高？
Leo4 dei2 deg1 bad3 cêg3
回答： 樓 底 得 八 呎 。 樓底只有八呎（2.44 米）。

Ni1 tiu4 xing2 yeo5 **géi2 cêng4** a3
呢 條 繩 有 **幾 長** 呀 ？ 這條繩子有多長？
Ni1 tiu4 xing2 yeo5 yed1 mei5 gem3 cêng4
回答： 呢 條 繩 有 一 米 咁 長 。 這條繩子有一米長。

Léi4 zung1 dim2 yeo5 **géi2 yun5** a3
離 終 點 有 **幾 遠** 呀 ？ 離終點有多遠？

Teo4 fad3 sêng2 jin2 dou3 **géi2 dün2** a3
頭 髮 想 剪 到 **幾 短** 呀 ？ 頭髮想剪多短？

「幾 géi2」還可以問一件事達到甚麼程度：

Kêu5 di1 gung1 fu1 **yeo5 géi2 deg1** a3
佢 啲 功 夫 **有 幾 得** 呀 ？ 他的功夫有多厲害？

Kêu5 go3 béng6 **yeo5 géi2 yim4 zung6** a3
佢 個 病 **有 幾 嚴 重** 呀 ？ 他的病有多嚴重？

ii 邊 bin1（哪）

21402. mp3

Bin1 zêng1 kad1 yeo5 jid3 a3
邊 張 卡 有 折 呀 ？ 哪張卡打折？

Hêu3 **bin1 go3 zam6** zêu3 ken5 a3
去 **邊 個 站** 最 近 呀 ？ 去哪個站最近？

Bin1 lêng5 bui1 hei6 nai5 ca4 **bin1 bui1** hei6 ga3 fé1 a3
邊 兩 杯 係 奶 茶 、 **邊 杯** 係 咖 啡 呀 ？
哪兩杯是奶茶、哪杯是咖啡？

Néi5 **bin1 yed6** deg1 han4 a3
你 **邊 日** 得 閒 呀 ？ 你哪天有空？

Néi5 ju6 hei2 **bin1 dou6** a3
你 住 喺 **邊 度** 呀 ？ 你住在哪裏？

Kêu5 hêu3 zo2 **bin1** a3
佢 去 咗 **邊** 呀 ？ 他去哪兒了？

Bin1 wei2 hei6 hao6 zêng2 a3
邊 位 係 校 長 呀 ？ 哪位是校長？

Néi5 hei6 kêu5 **bin1 wei2** a3
你 係 佢 **邊 位** 呀 ？ 你是他甚麼人？

Néi5 tung4 **bin1 go3** yed1 cei4 a3
你 同 **邊 個** 一 齊 呀 ？ 你跟誰在一起？

* 粵語沒有「誰」，要說「邊個 bin1 go3」。

iii 乜（嘢）med¹（yé⁵）（甚麼）

21402. mp3

Néi⁵ yem² di¹ **med¹** a³
你 飲 啲 **乜** 呀 ？ 你喝點甚麼？

Yeo⁵ **med¹** **yé⁵** men⁶ tei⁴ a³
有 **乜** **嘢** 問 題 呀 ？ 有甚麼問題？

Kêu⁵ hei⁶ **med¹** **yé⁵** yen⁴ a³
佢 係 **乜** **嘢** 人 呀 ？ 他是甚麼人？

「乜 med¹」可以變音成「咩 mé¹」：

Mé¹ xi⁶ a³
咩 事 呀 ？ 甚麼事？

Giu³ **mé¹** **yé⁵** ngoi⁶ mai⁶ a³
叫 **咩** **嘢** 外 賣 呀 ？ 叫甚麼外賣？

「乜 med¹」、「做乜 zou⁶ med¹」放在問題前，意思是「為甚麼」，語氣比較重：

Néi⁵ **zou⁶** **med¹** m⁴ tung⁴ ngo⁵ sêng¹ lêng⁴ ha⁵ xin¹ a³
你 **做** **乜** 唔 同 我 商 量 吓 先 呀 ？
Yed¹ cei⁴ sêng¹ lêng⁴ ha⁵ **zou⁶** **med¹** la¹
一 齊 商 量 吓 **做** **乜** 啦 ！
你為甚麼不先跟我商量？一起來商量做甚麼吧！

Zou⁶ **mé¹** m⁴ cêd¹ séng¹ a³ Néi⁵ pa³ **med¹** **yé⁵** a³
做 **咩** 唔 出 聲 呀 ？ 你 怕 **乜** **嘢** 呀 ？
為甚麼不說話？你怕甚麼？

iv 點（樣）dim^2（yêng^2）（怎樣）

21402. mp3

Néi^5 sêng^2 **dim^2** Néi^5 yiu^3 ngo^5 **dim^2 yêng^2** zou^6 a^3
你 想 **點** ？ 你 要 我 **點 樣** 做 呀 ？
你想怎樣？你要我怎樣做？

Ni^1 gêu^3 guong^2 dung^1 wa^2 **dim^2 gong^2** ga^3
呢 句 廣 東 話 **點 講** 㗎 ？ 這句粵語怎麼說？

Dim^2 yêng^2 hêu^3 géi^1 cêng^4 ga^3
點 樣 去 機 場 㗎 ？ 怎樣去機場？

Di^1 ha^1 **dim^2 jing^2 fad^3**
啲 蝦 **點 整 法** ？ 這些蝦要怎樣煮？

Kêu^5 hei^6 go^3 **dim^2 yêng^2** gé^3 yen^4 a^3
佢 係 個 **點 樣** 嘅 人 呀 ？他是個怎麼樣的人？

Go^2 gan^1 hou^4 zag^2 **dim^2 dai^6 fad^3** Gu^2 bou^2 gem^3 dai$^{6-2}$
果 間 豪 宅 **點 大 法** ？ 古 堡 咁 大 ？
那個豪宅到底有多大？古堡那麼大？

Néi^5 **dim^2 gai^2** qi^4 dou^3
你 **點 解** 遲 到 ？ 你為甚麼遲到？

Dim^2 gai^2 gem^3 yid^6 gé^2
點 解 咁 熱 嘅 ？ 為甚麼這樣熱？

Ni^1 gêu^3 **dim^2 gai^2**
呢 句 **點 解** ？ 這句是甚麼意思？

Mou^5 qin^2 **dim^2 xun^3** a^3
冇 錢 ， **點 算** 呀 ？ 沒有錢，怎麼辦？

Yi^4 ga^1 **dim^2 xun^3** hou^2 ne^1
而 家 **點 算** 好 呢 ？ 現在怎麼辦？

Ngo^5 dou^1 m^4 ji^1 **dim^2 xun^3** Ho^2 yi^5 **dim^2 bou^2 geo^3 fad^3**
我 都 唔 知 **點 算** 。 可 以 **點 補 救 法** ？
我不知道怎麼辦。可以怎樣補救？

13.6 疑問代詞的其他用法

21403. mp3

i 作為反問句

Néi⁵ ji¹ di¹ **mé¹** a¹
你 知 啲 **咩** 吖 ？ 你知道甚麼？你甚麼都不知道？

Gem³ guei³ **dim²** mai⁵ a³
咁 貴 **點** 買 呀 ？ 那麼貴！怎麼買得起？

Sei² deg¹ néi⁵ **géi² do¹ qin²** a³
使 得 你 **幾 多 錢** 呀 ？
這能花你多少錢？只一點點錢吧。

Néi⁵ hêu³ dung¹ ngo⁵ hêu³ sei¹ **bin¹ dou⁶** sên⁶ lou⁶ a³
你 去 東 ， 我 去 西 ， **邊 度** 順 路 呀 ？
你去東邊，我去西邊，怎麼可能順路？

Bin¹ yeo⁵ yen⁴ gem³ ben⁶ tib³ qin² mai⁵ nan⁶ seo⁶
邊 有 人 咁 笨 ， 貼 錢 買 難 受 ？
哪會有人這樣笨，貼錢買罪受？

Med¹ yeo⁶ gin³ dou² néi⁵ ga³
乜 又 見 到 你 㗎 ？ 怎麼又見到你？

Ngo⁵ **zou⁶ med¹** yiu³ téng¹ néi⁵ gong²
我 **做 乜** 要 聽 你 講 ？ 我為甚麼要聽你說？

ii 強調任何人或事物都不例外

Ngo⁵ **med¹ yé⁵ dou¹** m⁴ sêng² zou⁶
我 **乜 嘢 都** 唔 想 做 。 我甚麼都不想做。

Hêu³ dou³ **bin¹ dou⁶ dou¹** gem³ seo⁶ fun¹ ying⁴
去 到 **邊 度 都** 咁 受 歡 迎 。 到哪裏都同樣受歡迎。

Géi² xi⁴ dou¹ yiu³ hoi¹ ju⁶ din⁶ wa²
幾 時 都 要 開 住 電 話 。 不管甚麼時候也得開着電話。

mou⁵ bin¹ go³ ding² deg¹ kêu⁵ sên⁶
冇 邊 個 頂 得 佢 順 。 沒有誰忍受得了他。

mou⁵ med¹ yé⁵ nan⁴ deg¹ dou² kêu⁵
冇 乜 嘢 難 得 到 佢 。 沒甚麼可以難得到他。

iii 強調不管怎樣

Géi² kung⁴ dou¹ m⁴ sei² ngo⁶ séi²
幾 窮 都 唔 使 餓 死 。 不管多窮也不會餓死。

Deng² **géi² noi⁶ dou¹** deng²
等 **幾 耐 都** 等 。 等多久都不是問題。

Mou⁴ lên⁶ **dim² sen¹ fu² dou¹** yiu³ gin¹ qi⁴
無 論 **點 辛 苦 都** 要 堅 持 。 無論多辛苦也要堅持。

Néi⁵ **dim² gong²** ngo⁵ **dou¹** m⁴ sên³
你 **點 講** 我 **都** 唔 信 。 不管你說甚麼我都不相信。

iv 表示任何、隨意

Zung¹ yi³ **géi² xi⁴** fan¹ ug¹ kéi² **zeo⁶ géi² xi⁴**
鍾 意 **幾 時** 返 屋 企 **就 幾 時** 。
喜歡甚麼時候回家都可以。

Mai⁵ dou² **med¹ zeo⁶** xig⁶ **med¹**
買 到 **乜 就** 食 **乜** 。 買到甚麼就吃甚麼。

Hêu³ dou³ **bin¹** wan² dou³ **bin¹**
去 到 **邊** 玩 到 **邊** 。 隨意去到哪裏就停下來遊玩。

v 表示盡量

M⁴ geo³ xi⁴ gan³ wen¹ zab⁶ dug⁶ deg¹ **géi² do¹ deg¹ géi² do¹**
唔 夠 時 間 溫 習 ， 讀 得 **幾 多 得 幾 多** 。
來不及複習，能複習多少就盡量吧。

To¹ deg¹ **géi² noi⁶ zeo⁶ géi² noi⁶**
拖 得 **幾 耐 就 幾 耐** 。
能拖延多久就盡量拖延。

粵語裏否定的説法比普通話多，像「唔」、「冇」、「未」、「咪」等，使用時經常混淆不清。

21501. mp3

14.1 「唔」

最常用的否定是「唔 m4」，對應普通話「不」

Néi5 **m4** hei6 **m4** ji1 a5
你 **唔** 係 **唔** 知 雅 ？ 你不是不知道吧？

Néi5 gao2 **m4** dim6 zeo6 **m4** sei2 zou6 la3
你 搞 **唔** 掂 就 **唔** 使 做 喇 。
你做不到，叫人幫助你吧。

Gem1 yed6 yed1 di1 dou1 **m4** yid6
今 日 一 啲 都 **唔** 熱 。 今天一點都不熱。

普通話「不太」，粵語是「唔係好」或「唔係幾」

Ngo5 **m4 hei6 géi2** xu1 fug6
我 **唔 係 幾** 舒 服 。 我覺得不太舒服。

Ngo5 **m4 hei6 hou2** xig6 deg1 lad6
我 **唔 係 好** 食 得 辣 。 我不太能吃辣。

普通話「不要」，對應粵語「唔要」、「唔使」、「唔好」

在超市付款處的職員會問客人要不要袋子：

sei2 m4 sei2 doi2 yiu3 m4 yiu3 doi2 a3
「使 唔 使 袋 ？」或「要 唔 要 袋 呀 ？」

m4 sei2
客人如果不想要袋子就答：「唔 使。」

買外賣時，服務員會問客人要不要餐具：

yiu3 m4 yiu3 can1 gêu6 a3
要 唔 要 餐 具 呀 ？

m4 sei2 m4 yiu3
客人不想要可以答：「唔使」或「唔要」。

超市付款處的職員見客人把一件商品放到旁邊，會問：

Ni1 go3 yiu3 m4 yiu3 ga3
呢 個 要 唔 要 㗎 ？ 這個要不要？

m4 yiu3 la3
客人回答不想買這件商品了：「唔要喇。」

餐廳的服務員想撤走盤子，會問客人：

Ni1 di1 zung6 yiu3 m4 yiu3
呢 啲 仲 要 唔 要 ？ 這個還要嗎？

m4 yiu3 ga3 la3
客人想讓服務員撤走盤子，就說：「唔要㗎喇。」

一般來說「要唔要」是問對方的意願。回答「唔要」是決定不需要。

「唔使」是普通話「不用」、「不必」。例如：

m4 sei2 qin2
唔 使 錢 免費，不用錢的

M4 sei2 hag3 héi3 xiu2 yi3 xi1 zé1
唔 使 客 氣 ， 小 意 思 啫 。
不用客氣，這是小意思。

Néi5 **m4 sei2** bong1 go3 zei2 wen1 zab6 mé1
你 **唔 使** 幫 個 仔 溫 習 咩 ？
你不必幫助兒子複習嗎？

「使唔使」常用來提問要不要做一件事：

Sei2 m4 sei2 men6 ha5 kêu5
使 唔 使 問 吓 佢 ？ 要不要問問他？

Sei2 m4 sei2 céng2 ga3
使 唔 使 請 假 ？ 要不要請假？

勸人不要做一件事，或阻止別人做某事，粵語應該是「唔好」：

M4 hou2 yem2 gem3 do1 zeo2
唔 好 飲 咁 多 酒 。 不要喝那麼多酒。

Néi5 **m4 hou2** men6 ngo5 ngo5 med1 dou1 m4 ji1
你 **唔 好** 問 我 ， 我 乜 都 唔 知 。
你不要問我，我甚麼都不知道。

「不」

粵語用「不」的詞彙包括：

bed1 guo3 bed1 yu4 bed1 dün6 bed1 fong4 bed1 kuei5 wei4
不 過 、 不 如 、 不 斷 、 不 妨 、 不 愧 為 、

bed1 deg1 liu5 bed1 ji1 bed1 gog3 bed1 gen6 yen4 qing4
不 得 了 、 不 知 不 覺 、 不 近 人 情 、

leo4 hüd3 bed1 ji2
流 血 不 止

有些說法用「唔」或「不」都沒問題。例如：

ca1 bed1 do1 ca1 m4 do1
差 不 多 或 差 唔 多 差不多

bed1 ting4 gem2 zou6 m4 ting4 gem2 zou6
不 停 咁 做 、 唔 停 咁 做 不停地

14.2 「冇」

21501. mp3

「冇 mou5」即沒有

Mou5 men6 tei4 ngo5 **mou5** xi6
冇 問 題 ， 我 **冇** 事 。 沒問題，我沒事兒。

Ngo5 **mou5** ag1 néi5
我 **冇** 呃 你 。 我沒騙你。

Yeo5 **mou5** sêu2 a3
有 **冇** 水 呀 ？ 有沒有水？

Néi5 yeo5 **mou5** sei2 seo2
你 有 **冇** 洗 手 ？ 你有沒有洗手？

m4 deg1 han4 / mou5 xi4 gan3
*** 普通話「沒空」粵語是「唔 得 閒」或「冇 時 間」，不可以說「冇得閒」。**

「冇乜 mou5 med1」表示沒甚麼

Gem2 yêng2 zou6 **mou5 med1** men6 tei4
咁 樣 做 **冇 乜** 問 題 。 這樣做沒甚麼問題。

Mou5 med1 dai6 bed1 liu5
冇 乜 大 不 了 。 沒甚麼大不了。

對比「冇」和「無」

粵語裏「冇 mou5」和「無 mou4」發音相近。

Ngo5 **mou4 tiu4 gin2** bong1 néi5
我 **無 條 件** 幫 你 。 我無條件幫你。

Ngo5 **mou5 tiu4 gin2** bong1 néi5
我 **冇 條 件** 幫 你 。 我沒有條件，沒能力幫助你。

Ngo5 déi6 **mou4 sou3**
我 哋 **無 數** 。 我們的帳就這樣算了，互不拖欠。

Ngo5 déi6 **mou5 sou2**
我 哋 **冇 數** 。 我們沒有數數量。

Mou4 han6 gem3 do1
無 限 咁 多 無限那麼多

Mou5 han6 géi2 do1
冇 限 幾 多 沒有限制多少

有時候用「冇」或「無」都可以：

Xig6 ni1 zég3 yêg6 **mou5 hao6**
食 呢 隻 藥 **冇 效** 。 吃這藥沒有效。

fad3 lêd5 sêng6 **mou4 hao6**
法 律 上 **無 效** 。 法律上無效。

普通話「無所謂」，粵語是「冇所謂」：

Ngo5 mou5 med1 so2 wei6
我 冇 乜 所 謂 。 我真的無所謂。

Xig6 med1 ngo5 mou5 so2 wei6
食 乜 我 冇 所 謂 。 吃甚麼，我無所謂。

粵語有「無謂」指沒有意義、毫無價值：

Mou4 wei6 sai1 qin2 mai5 di1 **mou4 wei6** yé5
無 謂 嘥 錢 買 啲 **無 謂** 嘢 。
沒必要浪費金錢買沒甚麼用的東西。

Ni1 di1 zeng1 ao3 hou2 **mou4 wei6**
呢啲爭拗好**無謂**。　這些爭拗毫無價值。

粵語用「無」的詞彙包括：

mou4 gu1 　mou4 ji1 　mou4 liu4 　tin1 ha6 mou4 dig6
無辜、無知、無聊、天下無敵、

mou4 han6 　mou4 liu5 kéi4 　mou4 lên6 yu4 ho4 　mou4 yen4 géi1
無限、無了期、無論如何、無人機

14.3 「未」

21501. mp3

「未 méi6」意思是還沒有，經常説成「仲未」

Méi6 xig6 fan6 　hou2 tou5 ngo6
未食飯，好肚餓。　還沒吃飯，肚子餓了。

Ngo5 **zung6 méi6** seo1 deg1gung1
我**仲未**收得工。　我還不能下班。

Zung6 méi6 yeo5 ming4 kog3 gé3 mug6 biu1
仲未有明確嘅目標。　還沒有明確的目標。

Méi6 deg1 ju6 　deng2 ngo5 zên2 béi6 hou2 xin1
未得住，等我準備好先。
還不可以，讓我先準備好。

對比「冇」和「未」

「冇」是沒有；「未」是還沒有，但即將可以。

Kêu5 **mou5** sen1 fen2 jing3
佢**冇**身份證。　他沒有身份證。

Kêu[5] **méi[6] yeo[5]** sen[1] fen[2] jing[3]
佢 **未 有** 身 份 證 。 他還沒有身份證。

Ngo[5] **mou[5] gin[3] guo[3]** lung[4] gün[2] fung[1]
我 **冇 見 過** 龍 捲 風 。 我沒見過龍捲風。(沒經驗)

Ngo[5] **méi[6] gin[3] guo[3]** lung[4] gün[2] fung[1] ni[1] qi[3] zung[1] yu[1] gem[2] zeo[6] dou[2]
我 **未 見 過** 龍 捲 風 ， 呢 次 終 於 感 受 到
kêu[5] gé[3] wei[1] lig[6]
佢 嘅 威 力 。
我沒見過龍捲風，這次終於可以感受到它的威力。

提問的時候，普通話的「沒」，粵語要分清情景用「冇」或「未」。

「冇」問有關過去的事；「未」問一件早晚要完成的事，現在完成了沒有：

Mou[5] log[6] yu[5] mé[1]
冇 落 雨 咩 ？ 沒下雨嗎？

Log[6] **yun[4]** yu[5] **méi[6]** a[3]
落 **完** 雨 **未** 呀 ？ 停雨了嗎？

Néi[5] **yeo[5] mou[5]** xig[6] fan[6] a[3]
你 **有 冇** 食 飯 呀 ？ 你有沒有吃飯？

Xig[6] **zo[2]** fan[6] **méi[6]** a[3]
食 **咗** 飯 **未** 呀 ？ 吃了嗎？

14.4 「咪」

21501. mp3

「咪 mei⁵」＋動作

意思是勸人不要做一件事，或阻止別人做某事，等同「唔好」：

Mei⁵ cou⁴ la¹ Xi¹ yi⁴ hoi¹ mei¹ gong² yé⁵ la³
咪 嘈 啦 。 司 儀 開 咪 講 嘢 喇 。
不要吵。司儀打開麥克風說話了。

Mei⁵ gao² ngo⁵ Ngo⁵ mou⁵ hing³ cêu³
咪 搞 我 ！ 我 冇 興 趣 。 別煩我！我沒興趣。

Méi⁶ xi³ guo³ ni¹ dou⁶ gé³ mei⁵ xin³ zeo⁶ **mei⁵** xi³
未 試 過 呢 度 嘅 米 線 就 **咪** 試 。
如果你還沒試過這裏的米線就別試了。

Néi⁵ **qin¹ kéi⁴ mei⁵** sên³ kêu⁵
你 **千 祈 咪** 信 佢 。 你千萬不要相信他。

「係咪 hei⁶ mei⁶」想問是不是，「係唔係」縮短發音變成的；「咪 mei⁶」不能單獨使用當作「不是」。

Néi⁵ **hei⁶ mei⁶** m⁴ xu¹ fug⁶ a³ Mei⁵ séi² ding² wo³
你 **係 咪** 唔 舒 服 呀 ？ 咪 死 頂 喎 。
你是不是不舒服？不要硬撐。

Ma¹ mi⁴ **hei⁶ mei⁶** din¹ zo² Néi⁵ mei⁵ hag³ ngo⁵ la¹
媽 咪 **係 咪** 癲 咗 ？ 你 咪 嚇 我 啦 ！
媽媽是不是瘋了？你別嚇我！

15 有關修飾名詞

15.1 嘅（的）

「嘅 gé³」就如普通話「的」。 21601. mp3

主要是用來修飾名詞

Ngo⁵ ju⁶ déng² leo² **gé³** dan¹ wei² yeo⁵ hêng³ hoi² **gé³** fong²
我 住 頂 樓 **嘅** 單 位 ， 有 向 海 **嘅** 房 。
我住頂樓的房子，有向海的房間。

Ngo⁵ zêu³ zung¹ yi³ ju¹ gu¹ lig¹ zou⁶ **gé³** tim⁴ ben²
我 最 鍾 意 朱 古 力 做 **嘅** 甜 品 。
我最喜歡巧克力做的甜品。

Fu¹ keb¹ ha⁵ sen¹ xin¹ **gé³** hung¹ héi³
呼 吸 吓 新 鮮 **嘅** 空 氣 。
呼吸一下新鮮的空氣。

Kêu⁵ m⁴ qi⁵ **gem² gé³** yen⁴
佢 唔 似 **咁 嘅** 人 ，
gem² m⁴ hei⁶ kêu⁵ yed¹ gun³ **gé³** zog³ fung¹
咁 唔 係 佢 一 貫 **嘅** 作 風 。
他不像是這樣的人，這不是他一貫的作風。

一般的親屬關係，中間的「嘅」可以省略：

ngo⁵ a³ ma¹
我 阿 媽 　我媽媽

ngo⁵ biu² go¹
我 表 哥 　我的表哥

ngo⁵ ug¹ kéi² yen⁴
我 屋 企 人 　我的家人

但是說到兒女就絕不能省去「嘅」：

néi5 **gé3** nêu2
你 **嘅** 女　　你的女兒（不可以說「你女」）

kéu5 **gé3** zei2
佢 **嘅** 仔　　他的兒子（不可以說「佢仔」）

一句裏不宜有太多「嘅」，可以省略一部分，就像普通話一樣。X 代表可省略的「嘅」。

Néi5 ga1 hêng1 hei6 dim2 yêng2 **gé3** déi6 fong1 a3
你 X 家 鄉 係 點 樣 **嘅** 地 方 呀 ？
你的家鄉是甚麼樣的地方？

Ni1 go3 hei6 ngo5 lou5 po4 yi5 qin4 gung1 xi1 **gé3**
呢 個 係 我 X 老 婆 X 以 前 X 公 司 **嘅**
lou5 sei3
老 細 。
這位是我太太的以前的公司的老闆。

ii 代名詞，泛指人或具體事物

Ni1 go3 hei6 ngo5 sung3 béi2 néi5 **gé3**
呢 個 係 我 送 畀 你 **嘅** 。
這是我送你的（禮物）。

Cam1 ga1 gong2 zo6 **gé3** dou1 dou3 cei4
參 加 講 座 **嘅** 都 到 齊 。
參加講座的（人）全都到了。

iii 作為語氣詞

21601. mp3

表示決定性，加重語氣，經常跟「係」連用：

Ni1 di1 **hei6** tin1 yin4 **gé3** m4 hei6 yen4 gung1 **gé3**
呢 啲 **係** 天 然 **嘅**， 唔 係 人 工 **嘅**。
這是天然的，不是人工造的。

Kêu5 **hei6** so4 **gé3** **m4** **hei6** din1 **gé3**
佢 **係** 傻 **嘅**， **唔** **係** 癲 **嘅**。 這是傻的，不是瘋的。

Kêu5 **dou1** qi1 xin3 **gé3**
佢 **都** 黐 線 **嘅**。 他是神經病的。

表示對事情有信心，有把握：

Néi5 sed6 deg1 **gé3** néi5 hei6 lég1 zei2 lei4 **gé3**
你 實 得 **嘅**， 你 係 叻 仔 嚟 **嘅**。
你一定成功的，你是有能力的人。

Ngo5 géi3 deg1 **gé3** m4 wui5 leo6 zo2 néi5 **gé3**
我 記 得 **嘅**， 唔 會 漏 咗 你 **嘅**。
我記得的，不會遺忘了你的。

表示認同或贊同，是這樣的；為了緩和一下語氣，可以變高上調：

Hei6 **gé2** ngo5 ming4 **gé3**
係 **嘅**， 我 明 **嘅**。
Ma4 mi4 gem2 zou6 hei6 wei6 ngo5 hou2 **gé2**
媽 咪 咁 做 係 為 我 好 **嘅**。
是的，我明白的。媽媽這樣做是為我好的。

用來問已發生的事，表示想多了解，也變高上調：

Ngo5 wen2 m4 dou2 go3 ngan5 géng2 **gé2**
我 搵 唔 到 個 眼 鏡 **嘅**？ 我為甚麼找不到眼鏡的？

Néi5 géi2 xi4 qi4 zo2 jig1 **gé2**
你 幾 時 辭 咗 職 **嘅**？ 你甚麼時候辭職的？

要是問的是將來，一般用「呀」：

Néi5 géi2 xi4 qi4 jig1 **a3**
你 幾 時 辭 職 **呀** ？ 你甚麼時候辭職？

21601. mp3

普通話裏有些說法用「的」，比如「真的」、「有的」、「好好的」，但是粵語不是用「嘅」。真的，粵語是「真係」：

Zou6 yen4 **zen1** **hei6** hou2 sen1 fu2
做 人 **真** **係** 好 辛 苦 。 做人真的很辛苦。

Zen1 **hei6** m4 sei2 ngo5 cêd1 seo2
真 **係** 唔 使 我 出 手 ？ 真的不需要我出手？

Néi5 **zen1** **hei6** yiu3 xiu2 sem1 gong2 yé5
你 **真** **係** 要 小 心 講 嘢 。 你真的要小心說話。

Néi5 **zen1** **hei6** ngo5 gé3 geo3 xing1
你 **真** **係** 我 嘅 救 星 。 你真的是我的救星。

有的，表示有一些，粵語是「有啲」：

Yeo5 **di1** fa1 hung4 xig1 **yeo5** **di1** cang2 xig1 **yeo5** **di1** ji2 xig1
有 **啲** 花 紅 色 ， **有** **啲** 橙 色 ， **有** **啲** 紫 色 。
有的花紅色，有的橙色，有的紫色。

有的時候，粵語是「有時」或「有時候」：

Yeo5 **xi4** ngo5 dou1 hou2 mei4 mong5
有 **時** 我 都 好 迷 茫 。 有的時候我也感到很迷茫。

Yeo5 **xi4** **heo6** néi5 béi2 kêu5 yed1 go3 yen4 jing6 ha5 la1
有 **時** **候** 你 畀 佢 一 個 人 靜 吓 啦 。
有的時候，你讓他一個人靜一靜吧。

普通話描寫動作用「的」或「地」，粵語是「咁」：

Ngo5 hou2 hoi1 sem1 **gem2** dou6 guo3 zo2 tung4 nin4
我 好 開 心 **咁** 度 過 咗 童 年 。
我快樂的度過了童年。

M4 ting4 **gem2** da2 hed1 qi1
唔停**咁**打乞嗤。 不停地噴嚏。

普通話「好好的」表示認真地做一件事，粵語是「好好咁」：

Néi5 yiu3 **hou2 hou2 gem2** lin6 zab6 xin1 wui5 zêng2 ag1 hiu3 mun4
你要**好好咁**練習先會掌握竅門。
你要好好的練習才會掌握竅門。

Néi5 **hou2 hou2 gem2** fan2 xing2 ha5 ji6 géi2
你**好好咁**反省吓自己。 你好好的反省自己。

好好的，表示狀態良好，粵語是「好哋哋」：

Teo4 xin1 go3 tin1 zung6 **hou2 déi6 déi6** ded6 yin4 zeo6 log6 yu5
頭先個天仲**好哋哋**，突然就落雨。
剛才天氣還是好好的，突然就下雨。

15.2 啲 di1

21601. mp3

正寫是「乜」，又可以用字母D，對應普通話的「一些」、「一點」。

形容詞加「啲」，用於比較，表示一點兒差別

Fai3 **di1** guo3 lei4 la1 Ngo5 ni1 dou6 on1 qun4 **di1**
快**啲**過嚟啦！我呢度安全**啲**。
快點兒過來吧！我這裏比較安全。

Mong5 keo3 mai6 deg1 péng4 **di1** ngo5 zeo6 mai5 do1 **di1**
網購賣得平**啲**，我就買多**啲**。
如果網購賣得便宜一點，我就多買一些。

Ngo5 kem4 man5 yé6 zo2 **di1** fan1 lei4
我琴晚夜咗**啲**返嚟。
我昨天晚上晚了一點才回來。

ii 用於表示移動一點點

Néi^{5} kéi^{5} **guo^{3}** **di^{1}** la^{1}
你 企 **過** **啲** 啦 。 你站過去一點點吧。

Hang^{4} **cêd^{1}** **di^{1}**
行 **出** **啲** 。 站出來多一點。

iii 表示少量。可以用「少少」代替

Zung^{6} yeo^{5} **di^{1}** fan^{6} jing^{6} Zung^{6} yeo^{5} **xiu^{2}** **xiu^{2}** fan^{6} jing^{6}
仲 有 **啲** 飯 剩 。 / 仲 有 **少** **少** 飯 剩 。
還剩了一些米飯。

Ngo^{5} yeo^{5} **di^{1}** teo^{4} tung^{3}
我 有 **啲** 頭 痛 。 我有一點頭疼。

Ngo^{5} mai^{5} zo^{2} **di^{1}** béng^{2} gon^{1}
我 買 咗 **啲** 餅 乾 。 我買了一些餅乾。

iv 經常用作複數和不能計量事物的量詞

Di^{1} **yu^{5}** hei^{2} **di^{1}** **cêng^{1}** la^{3} sem^{3} yeb^{6} lei^{4}
啲 **雨** 喺 **啲** **窗** 罅 滲 入 嚟 。
雨水從窗口的空隙滲進來。

Néi^{5} tung^{4} ngo^{5} gong^{2} **ni^{1}** **di^{1}**
你 同 我 講 **呢** **啲** ？ 你對我說這些話？

v 「啲乜嘢」表示不定量

Néi^{5} sêng^{2} mai^{5} **di^{1}** **med^{1}** **yé^{5}** lei^{5} med^{6} béi^{2} peng^{4} yeo^{5} a^{3}
你 想 買 **啲** **乜** **嘢** 禮 物 畀 朋 友 呀 ？
你想買甚麼禮物給朋友？

Néi^{5} sêng^{2} gong^{2} **di^{1}** **med^{1}** **yé^{5}**
你 想 講 **啲** **乜** **嘢** ？ 你想說甚麼？

vi 可以用「啲」來代替「嘅」修飾名詞

21601. mp3

初學粵語的人容易搞亂「啲」和「嘅」的用法，可能因為寫法跟「的」非常相似，也會用於修飾名詞。

Ngo5 hou2 pa3 kêu5 **di1** heo2 sêu2 pen3 guo3 lei4
我 好 怕 佢 **啲** 口 水 噴 過 嚟 。
我討厭他口沫橫飛。

Zêu3 gen6 **di1** tin1 héi3 fed1 lang5 fed1 yid6
最 近 **啲** 天 氣 忽 冷 忽 熱 。
最近的天氣時冷時熱。

Ngo5 hêu3 hoi1 **di1** fen1 dim3 mou5 zung2 dim3 **di1** fo3 gem3 cei4
我 去 開 **啲** 分 店 ， 冇 總 店 **啲** 貨 咁 齊 。
我常去的分店，沒有總店的貨品齊全。

但是形容修飾就不可以用「啲」：

Hêng1Gong2 yeo5 zêu3 léng3 **gé3** hang4 san1 ging3
香 港 有 最 靚 **嘅** 行 山 徑 。
香港有最美的登山路徑。
（不能說成「香港有最靚啲行山徑。」）

vii 用「啲」的常用說法

21601. mp3

「有啲」表示少量、程度低，普通話是「有一點」：

Ngo5 **yeo5** **di1** sêu2 zung2
我 **有** **啲** 水 腫 。 我有一點水腫。

Ngo5 **yeo5** **di1** zung1 yi3 zo2 kêu5
我 **有** **啲** 鍾 意 咗 佢 。 我有一點點愛上他了。

Kêu5 gem3 hag3 héi3 ngo5 **yeo5** **di1** m4 hou2 yi3 xi1
佢 咁 客 氣 ， 我 **有** **啲** 唔 好 意 思 。
他那麼客氣，我有一點不好意思。

用於舉例子，普通話是「有的」：

Di1 sei1 gua1 **yeo5 di1** dai6 **yeo5 di1** sei3
啲西瓜，**有啲**大，**有啲**細，
yeo5 di1 péi2 bog6 di1
有啲皮薄啲。
那些西瓜，有的大，有的小，有的皮比較薄。

Ngo5 tei2 guo3 di1 leo2 **yeo5 di1** tai3 guei3
我睇過啲樓，**有啲**太貴，
yeo5 di1 go3 jig1 m4 hou2 **yeo5 di1** gao1 tung1 m4 fong1 bin6
有啲個則唔好，**有啲**交通唔方便。
我看過一些房子，有的太貴，有的空間不實用，有些交通不方便。

「一啲都唔」，普通話是「一點也不」：

Yeo5 di1 fung1 dan6 hei6 **yed1 di1 dou1 m4** lêng4
有啲風，但係**一啲都唔**涼。
有一點兒風，但是一點也不涼快。

Ngo5 **yed1 di1 dou1 m4** ming4 kêu5 dim2 nem2
我**一啲都唔**明佢點諗。
我一點也不明白他的想法。

「差啲」或「爭啲」，普通話是「差一點」、「幾乎」：

Ngo5 **ca1 di1** qi4 dou3
我**差啲**遲到。　我差點兒遲到。

Gua3 ju6 tei2 seo2 géi1 **zang1 di1** m4 géi3 deg1 log6 cé1
掛住睇手機，**爭啲**唔記得落車。
只顧刷手機，差點兒忘了下車。

「郁啲」普通話是「動不動」：

Kêu5 péi4 héi3 bou6 cou3 **yug1 di1** zeo6 da2 yen4
佢脾氣暴躁，**郁啲**就打人。
他脾氣暴躁，動不動就打人。

Yug1 di1 yeo6 ga1 ga3 gem1 nin4 ga1 zo2 géi2 qi3 la3
郁 啲 又 加 價 ， 今 年 加 咗 幾 次 喇 。
動不動又加價，今年已加了幾次。

「啲」還可以重疊，變成「啲啲 di1 di1」表示非常少的一點點

Ngo5 **yeo5 di1 di1** m4 xu1 fug6
我 **有 啲 啲** 唔 舒 服 。
我有一點點不舒服。

如果收尾變短，說成「啲啲 did1 did1」，數量更少：

Ngo5 yiu3 **did1 did1** gem3 do1 zeo6 geo3
我 要 **啲 啲** 咁 多 就 夠 。
我只要一點點就夠。

Ngo5 zung6 ca1 **did1 did1** xin1 heb6 gag3
我 仲 差 **啲 啲** 先 合 格 。
我還差那麼一點點才及格。

15.3 哋

「哋」有很多意思，有兩個聲調：「déi6」和「déi2」。雖然與普通話「的」、「地」發音相近，其實用法不同。

哋 déi6

21601. mp3

用在人稱代名詞的後邊，表示多數

ngo5 déi6 我 哋 我們	néi5 déi6 你 哋 你們	kêu5 déi6 佢 哋 他們

普通話說「先生們」、「老師們」，粵語會說「各位」，不是「先生哋」、「老師哋」：

gog[3] wei[2] xin[1] sang[1] nêu[5] xi[6]
各位先生女士　先生們、女士們

gog[3] wei[2] lou[5] xi[1] tung[4] hog[6]
各位老師、同學　老師們、同學們

普通話表示人數多的「們」，粵語用「啲」放在人物前：

Di[1] dai[6] go[4] go[1] dai[6] zé[4] zé[1] hou[2] jiu[3] gu[3] ngo[5] déi[6]
啲大哥哥、大姐姐好照顧我哋。
大哥哥大姐姐們很照顧我們。

Di[1] sei[3] lou[6] xiu[3] deg[1] hou[2] tin[1] zen[1]
啲細路笑得好天真。　孩子們笑得多天真。

普通話「人們」，粵語是「啲人」：

Di[1] yen[4] wa[6] néi[5] yiu[3] zeo[2] wo[3]
啲人話你要走喎。　人們說你要離開這裏。

ii「人哋」是其他人或有些人

Yen[4] déi[6] pai[4] gen[2] dêu[2] go[2] di[1] yen[4] sêng[2] da[2] jim[1]
人哋排緊隊，果啲人想打尖。
其他人在排隊，那些人想插隊。

Yen[4] déi[6] tei[2] ngo[5] hou[2] hing[1] sung[1] kéi[4] sed[6] yeo[5] fu[2] ji[6] géi[1] ji[1]
人哋睇我好輕鬆，其實有苦自己知。
其他人看來我很輕鬆，其實有苦自知。

一般情況，「人哋」跟「啲人」差不多意思，用法可以互換：

Yen[4] déi[6] tei[2] zung[6] yi[5] wei[4] néi[5] déi[6] hei[6] lêng[5] ji[2] mui[2]
人哋睇，仲以為你哋係兩姊妹。
Di[1] yen[4] tei[2] zung[6] yi[5] wei[4] néi[5] déi[6] hei[6] lêng[5] ji[2] mui[2]
啲人睇，仲以為你哋係兩姊妹。
別人看，還以為你們是兩姐妹。

「人哋」也可以是普通話「人家」，在不好意思或不滿時代替講「我」：

Yen4 déi6 dou1 hei6 wei6 néi5 hou2 néi5 téng1 ha5 yen4 gong2 la1
人哋都係為你好，你聽吓人講啦。
人家都是為你好，你就聽聽人説吧。

iii 「好哋哋」，表示狀態良好，對比新出現的情況

Teo4 xin1 lêng5 go3 wan2 deg1 **hou2 déi6 déi6** ded6 yin4 zeo6 da2 gao1
頭先兩個玩得**好哋哋**，突然就打交。
剛才兩個孩子玩得好好的，突然就打架。

Ngo5 gé3 cêng4 wei6 yed1 hêng3 **hou2 déi6 déi6**
我嘅腸胃一向**好哋哋**，
dan6 hei6 zêu3 gen6 séng4 yed6 tou5 o1
但係最近成日肚痾。
我的腸胃一直好好的，但是最近經常拉肚子。

哋 déi2

21601. mp3

i 重複單音形容詞或動詞＋哋 déi2，表示「略」、「稍」的意思

Ngo5 nam4 peng4 yeo5 **gou1 gou1 déi2** **seo3 seo2 déi2**
我男朋友**高高哋**、**瘦瘦哋**，
xiu3 héi2 lei4 **pa3 pa2 déi2 ceo2**
笑起嚟**怕怕哋醜**。
我的男朋友挺高的、有點瘦，笑起來帶點害羞。

* 更多例子見 17.3「特色形容方法」。

ii 「麻麻哋」，意思是一般般、不太好

Tin1 héi3 **ma4 ma2 déi2**
天 氣 **麻 麻 哋** 。　天氣不太好。

Yen4 déi6 wa6 ni1 tou3 héi3 **ma4 ma2 déi2**
人 哋 話 呢 套 戲 **麻 麻 哋** 。
人們說這齣電影一般般。

「麻麻哋」也可以加在形容詞和某些動詞前面用：

Di1 hoi2 xin1 **ma4 ma2 déi2** sen1 xin1
啲 海 鮮 **麻 麻 哋** 新 鮮 。
這些海鮮一般般，不太新鮮。

Ngo5 **ma4 ma2 déi2** sêng2 xig3 Yed1 Bun2 yé5
我 **麻 麻 哋** 想 食 日 本 嘢 。
我不太想吃日本菜。

iii 「好好哋」，表示認真對待

Néi5 **hou2 hou2 déi2** dug6 xu1 m4 zên2 gua3 ju6 wan2
你 **好 好 哋** 讀 書 ， 唔 准 掛 住 玩 。
你好好的學習，不可以老想着玩耍。

Néi5 **hou2 hou2 déi2** cung4 sen1 zou6 yen4 mei5 zoi3 hang4 ca1 dab6 co3
你 **好 好 哋** 重 新 做 人 ， 咪 再 行 差 踏 錯 。
你好好的重新做人，不要再走歪路。

16 量詞和使用量詞的說法

量詞表示計算單位，粵語的名詞配合的量詞，跟普通話不盡相同，還有使用量詞的說法比普通話多。

21701. mp3

16.1 名詞配合不同量詞

名詞配合不同量詞可以表達不同感受，以「一個人」為例：

yed1 go3 yen4
一 個 人 （「個」是應用最廣的量詞）

yed1 wei2 ming4 yen4
一 位 名 人 （「位」用於人，表示敬意）

yed1 ji1 gung1
一 支 公 （用於男人，表示單獨一個）

Kêu5 séng4 yed5 yed1 ji1 gung1 hêu3 tei2 héi3
佢 成 日 一 支 公 去 睇 戲 。
他經常一個人去看電影。

yed1 deo1 yeo2
一 兜 友 （「兜」用於人，比較粗俗）

Yed1 deo1 yeo2 hêu3 hang4 san1
一 兜 友 去 行 山 。 一個人去遠足。

yed1 tiu4 yeo2
一 條 友 （「條」用於人，屬粗俗及一般帶貶義，但也可表現熟絡親切）

Leo4 ha6 yeo5 yed1 tiu4 yeo2 hang4 lei4 hang4 hêu3
樓 下 有 一 條 友 行 嚟 行 去 。
樓下有一個人來回踱步。（帶貶義，不喜歡那個人）

Néi5 lêng5 tiu4 yeo2 zei2 zou6 med1 yé5
你 兩 條 友 仔 做 乜 嘢 ？（表現熟絡）
你們兩個在做甚麼？

yed^{1} zég^{3} wei^{6} xig^{6} mao^{1}
一 隻 為 食 貓（「隻」用於人，表達可愛可親）
一個嘴饞的人

ni^{1} zég^{3} bag^{3} yim^{3} xing^{1}
呢 隻 百 厭 星　　這個頑皮搗蛋鬼

Kêu^{5} deg^{1} yed^{1} neb^{1} zei^{2}
佢 得 一 粒 仔（相比「一個仔」，用「粒」表達很珍貴）
他只有一個寶貝兒子

ni^{1} gin^{6} ké^{4} lé^{4} guai^{3} sêng^{2} zêu^{1} ngo$^{5-2}$
呢 件 騎 呢 怪 想 追 我 ？（「件」用於人，表示討厭）
我怎麼可以接受這個古怪的人追求？

16.2 粵語常用的特色量詞

眾數或不能計量的，量詞都用「啲」：　21701. mp3

Di^{1} yen^{4} sên^{6} yed^{1} **di^{1}** qun^{4} men^{4}
啲 人 信 一 **啲** 傳 聞　　有些人相信一些傳聞

Di^{1} bui^{1} dou^{6} yeo^{5} **di^{1}** sêu^{2}
啲 杯 度 有 **啲** 水　　那些杯子裏有一點水

機器都用量詞「架」、「部」：

yed^{1} **ga^{3}** cé^{1}
一 **架** 車　　一輛車

yed^{1} **bou^{6}** din^{6} nou^{5}
一 **部** 電 腦　　一台計算機

建築物都用量詞「間」：

yed^{1} **gan^{1}** dai^{6} hog^{6}
一 **間** 大 學　　一所大學

yed^{1} **gan^{1}** zeo^{2} dim^{3}
一 **間** 酒 店　　一家酒店

yed^{1} **gan^{1}** ug^{1}
一 **間** 屋　　一個房子

yed^{1} **gan^{1}** fong^{2}
一 **間** 房　　一個房間

「把」

yed[1] **ba[2]** zé[1]
一 **把** 遮 一把雨傘

yed[1] **ba[2]** dou[1]
一 **把** 刀 一把刀

有很多東西，普通話用量詞「把」，但粵語不是：

yed[1] **zêng[1]** yi[2]
一 **張** 椅 一把椅子

yed[1] **tiu[4]** so[2] xi[4]
一 **條** 鎖 匙 一把鑰匙

yed[1] **zég[3]** ca[1]
一 **隻** 叉 一把叉子

yed[1] **so[1]** jiu[1]
一 **梳** 蕉 一把香蕉

「支」可以跟普通話一樣，還有一瓶的意思：

yed[1] **ji[1]** bed[1]
一 **支** 筆

yed[1] **ji[1]** mei[1]
一 **支** 咪
一個麥克風

yed[1] **ji[1]** zeo[2]
一 **支** 酒
一瓶酒

「隻」有多種用法：

動物、昆蟲

yed[1] **zég[3]** ma[5]
一 **隻** 馬

yed[1] **zég[3]** ju[1]
一 **隻** 豬

yed[1] **zég[3]** geo[2]
一 **隻** 狗

yed[1] **zég[3]** gei[1]
一 **隻** 雞

yed[1] **zég[3]** ha[1]
一 **隻** 蝦

yed[1] **zég[3]** men[1]
一 **隻** 蚊

種類

yed[1] **zég[3]** pai[4] ji[2]
一 **隻** 牌 子

yed[1] **zég[3]** yêg[6]
一 **隻** 藥

yed[1] **zég[3]** gu[2] piu[3]
一 **隻** 股 票

小小圓圓的東西

yed[1] **zég[3]** wun[2]
一 **隻** 碗

yed[1] **zég[3]** bui[1]
一 **隻** 杯

yed[1] **zég[3]** dan[2]
一 **隻** 蛋

yed[1] **zég[3]** kéi[2]
一 **隻** 棋

yed[1] **zég[3]** seo[2] biu[1]
一 **隻** 手 錶

yed[1] **zég[3]** gai[3] ji[2]
一 **隻** 戒 指

一雙中的一隻

yed[1] **zég[3]** seo[2]
一 **隻** 手

yed[1] **zég[3]** hai[4]
一 **隻** 鞋

yed[1] **zég[3]** fai[3] ji[2]
一 **隻** 筷 子

還有一些事物都可用「隻」做量詞：

yed1 **zég3** guei2
一 **隻** 鬼

yed1 **zég3** féi1 géi1
一 **隻** 飛 機
一架飛機

yed1 **zég3** xun4
一 **隻** 船
一條船

yed1 **zég3** mun4
一 **隻** 門
一扇門

yed1 **zég3** jiu1
一 **隻** 蕉
一根香蕉

yed1 **zég3** geng1
一 **隻** 羹
一個勺子

cêng3 yed1 **zég3** go1
唱 一 **隻** 歌 唱一首歌

tiu3 yed1 **zég3** mou5
跳 一 **隻** 舞 跳一支舞

普通話裏「隻」和「支」發音相同，造成說粵語時混淆這兩個量詞，要多加注意。

有些量詞說法不同，但有對應關係： 21701. mp3

「對」即一雙

yed1 **dêu3** gêg3
一 **對** 腳

yed1 **dêu3** med6
一 **對** 襪

yed1 **dêu3** fai3 ji2
一 **對** 筷 子

「嚿」即一塊，粵語也可以說「塊 fai3」

yed1 **geo6** yug6
一 **嚿** 肉

yed1 **geo6** ség6 teo4
一 **嚿** 石 頭

「粒」即一顆

yed1 **neb1** deo2
一 **粒** 豆

yed1 **neb1** mei5
一 **粒** 米

yed1 **neb1** cong1
一 **粒** 瘡

「班」用於一群人

yed1 **ban1** peng4 yeo5
一 **班** 朋 友

yed1 **ban1** tung4 xi6
一 **班** 同 事

「竇」即一窩

yed1 **deo3** lou5 xu2
一 **竇** 老 鼠

yed1 **deo3** med6 fung1
一 **竇** 蜜 蜂

「餐」即一頓

yed¹ **can¹** fan⁶
一 **餐** 飯

xig⁶ **can¹** bao²
食 **餐** 飽　吃一頓飽飽的

béi² yen⁴ lao⁶ yed¹ **can¹**
畀 人 鬧 一 **餐**　給罵了一頓

「啖」即一口

xig⁶ yed¹ **dam⁶** fan⁶
食 一 **啖** 飯　吃一口飯

yem² yed¹ **dam⁶** tong¹
飲 一 **啖** 湯　喝一口湯

ség³ yed¹ **dam⁶**
錫 一 **啖**　親一下

「揪」即一串

yed¹ **ceo¹** so² xi⁴
一 **揪** 鎖 匙　一串鑰匙

yed¹ **ceo¹** tei⁴ ji²
一 **揪** 提 子　一串葡萄

「碟」即一盤、一碟

yed¹ **dib⁶** coi³
一 **碟** 菜

yed¹ **dib⁶** xi⁶ yeo⁴
一 **碟** 豉 油

「樽」即一瓶

yed¹ **zên¹** sêu²
一 **樽** 水

yed¹ **zên¹** wu⁴ jiu¹ fen²
一 **樽** 胡 椒 粉

「羹」即一勺

yed¹ **geng¹** yim⁴
一 **羹** 鹽　一勺的鹽

有些事物普通話要加量詞，粵語不需要：

yed¹ **tong⁴**
一 **堂**　一節課

yed¹ **fo¹**
一 **科**　一門課

16.3 粵語裏使用量詞的特色説法

i 重疊量詞，有「每 mui⁵」的意思

21701. mp3

Ga³ ga³ cé¹ dou¹ zong¹ mun⁵ yen⁴
架 架 車 都 裝 滿 人 。 每輛車都載滿人。

Yêg³ kêu⁵ **qi³ qi³** dou¹ zên² xi⁴ dou³
約 佢 **次 次** 都 準 時 到 。 每次約他都準時到的。

Ngo⁵ gong² gé³ **gêu³ gêu³** dou¹ hei⁶ zen¹ wa²
我 講 嘅 **句 句** 都 係 真 話 。
我説的每一句都是真話。

Man⁵ man⁵ gem³ yé⁶ fen³ **jiu¹ jiu¹** dou¹ héi² m⁴ dou² sen¹
晚 晚 咁 夜 瞓 ， **朝 朝** 都 起 唔 到 身 。
每晚都睡得晚，每天早上起不了床。

Go³ go³ yud⁶ yiu³ gao¹ hog⁶ fei³
個 個 月 要 交 學 費 。 每個月要交學費。

ii 「一 yed¹」＋重疊量詞

粵語説「一個個」，普通話是「一個一個」：

Yed¹ ga³ ga³ cé¹ pag³ sai³ hei² lou⁶ bin¹
一 架 架 車 泊 晒 喺 路 邊 。
那些車，一輛一輛停在路邊。

Di¹ sam¹ **yed¹ dêu¹ dêu¹** méi⁶ deg¹ han⁴ sei²
啲 衫 **一 堆 堆** ， 未 得 閒 洗 。
一堆一堆的衣服，還沒有空洗。

iii 用量詞代替「的」修飾領屬關係

Néi⁵ **dêu³** hai⁴ sen¹ mai⁵ ga⁴
你 **對** 鞋 新 買 㗎 ？ 你的鞋子是新買的嗎？

Ngo5 zé3 zo2 zeo2 dim3 **ba2** zé1
我 借 咗 酒 店 **把** 遮 。 我借了酒店的雨傘。

Heo6 mun2 **tiu4** leo4 tei1 log6 m4 dou2 déi6 ha2
後 門 **條** 樓 梯 落 唔 到 地 下 。
後門的樓梯不能到達地面。

iv 修飾名詞時，常把數位「一」省掉，但必須保留量詞

Ngo5 gug6 zo2 **go3** dan6 gou1 cung1 zo2 **bui1** ga3 fé1
我 焗 咗 **個** 蛋 糕 ， 沖 咗 **杯** 咖 啡 。
我做了一個蛋糕，沖調了一杯咖啡。

Ngo5 hei2 **go3** qi4 xin6 zou2 jig1 ling5 yêng5 **zég3** geo2 zei2
我 喺 **個** 慈 善 組 織 領 養 **隻** 狗 仔 。
我從一個公益機構領養一隻小狗。

16.4 指示代詞（這、那）

指示代詞＋量詞＋名詞

21701. mp3

普通話「這」，粵語是「呢 ni1」。例子：呢個人 ni1 go3 yen4 這個人；

普通話「那」，粵語是「嗰 go2」，因為打字方便，經常寫成「果」。例子：果個人 go2 go3 yen4 那個人。

普通話可以說「這人」、「那人」，但粵語必需有量詞。

例句：

Ngo5 hou2 zung1 yi3 **ni1** gin6 sam1
我 好 鍾 意 **呢** 件 衫 。 我很喜歡這件衣服。

Ni1 bui1 ca4 zem1 béi2 néi5 gé3

呢杯茶斟畀你嘅。　這杯茶是倒給你的。

Ngo5 gan2 zo2 kao3 cêng4 **go2** zêng1 cong4

我揀咗靠牆**果**張床。　我選了靠牆的那張床。

Go2 go3 go4 go1 hou2 gou1

果個哥哥好高。　那個哥哥長得很高。

當對方都明白所指的事物時，指示代詞可省略，但必須保留量詞：

Bun2 xu1 hou2 m4 hou2 tei2 a3

本書好唔好睇呀？　這本書好看嗎？

Ngo5 mai6 zo2 **gan1** ug1

我賣咗**間**屋。　我賣了那套房子。

Ngo5 ling1 zo2 **fen6** heb6 yêg3 lei4 tei2 guo3

我拎咗**份**合約嚟睇過。

我拿了那個合約看過。

Xig6 gen2 **wun2** fan6 xig6 dou3 dung3 sai3

食緊**碗**飯食到凍晒。

正在吃的這碗米飯已涼了。

有時普通話說「這」、「那」代表已知的事物，粵語是「咁」，不是「呢」、「果」：

Gem2 dêu3 ngo5 lei4 gong2 zêu3 hou2

咁對我嚟講最好。　這對我來說最好。

Gem2 tung4 ngo5 yeo5 mé1 guan1 hei6

咁同我有咩關係？　那跟我有甚麼關係？

16.5 成（整個）

21701. mp3

「成 séng4」＋量詞＋名詞

「全 qun4」＋量詞＋名詞

表示整個

Séng4 cé1 yen4 dou1 yiu3 log6 cé1
成 車 人 都 要 落 車 。
Qun4 cé1 yen4 dou1 yiu3 log6 cé1
全 車 人 都 要 落 車 。
車上所有人都要下車。

Can1 téng1 **séng4 gan1** dou1 déng6 mun5 sai3
餐 廳 **成 晚** 都 訂 滿 晒 。
Can1 téng1 **qun4 gan1** dou1 déng6 mun5 sai3
餐 廳 **全 晚** 都 訂 滿 晒 。
餐廳全晚都預訂滿額了。

偶然「全」不需要連着量詞，但「成」一定要：

Séng4 gan1 ug1 deg1 lêng5 gan1 fong2
成 間 屋 得 兩 間 房 。
Qun4 ug1 deg1 lêng5 gan1 fong2
全 屋 得 兩 間 房 。
整個房子只有兩個房間。

Hou2 qi5 **séng4 go3 sei3 gai3** ting4 zo2 log6 lei4
好 似 **成 個 世 界** 停 咗 落 嚟 。
Hou2 qi5 **qun4 sei3 gai3** ting4 zo2 log6 lei4
好 似 **全 世 界** 停 咗 落 嚟 。
好像整個世界停下來了。

ii 「成」拉長可以用來強調很多

Kêu5 **séng4 go3 yen4** bin3 sai3
佢**成個人**變晒。 他的性情大變，整個人都不同。

Ngo5 deng2 po1 fa1 hoi1 deng2 zo2 **séng4 nin4**
我等棵花開等咗**成年**。
我等這花盛開等了一整年。

Yed1 ji1 sêu2 **séng4 lêng5 lid1** ga3
一支水**成兩 lit.**㗎！ 一瓶水有兩公升整那麼多！

iii 「成日」意思是一整天，也可以是經常、總是

Ngo5 zou6 zo2 **séng4 yed6** yé5
我做咗**成日**嘢。 我工作了一整天。

Lêu4 lêu2 **séng4 yed6** qi1 ju6 dé1 di4
囡囡**成日**黐住爹哋。 女兒整天黏着爸爸。

Kêu5 **séng4 yed6** zou6 co3 yé5
佢**成日**做錯嘢。 他總是做錯。

Séng4 yed6 yeo5 yen4 men6 ngo5
成日有人問我。 經常有人問我。

Kêu5 déi6 **séng4 yed6** néi5 yed1 gêu3 ngo5 yed1 gêu3 cêng3 sêng1 wong2
佢哋**成日**你一句、我一句，唱雙簧。
他們兩人總是一唱一和，很合拍。

16.6 第（別的）

21701. mp3

「第 dei6」＋量詞＋名詞

意思是另外的、別的：

Ngo5 sêng2 co5 **dei6 go3 wei2**
我 想 坐 **第 個 位** 。
我想換一個座位。

Néi5 yeo5 mou5 xi3 guo3 **dei6 zég3 pai4 ji2**
你 有 冇 試 過 **第 隻 牌 子** ？
你有沒有試過別的品牌？

Qin4 min6 go3 zam6 zung6 yeo5 **dei6 di1 ba1 xi2**
前 面 個 站 仲 有 **第 啲 巴 士** 。
前面的車站還有其他的公車。

Gem1 yed6 m4 deg1 mei6 **dei6 yed6** lo1
今 日 唔 得 咪 **第 日** 囉 。
今天不行就改天吧。

Dei6 xi4 go3 sei3 gai3 dou1 m4 ji1 bin3 séng4 dim2
第 時 個 世 界 都 唔 知 變 成 點 。
將來的世界都不知道會變成甚麼樣子。

16.7 逐（逐一）

21701. mp3

「逐 zug6」＋量詞＋名詞

普通話説「逐一」，粵語在「逐」後面是量詞：

Man6 man2 téng1 kêu5 **zug6 go3 ji6 zug6 go3 ji6** dug6 cêd1 lei4
慢 慢 聽 佢 **逐 個 字 逐 個 字** 讀 出 嚟 。
慢慢聽他一個字一個字逐一唸出來。

Kêu5 mai5 xun3 teo4 dou1 yiu3 **zug6 neb1** gan2 guo3
佢 買 蒜 頭 都 要 **逐 粒** 揀 過 。
他買蒜頭要一顆一顆，逐一挑選的。

Ngo5 **zug6 zêng1 toi2** wen2 yiu3 wen2 fan1 did3 zo2 zêng1 kad1
我 **逐 張 枱** 搵 ， 要 搵 番 跌 咗 張 卡 。
我一桌一桌逐一去找，要找回丟了的卡。

Seo1 fei3 hei6 **zug6 qi3** gei3 gé3 m4 sei2 **zug6 go3 zung1 teo4** gei3
收 費 係 **逐 次** 計 嘅 ， 唔 使 **逐 個 鐘 頭** 計 。
收費是按次數算，不用按一個一個小時來算。

16.8 將（把）

21701. mp3

「將 zêng1」＋量詞＋名詞

強調把已知的事物怎樣處置。粵語不說「把」事物怎樣處置：

Ngo5 **zêng1** go3 seo2 géi1 fong3 zo2 hei2 doi2
我 **將** 個 手 機 放 咗 喺 袋 。
我把手機放了進包包裏。

Zêng1 di1 coi4 liu2 qid3 sêu3 sai3
將 啲 材 料 切 碎 晒 。 把所有材料切碎。

Néi5 sêng2 **zêng1** kêu5 dim2 a3
你 想 **將** 佢 點 呀 ？ 你想把他怎麼樣？

普通話的「把」用於很多情景，但粵語不常用「將」：

Néi5 gig1 séi2 kêu5 la3
你 激 死 佢 喇 。（很少說「你將佢激死咗」。）
你把他氣死了。

Kêu5 m4 dong3 ngo5 hei6 yen4
佢 唔 當 我 係 人 。（很少說「佢唔將我當係人」。）
他不把我當人。

Ngo5 yem2 zo2 bui1 ca4
我 飲 咗 杯 茶 。（不會説「我將杯茶飲咗」。）
我把茶喝了。

Hang4 dou3 dêu3 hai4 dou1 lan6 mai4
行 到 對 鞋 都 爛 埋 。（不會説「將對鞋都行爛埋」）
把鞋子都走破了。

16.9 畀（給、付錢、被、讓）

畀 béi2

「畀」對應普通話的「給」、「被」或「讓」。「畀」是古漢字正寫，香港人俗字會寫「俾」或「比」。

i 給 21701. mp3

Ni1 go3 **béi2** néi5 gé3 go2 go3 hei6 **béi2** kêu5 gé3
呢 個 **畀** 你 嘅 ， 果 個 係 **畀** 佢 嘅 。
這個給你的，那個是給他的。

sung3 **béi2** néi5
送 **畀** 你 送給你

Ngo5 go3 keo4 pag2 zé3 zo2 **béi2** yen4
我 個 球 拍 借 咗 **畀** 人 。 我的球拍借了給別人。

「畀」＋量詞＋名詞＋人

*** 一個人把東西給另外一個人，跟普通話的語順不同，而且必需加量詞，數量「一」可以省去：**

Ngo5 **béi2** bun2 xu1 néi5
我 **畀** 本 書 你 我給你一本書 / 我把書給你

A3 sê4 **béi2** qi3 géi1 wui6 la1
阿 sir ，**畀** 次 機 會 啦。 警官，請給我一次機會。

Béi2 xiu2 xiu2 xi4 gan3 ngo5
畀 少 少 時 間 我 。 給我一點時間。

如果有目的，就加在人物後面：

M4 goi1 **béi2** go3 heb2 ngo5 da2 bao1 la1
唔 該 **畀** 個 盒 我 打 包 啦 。 請給我一個盒子打包。

Béi2 go3 wei2 ngo5 co5 ha5 deg1 m4 deg1 a3
畀 個 位 我 坐 吓 ， 得 唔 得 呀 ？
請你給我一個座位，讓我坐一下，可以嗎？

普通話說「教給」一個人知識、技巧，但粵語不同：

Kêu5 **gao3** ngo5 hou2 do1 ji3 xig1
佢 **教** 我 好 多 知 識 。
Kêu5 **gao3** zo2 hou2 do1 ji3 xig1 **béi2** ngo5
佢 **教** 咗 好 多 知 識 **畀** 我 。
他教給我很多知識。（粵語不會說「佢教畀我好多知識」。）

Xi1 fu2 zêng1 géi6 sêd6 **gao3** sai3 **béi2** tou4 dei2
師 傅 將 技 術 **教** 晒 **畀** 徒 弟 。
師傅把技術都教給了徒弟。

ii 付錢

21701. mp3

Néi5 géi3 ju6 **béi2** qin2 yiu3 **béi2** yin6 gem1
你 記 住 **畀** 錢 要 **畀** 現 金 。 你記得付錢要付現金。

Ngo5 **béi2** yed1 qin1 men1 néi5 ngo5 mou5 san2 ji2 zao2 **béi2** néi5
你 **畀** 一 千 蚊 我 ， 我 冇 散 紙 找 **畀** 你 。
你給我一千元，我沒有零錢找給你。

iii 被

Méi6 xig6 yun4 zég3 dib2 yi5 ging1 **béi2** yen4 seo1 zo2
未 食 完 隻 碟 已 經 **畀** 人 收 咗 。
還沒吃完，盤子已經被收走了。

Ngo5 ba2 zé1 **béi2** yen4 lo2 zo2
我 把 遮 **畀** 人 攞 咗 ，
gao2 dou3 ngo5 **béi2** yu5 lem4 seb1 sai3
搞 到 我 **畀** 雨 淋 濕 晒 。
我的雨傘被人拿走了，弄得我被雨淋得全濕了。

Kêu5 **béi2** gan1 yen4 hem6 hoi6 kêu5 hei6 mou4 gu1 ga3
佢 **畀** 奸 人 陷 害 ， 佢 係 無 辜 㗎 。
他被奸人所害，他是無辜的。

Kêu5 **béi2** yen4 da2 jim1 dou1 m4 cêd1 séng1 ngo5 **béi2** kêu5 gig1 séi2
佢 **畀** 人 打 尖 都 唔 出 聲 ， 我 **畀** 佢 激 死 ！
他被人插隊都不敢開口，我被他氣死了！

iv 讓、給予機會

Ngo5 ting4 hei2 gai1 heo2 **béi2** néi5 log6 cé1
我 停 喺 街 口 **畀** 你 落 車 。 我停在路口讓你下車。

Ngo5 déi6 m4 wui5 **béi2** néi5 mou6 him2
我 哋 唔 會 **畀** 你 冒 險 。 我們不會讓你冒險。

Ni1 di1 **m4 béi2 deg1** néi5 tei2
呢 啲 **唔 畀 得** 你 睇 。 這些不可以讓你看。

16.10 普通話的「讓」（畀、等、要、使、令、讓）

21701. mp3

普通話的「讓」，意思是允許或使改變，粵語會對應「畀」、「等」、「要」、「使」或「令」等不同說法。這裡就舉一些例子：

M4 hou2 **béi2** kêu5 zoi3 seo6 qi3 gig1
唔好**畀**佢再受刺激。　不要讓他再受刺激。

Néi5 co5 dei1 **deng2** ngo5 bong1 néi5 lo2 yé5 xig6 la1
你坐低，**等**我幫你攞嘢食啦。
你坐下來，讓我替你取食物吧。

M4 hou2 yi3 xi1 **yiu3** néi5 deng2 gem3 noi6
唔好意思，**要**你等咁耐。
不好意思，讓你久等了。

Néi5 sei2 **ngo5** ming4 bag6 yen4 seng1 gé3 yi3 yi6
你使**我**明白人生嘅意義。
你讓我明白人生的意義。

Néi5 **ling6** ngo5 cung1 mun5 héi1 meng6
你**令**我充滿希望。　你讓我充滿希望。

粵語裏「讓」是禮讓、讓步的意思：

Go4 go1 **yêng6** ha5 mui4 mui2 la1
哥哥**讓**吓妹妹啦。　哥哥就讓着妹妹一點吧。

Yêng6 go3 wei2 béi2 yeo5 sêu1 yiu3 gé3 yen4 co5
讓個位畀有需要嘅人坐。
讓座給有需要的人。

Yêng6 hoi1 tiu4 lou6 béi2 geo3 wu6 cé1 guo3 xin1
讓開條路畀救護車過先。
讓路給救護車先通過。

17 常用形容說法

粵語描寫一個場面，就像現場直播一樣，把表情動作活靈活現地擺在眼前。以「笑」為例：

21801. mp3

xiu3 deg1 hou2 tim4
笑 得 好 甜　笑容甜美

méi1 méi1 zêu2 xiu3
微 微 嘴 笑　笑瞇瞇

yem1 yem1 zêu2 xiu3
陰 陰 嘴 笑　冷笑

xiu3 ké4 ké4
笑 騎 騎　不懷好意的笑

em2 ju6 zêu2 xiu3
揞 住 嘴 笑　掩住嘴巴偷笑

em2 ju6 bun3 bin1 zêu2 xiu3
揞 住 半 邊 嘴 笑　背地裏巴嘲笑

xiu3 bao3 zêu2
笑 爆 嘴　笑得嘴巴裂開

xiu3 dou3 heb6 m4 mai4 heo2
笑 到 合 唔 埋 口　笑得合不攏嘴

séi3 man6 gem2 gé3 heo2
四 萬 咁 嘅 口 （「四」字像大笑的嘴巴）笑得合不攏嘴

xiu3 dou3 gin3 ngam4 m4 gin3 ngan5
笑 到 見 牙 唔 見 眼　笑得眼睛都眯縫了，只看到牙齒

Xiu3 dou3 ka4 ka2 séng1
笑 到 卡 卡 聲　哈哈大笑

Xiu3 dou3 kid1 kid1 séng1
笑 到 kid kid 聲　嬰兒的可愛笑聲

xiu3 dou3 lug1 déi2
笑 到 碌 地　笑得打跌，滾到地上。

xiu³ dou³ tou⁵ lün¹
笑 到 肚 攣　　笑彎了腰

xiu³ dou³ biu¹ ngan⁵ sêu²
笑 到 標 眼 水　　笑得眼淚直流

xiu³ dou³ biu¹ liu⁶
笑 到 標 尿　　笑得失控尿了

sab⁶ sug⁶ geo² teo⁴ gem²
烚 熟 狗 頭 咁
（煮熟的狗頭，像咧嘴而笑，逢迎別人，是貶義。）

17.1 粵語常用來形容事物狀態、程度高低多少的說法

高程度　　21802. mp3

加在前面的形容	意思及例子
qiu¹ 超	**qiu¹** xu¹ fug⁶ 超 舒 服
ging⁶ 勁	**ging⁶** guei³ 勁 貴
gin¹ 堅	**gin¹** hou² xiu³ 堅 好 笑　真的好笑
hou² guei² séi² 好 鬼 死 géi² guei² séi² 幾 鬼 死	**hou² guei² séi²** deg¹ yi³ 好 鬼 死 得 意　非常可愛 **géi² guei² séi²** mou⁴ liu⁴ 幾 鬼 死 無 聊　極無聊
hou² guei² 好 鬼 géi² guei² 幾 鬼	tiu⁴ lou⁶ **hou² guei²** zag³ 條 路 好 鬼 窄　這條路太窄了 kêu⁵ gan¹ fong² **géi² guei²** lün⁶ 佢 間 房 幾 鬼 亂 他的房間非常亂

féi1 sêng4 非 常 féi1 sêng4 ji1 非 常 之	**féi1 sêng4** yid6 **非 常** 熱 **féi1 sêng4 ji1** yid6 **非 常 之** 熱
deg6 bid6 特 別	gem1yed6 **deg6 bid6** yid6 今 日 **特 別** 熱
ying2 zen1 認 真	**ying2 zen1** hou2 wan2 **認 真** 好 玩 非常好玩
fen6 ngoi6 份 外	**fen6 ngoi6** yeo5 cen1 qid3 gem2 **份 外** 有 親 切 感
gig6 極 gig6 ji1 極 之	ni1 tiu4 xin3 **gig6** yeo3 呢 條 線 **極** 幼 這條線極細 kêu5 gé3 xu1 ga2 **gig6 ji1** jing2 cei4 佢 嘅 書 架 **極 之** 整 齊 他的書架整齊極了
gig6 dou6 極 度	sen1 qing2 seo2 zug6 **gig6 dou6** ma4 fan4 申 請 手 續 **極 度** 麻 煩 申請手續麻煩極了

加在後面的形容	意思及例子
dou3 gig6 到 極	hung2 bou3 **dou3 gig6** 恐 怖 **到 極** 恐怖極了
dou3 bao3 到 爆	yu2 **dou3 bao3** 瘀 **到 爆** 糗死了，好丟臉
dou3 zen3 到 震	dung3 **dou3 zen3** 凍 **到 震** 冷得打顫
dou3 ham3 到 喊	dei2 **dou3 ham3** 抵 **到 喊** 太值了，感動得想哭
dou3 eo2 到 嘔	gui6 **dou3 eo2** 攰 **到 嘔** 累死了 wed6 ded6 **dou3 eo2** 核 突 **到 嘔** 噁心得想吐

dou3 jud6 到絕	di1 fung1 ging2 léng3 **dou3 jud6** 啲風景靚到絕　景色美極了 kêu1 lêng5 go3 cen3 **dou3 jud6** 佢兩個襯到絕 他們兩個是絕佳搭配
dou3 bed1 deg1 liu5 到不得了	fong1 bin6 **dou3 bed1 deg1 liu5** 方便到不得了　方便得不得了
deg1 zei6 得滯	guei3 **deg1 zei6** mai5 m4 héi2 貴得滯，買唔起 過分貴，買不起
deg1 guo3 fen6 得過分	sed6 zoi6 jing6 **deg1 guo3 fen6** 實在靜得過分　實在太安靜

一般程度

加在前面的形容	意思及例子
hou2 好	**hou2** hou2 好好　很好 **hou2** sei1 léi6 好犀利　很厲害
géi2 幾	**géi2** hou2 幾好　挺好 ni1 go3 gu3 xi6 **géi2** yeo5 cêu3 呢個故事幾有趣 這故事挺有意思
OK	di1 ga3 qin4 **OK** m4 xun3 guei3 啲價錢**OK**，唔算貴 價錢還可以，不算貴 ni1 dêu3 hai4 **OK** hou2 zêg3 呢對鞋**OK**好着 這雙鞋挺好穿

低程度

加在前面的形容	意思及例子
ma4 ma2 déi2 麻麻哋	ngo5 gog3 deg1 **ma4 ma2 déi2** 我覺得**麻麻哋** 我覺得一般般 dim2 yêng4 zug1 **ma4 ma2 déi2** geo3 guong1 點洋燭**麻麻哋**夠光 點洋燭亮度不太夠
m4 hei6 géi2 唔係幾	gem2 zêng2 zou6 **m4 hei6 géi2** hou2 咁樣做**唔係幾**好 這樣做不太好

加在後面的形容	意思及例子
dou3 gig6 yeo5 han6 到極有限	hou2 **dou3 gig6 yeo5 han6** 好**到極有限**　好不到哪裏

有些動詞可以加上程度：　　21802. mp3

加在前面的形容	意思及例子
bao3 爆	**bao3** ham3 **爆**喊　哭得崩潰
kuong4 狂	**kuong4** gem6 san1 mun4 zei3 **狂**撳閂門掣　狂按關門按鈕
song3 喪	**song3** wan2 **喪**玩　拼命地玩
hou2 好	**hou2** sêng2 hêu3 lêu5 heng4 **好**想去旅行　很想去旅遊
géi2 幾	kêu5 seo2 cé1 **géi2** deg1 佢手車**幾**得 他的駕駛技術挺不錯 ngo5 **géi2** géng1 kêu5 m4 béi2 qin2 我**幾**驚佢唔畀錢 我真怕他不付錢

ma4 ma2 déi2 麻 麻 哋	kêu5 **ma4 ma2 déi2** qi5 dé1 di4 佢 **麻 麻 哋** 似 爹 哋 他不太像爸爸 **ma4 ma2 déi2** zung1 yi3 **麻 麻 哋** 鍾 意　不太喜歡
ca1 m4 do1 差 唔 多	**ca1 m4 do1** mou5 la3 **差 唔 多** 冇 喇　差不多沒有了
ca1 bed1 do1 差 不 多	**ca1 bed1 do1** xig6 yun4 **差 不 多** 食 完　差不多吃完
géi1 fu4 幾 乎	ngo5 **géi1 fu4** qi4 dou3 我 **幾 乎** 遲 到　我幾乎遲到

加在後面的形容	意思及例子
séi2 死	ngo5 leo1 **séi2** néi5 我 嬲 **死** 你　我對你非常生氣
guei2 séi2 鬼 死	hag3 **guei2 séi2** ngo5 嚇 **鬼 死** 我　嚇死我了
gem3 zei6 咁 滯	mai6 sai3 **gem3 zei6** 賣 晒 **咁 滯**　幾乎賣光 hag3 séi2 ngo5 **gem3 zei6** 嚇 死 我 **咁 滯**　幾乎把我嚇死
dou3 zên6 到 盡	yed1 hou4 ji2 dou1 xun3 **dou3 zên6** 一 毫 子 都 算 **到 盡** 一毛錢也要算盡 / 算到底 wei6 zo2 xing1 jig1 bog3 **dou3 zên6** 為 咗 升 職 搏 **到 盡** 為了升職拼到底
ji3 kéi4 至 奇	sên3 néi5 **ji3 kéi4** 信 你 **至 奇**　我相信你才怪

17.2 比較句式

21803. mp3

最高級

zêu3 最	**zêu3** fai3 géi2 dim2 dou3 最 快 幾 點 到 ？ 最快可以幾點到達？ kêu5 pao2 deg1 **m4** **hei6** **zêu3** fai3 佢 跑 得 唔 係 最 快 他不是跑得最快 zou6 mai4 di1 **zêu3** **m4** gen2 yiu3 gé3 xi6 做 埋 啲 最 唔 緊 要 嘅 事 總在做一些最不重要的事
ji3 至	**ji3** xiu2 yiu3 mai5 yed1 gen1 **ji3** do1 mai5 seb6 gen1 至 少 要 買 一 斤 ， 至 多 買 十 斤 。 最少要買一斤，最多買十斤。 **ji3** dei1 han6 dou6 至 低 限 度 最低限度 **ji3** gen2 yiu3 tung1 ji1 kêu5 至 緊 要 通 知 佢 最重要是通知他

比較級

di1 啲	fai3 **di1** la1 快 啲 啦 快點吧 bin1 go3 gou1 **di1** 邊 個 高 啲 ？ 哪個比較高？
zo2 咗	hou2 **zo2** 好 咗 好轉、變好了 féi4 **zo2** 肥 咗 變胖了
yud6 lei4 yud6 越 嚟 越	di1 kuei1 gêu2 **yud6** **lei4** **yud6** yim4 啲 規 矩 越 嚟 越 嚴 規矩越來越嚴格

yud6 …… yud6 越……越	kêu5 déi6 **yud6** hang4 **yud6** yun5 佢 哋 **越** 行 **越** 遠 他們越走越遠 di1 yu5 **yud6** log6 **yud6** dai6 啲 雨 **越** 落 **越** 大 雨下得越來越大了
ca1 m4 do1 差 唔 多	lêng5 go3 **ca1 m4 do1** dai6 兩 個 **差 唔 多** 大 兩個大小差不多
ca1 bed1 do1 差 不 多	fui1 xig1 tung4 ngen4 xig1 tei2 héi2 lei4 **ca1 bed1 do1** 灰 色 同 銀 色 睇 起 嚟 **差 不 多** 灰色和銀色看來差不多
gem3 sêng6 ha2 咁 上 下	dai6 ma5 tung4 zung1 ma5 dou1 hei6 **gem3 sêng6 ha2** 大 碼 同 中 碼 都 係 **咁 上 下** 大號跟中號也差不多
tung4 A 同 B yed1 yêng6 一 樣	gin6 sam1 tung4 tiu4 fu3 **yed1 yêng6** xig1 件 衫 同 條 褲 **一 樣** 色 衣服和褲子一樣顏色 ngo5 **tung4** néi5 **yed1 yêng6 gem3** gou1 我 **同** 你 **一 樣 咁** 高 我跟你身高一樣 a3 go1 **m4 hei6 tung4** sei3 lou2 **yed1 yêng6 gem3** 阿 哥 **唔 係 同** 細 佬 **一 樣 咁** do1 béng6 多 病 哥哥不是跟弟弟同樣的經常生病
hou2 qi5 A 好 似 gem3 B 咁	**di1** fung1 **hou2 qi5** lung4 gün2 fung1 **gem3** ging6 啲 風 **好 似** 龍 捲 風 **咁** 勁 像龍捲風一樣強的風
yeo5 A 有 gem3 B 咁	kêu5 **yeo5** néi5 **gem3** tei2 tib3 zeo6 hou2 la3 佢 **有** 你 **咁** 體 貼 就 好 喇 他像你一樣體貼就好了

mou5 A 冇 gem3 B 咁	gem1 yed6 **mou5** kem4 yed6 **gem3** qiu4 seb1 今 日 冇 琴 日 咁 潮 濕 今天沒昨日那樣潮濕 ngo5 zen1 hei6 **mou5** néi5 **gem3** ben6 我 真 係 冇 你 咁 笨 我才沒有你這麼笨
geng3 更	yung6 fong3 dai6 géng3 tei2 **geng3** qing1 co2 用 放 大 鏡 睇 更 清 楚 用放大鏡看更清楚
zung6 仲（重）	go4 go1 wei6 xig6 mui4 mui2 **zung6** wei6 xig6 哥 哥 為 食 ， 妹 妹 仲 為 食 。 哥哥愛吃，妹妹更愛吃。 xig6 cou3 mei5 **zung6** gin6 hong1 **di1** 食 糙 米 仲 健 康 啲 吃糙米更健康 di1 sêu2 **zung6** ging6 **guo3** pen3 qun4 啲 水 仲 勁 過 噴 泉 湧出來的水比噴泉更厲害
guo3 過	yug6 guei3 **guo3** coi3 肉 貴 過 菜　肉比菜貴 yug6 guei3 **guo3** coi3 hou2 do1 肉 貴 過 菜 好 多　肉比菜貴很多 yug6 guei3 **guo3** coi3 xiu2 xiu2 肉 貴 過 菜 少 少　肉比菜貴一點 cé1 guei3 **m4** **guo3** leo2 車 貴 唔 過 樓 cé1 **m4** **hei6** guei3 **guo3** leo2 車 唔 係 貴 過 樓 cé1 **m4** guei3 **deg1** **guo3** leo2 車 唔 貴 得 過 樓 汽車不比房子貴

粵語的快、多、少等形容補語放在動詞後：

21803. mp3

Hang4 fai3 **di1**
行 快 **啲** 。 快走。

Ngo5 sêng2 xig6 **do1** yed1 wun2 fan6
我 想 食 **多** 一 碗 飯 。 我想多吃一碗飯。

Ngo5 mai5 **do1** zo2 yed1 go3 béi2 néi5
我 買 **多** 咗 一 個 畀 你 。 我多買了一個給你。

Wan2 **xiu2** zen6 seo2 géi1 la1
玩 **少** 陣 手 機 啦 。 少刷一會兒手機吧。

重疊單音形容詞，中間可以加「一」，強調非常高程度：

注意第一個要讀重音拉長，除第一聲高平以外，都要變調成第二聲高上調，第二個要讀得輕。

Di1 leo2 héi2 dou3 **gou1 gou1**
啲 樓 起 到 **高 高** 。 大樓蓋得非常高。

Zou2 can1 xig6 dou3 **bao2 yed1 bao2**
早 餐 食 到 **飽 一 飽** 。 早餐吃得非常飽。

Guei2 guei3 ngo5 dou1 mai5 deg1 héi2
貴 貴 我 都 買 得 起 。 多貴我也買得起。

Méi5 yem1 lai1 dou3 **cêng2 cêng4**
尾 音 拉 到 **長 長** 。 尾音拉得非常長。

Man5 man5 wan2 dou3 **yé2 yed1 yé6** ji3 fan1 ug1 kéi2
晚 晚 玩 到 **夜 一 夜** 至 返 屋 企 。
每晚玩到非常晚才回家。

17.3 特色形容方法

重疊單音形容詞或動詞＋「哋 déi²」，意思是有一點

21804. mp3

第一聲高平、第二聲高上不用變。第三到第六聲在重複時須變調成第二聲高上。

Tai³ Guog³ coi³ **xun¹ xun¹ déi²** **lad⁶ lad² déi²** hou² hoi¹ wei⁶
泰國菜**酸酸哋**、**辣辣哋**，好開胃。
泰國菜帶點酸酸辣辣，好開胃。

Ga³ fé¹ **fu² fu² déi²** **gib³ gib² déi²**
咖啡**苦苦哋**、**澀澀哋**。咖啡有點苦澀。

Dung³dung² déi² bed¹ **yu⁴ ken⁵ ken²** déi² log⁶ leo⁴ ha⁶ da² bin¹ lou⁴ la¹
凍凍哋，不如**近近哋**落樓下打邊爐啦。
趁有點冷，我們不如在樓下附近吃火鍋吧。

Néi⁵ dou¹ **so⁴ so² déi²** gé³ gem² dou¹ sên³ kêu⁵ gong²
你都**傻傻哋**嘅，咁都信佢講。
你真傻，他這些話你也相信？

Go¹ tin¹ **hag¹ hag¹ déi²** **qi⁵ qi² déi²** log⁶ yu⁵
個天**黑黑哋**，**似似哋**落雨。
天色有點暗，像快要下雨。

Ngo⁵yeo⁵ di¹ **géng¹ géng¹ déi²** néi⁵ pui⁴ ju⁶ ngo⁵ la¹
我有啲**驚驚哋**，你陪住我啦。
我有點害怕，你陪着我吧。

Ngo⁵ **sêng² sêng² déi²** hêu³ qi³ so² yeo⁵ di¹ **geb¹ geb¹ déi²**
我**想想哋**去廁所，有啲**急急哋**。
我想上廁所，有點想尿。

英語詞彙全都讀第一聲高平，不用變調。

Go3 din6 nou5 **sod1 sod1 déi2** séng4 yed6 héng1 géi1
個電腦 **short short 哋**，成日 hang 機。
這台電腦有點毛病（short circuit），常常死機。

Séng4 yed6 wen1 hei2 ug1 kéi2 **dang1 dang1 déi2**
成日困喺屋企 **down down 哋**。
整天困在家裏，情緒低落。

Wan2 dou3 **hai1 hai1 déi2** dai6 séng1 cêng3 go1
玩到 **high high 哋**，大聲唱歌。
玩得情緒高漲，高聲唱歌。

ABB 或 BBA 形式形容詞組

21804. mp3

普通話同樣有重疊式的形容詞組，但是跟粵語不盡相同。

Bi4 bi1 **féi4 düd1 düd1** **bag6 xud1 xud1** min6 ju1 **hung4 bog1 bog1**
啤啤**肥嘟嘟**、**白雪雪**，面珠**紅樸樸**，
dai6 ngan5 jing1 **wu1 zêd1 zêd1** tai3 deg1 yi3 la3
大眼睛**烏卒卒**，太得意喇。
寶寶白白胖胖，臉蛋紅通通，大眼睛烏黑明亮，太可愛了。

Go3 gung1 qi3 **hag1 ma1 ma1** **ceo3 beng1 beng1** **seb1 zéd6 zéd6**
個公廁**黑麻麻**、**臭崩崩**、**濕唧唧**。
這個公共廁所又暗又臭氣熏天，還濕漉漉的。

Ni1 geo6 ség6 **ngang6 gueg6 gueg6** **sed6 dig1 dig1** **cung5 deb6 deb6**
呢石**硬轟轟**、**實的的**、**重疊疊**。
這塊石頭又堅硬又重。

（更多例子，請看附錄詞彙表）

2-17.3.pdf

17.4 象聲詞

21805. mp3

粵語模擬物體或動作發出的聲音非常豐富，使說話充滿生氣。不過這類詞語大多只有發音，不能用漢字寫出來，甚至不屬於標準發音。這裏就盡可能用近音俗字寫出。

Dung[3] dou[3] **xud[6] xud[2] séng[1]**
凍 到 **雪 雪 聲** 。　冷得要死。

Ngo[6] dou[3] **gu[4] gu[2] séng[1]**
餓 到 **咕 咕 聲**　餓得肚子打鼓

hang[4] lêu[4] **ling[4] ling[1] lom[4] lom[4]**
行 雷 **呤 呤 嚨 嚨**　轟隆轟隆的打雷

Kêu[5] hoi[1] sem[1] zeo[6] **bi[1] li[1] ba[1] la[1]** gem[2] gong[2] yé[5]
佢 開 心 就 **啤 哩 巴 啦** 咁 講 嘢 。
他開成就不停地說話。

Li[4] li[1] la[4] la[4] zou[6] yun[4] seo[1] gung[1]
呢 呢 嚕 嚕 做 完 收 工 。　趕快完成工作下班。

Fen[6] gou[2] sé[2] dou[3] **wu[1] léi[1] ma[5] ca[5]**
份 稿 寫 到 **烏 哩 馬 扠** 。這篇稿的字體寫得很潦草。

ling[1] di[1] fan[6] hêu[3] **ding[1]** **ding[1]** lêng[5] fen[1] zung[1]
拎 啲 飯 去 **叮** ， **叮** 兩 分 鐘 。
用微波爐把米飯打熱兩分鐘。

cob[1] go[3] yen[3]
chop 個 印 。　蓋上印章。

（更多例子，請看附錄詞彙表）　2-17.4.pdf

17.5 粵語特色形容詞

襟（耐用、持久）

21805. mp3

M4 yung6 guo3 m4 ji1 **kem1 m4 kem1**
唔用過唔知**襟唔襟**。
沒用過不知道耐用不耐用。

Ni1 go3 fun2 **hou2 kem1 tei2**
呢個款**好襟睇**。 這款式很耐看。

Yed1 go3 yud6 géi2 qin1 men1 ni1 tiu4 sou3 dou1 **géi2 kem1 gei3**
一個月幾千蚊，呢條數都**幾襟計**。
每個月幾千元，這筆帳要算很長。

Ni1 go3 seo2 géi1 **m4 kem1 did3**
呢個手機**唔襟跌**。 這手機容易摔壞。

抵（值）

21805. mp3

Gem2 gé3 ga3 qin4 **dei2 m4 dei2** **Dei2 dou3 zen3** la1
咁嘅價錢**抵唔抵**？**抵到震**啦。
這個價格值嗎？真是超值！

Néi5 wa6 ni1 gan1 zeo2 dim3 **dei2 m4 dei2 ju6** a3
你話呢間酒店**抵唔抵住**呀？
這酒店，你覺得這個價格值得入住嗎？

Gem1 yed6 bun3 ga3 hou2 **dei2 mai5**
今日半價，好**抵買**。
今日半價，很值，你一定要買。

Ni1 go3 yed1 tin1 yeo4 **dei2 wan2 dei2 xig6**
呢個一天遊**抵玩抵食**。
這個一天遊旅行團很值，很好玩也吃得好。

Xu1 béi2 kêu5 ngo5 deng6 néi5 **m4 dei2**

輸畀佢，我戥你**唔抵**。 輸給他，我替你不值。

Dei2 néi5 séi2 m4 téng1 yen4 gong2

抵你死！唔聽人講。

Giu3 zo2 néi5 xiu2 sem1 ga3 la1

叫咗你小心㗎啦。

你真活該！不聽人勸告。我已叮囑你小心點。

Kêu5 xiu3 deg1 hou2 **dei2 séi2**

佢笑得好**抵死**。 他笑得很曖昧。

真啲（認真、清楚）

21805. mp3

動詞＋「真啲 zen1 di1」

Néi5 **wen2 zen1 di1** yeo5 mou5 wen2 guo3 cong4 ha6 dei2 a3

你**搵真啲**，有冇搵過床下底呀？

Néi5 **wen2 qing1 co2** yeo5 mou5 wen2 guo3 cong4 ha6 dei2 a3

你**搵清楚**，有冇搵過床下底呀？

Néi5 **ying6 zen1 wen2 ha5** yeo5 mou5 wen2 guo3 cong4 ha6 dei2 a3

你**認真搵吓**，有冇搵過床下底呀？

你找清楚了嗎？找過床底嗎？

Néi5 **téng1 zen3 di1 nem2 zen3 di1** zeo6 ji1 kêu5 m4 hei6 gong2 xiu2 ga3

你**聽真啲諗真啲**就知佢唔係講笑㗎

你聽清楚想清楚就知道他不是開玩笑的

18.1 晚（遲、晏、夜、晚）

普通話裏的「晚」，可對應粵語的「遲」、「晏」、「夜」或「晚」。

21901. mp3

「遲 qi4」比預定時間晚、延遲

Ngo5 **qi4** zo2 fan1 gung1 yiu3 keo3 yen4 gung1
我 **遲** 咗 返 工 要 扣 人 工 。
我上班晚了要扣減工資。

Kêu5 yeo5 xi6 **qi4** di1 xin1 lei4 dai6 koi3 **qi4** bun3 go3 zung1
佢 有 事 **遲** 啲 先 嚟 ， 大 概 **遲** 半 個 鐘 。
他有事要晚一點才到，大概晚半個鐘頭。

Ngo5 hou2 **qi4** xin1 seo1 dou2 ji1 liu2 **qi4** zo2 bou3 méng2
我 好 **遲** 先 收 到 資 料 ， **遲** 咗 報 名 。
我很晚才收到資料，晚了報名。

「晏 an3」中午到下午，白天裏較晚的時間

Ngo5 nem2 yed1 nem2 **an3** di1 fug1 néi5 yed1 m4 yed1 cei4 xig6 an3
我 諗 一 諗 ， **晏** 啲 覆 你 一 唔 一 齊 食 晏 。
我想一想，晚一點給你回覆要不要一起吃午飯。

「夜 yé6」接近深夜，晚上較晚的時間

Ngo5 hou2 **yé6** xin1 seo1 gung1 fan1 dou3 ug1 kéi2 xig6 **xiu1** **yé2** la3
我 好 **夜** 先 收 工 ， 返 到 屋 企 食 **宵** **夜** 喇 。
我很晚才下班，回到家裏是吃夜宵的時間了。

「晚 man5」用於特定詞語，是晚上的意思

Ban1 géi1 qi4 zo2 **gem1 man5** yé6 di1 xin1 dou3
班 機 遲 咗 ， 今 **晚** 夜 啲 先 到 。
飛機航班延誤，要稍晚（十點後）才抵達。

Kem4 man5 hou2 yé6 fen3 so2 yi5 hou2 an3 héi2 sen1
琴 晚 好 夜 瞓 ， 所 以 好 晏 起 身 。
昨晚很晚才睡，所以今日很晚起床。

Ngo5 hou2 an3 xin1 xig6 fan6 yi4 ga1 xig6 m4 log6 **man5 fan6**
我 好 晏 先 食 飯 ， 而 家 食 唔 落 **晚 飯** 。
我很晚才吃午飯，現在吃不下晚飯。

man5 xi5 deg6 ga3 tou3 can1
晚 市 特 價 套 餐　晚市特價套餐

部分用「晚」的書面語，粵語也會說：

Kêu5 déi6 yed1 gin3 yu4 gu3 gan2 jig6 **sêng1 fung4 hen6 man5**
佢 哋 一 見 如 故 ， 簡 直 **相 逢 恨 晚** 。
他們一見如故，真覺是相逢恨晚。

18.2 壞（壞、爛、衰）

21901. mp3

普通話裏的「壞」，可對應粵語的「壞」、「爛」或「衰」。

壞 wai6

Di1 yug6 **bin3 wai6** zo2 m4 xig6 deg1
啲 肉 **變 壞** 咗 ， 唔 食 得 。　肉變壞了，不能吃。

Ni1 go3 xi1 fu2 m4 xig1 gao3 **gao3 wai6** hog6 sang1
呢 個 師 傅 唔 識 教 ， **教 壞** 學 生 ，
néi5 gen1 kêu5 wui5 **hog6 wai6 xi1**
你 跟 佢 會 **學 壞 師** 。
這師傅不會教學，學生都被教歪，你跟他着會學錯方法。

形容機器「壞」是不能運作，英語的 out of order：

Ga3 gon1 yi1 géi1 **wai6** zo2 m4 xig1 yug1
架乾衣機**壞**咗，唔識郁，
giu3 xi1 fu2 jing2 la1
叫師傅整啦。
乾衣機壞了，不能運作，叫師傅修理吧。

形容人「壞」是犯法、犯規的：

Ni1 go3 sei3 gai3 yeo5 hou2 do1 **wai6 yen4**
呢個世界有好多**壞人**，
néi5 yiu3 hog6 xig1 fen1 **hou2 wai6** m4 hou2 zou6 **wai6 xi6**
你要學識分**好壞**，唔好做**壞事**。
這世界有很多壞分子，你要學好分辨好壞，不要做壞事。

Kêu5 hei6 **wai6** hog6 sang1 m4 dug6 xu1 yeo6 séng4 yed6 da2 gao1
佢係**壞**學生，唔讀書又成日打交。
他是壞學生，不學習又經常打架。

hou2 hog6 sang1
「壞學生」相反是「好學生」；如果是頑皮，會説
ni1 go3 hog6 sang1 hou2 yei5
「呢個學生好曳」。

爛 lan6

ping4 guo2 **lan6** zo2
蘋果**爛**咗 蘋果腐爛，變壞了

形容機器「爛」是破了，英語是 broken：

Go3 seo2 géi1 did3 log6 déi6 go3 mon1 **lan6** zo2 lid6 sai3
個手機跌落地，個芒**爛**咗，裂晒。
手機掉到地上，屏幕被摔壞，裂開了。

衰 sêu1

形容對人很壞：

Néi5 hou2 **sêu1** ga3 xiu3 ngo5
你好**衰**㗎！笑我。 你取笑我，真壞！

Sêu1 yen4 néi5 ag1 ngo5
衰人，你呃我？！ 混蛋！你騙我！

18.3 細、小、少、幼

21901. mp3

「細 sei3」，小的意思，相對「大 dai6」；

「小 xiu2」，一般用於特定詞語，像小食、小朋友、小心等；

「少 xiu2」，相對「多 do1」，粵音裏跟「小」發音相同；

「幼 yeo3」，是細的意思，相對「粗 cou1」。

Ngo5 **ji6 sei3** zeo6 hou2 zung1 yi3 xig6 gai1 bin1 gé3 **xiu2 xig6**
我**自細**就好鍾意食街邊嘅**小食**，
dai6 go3 zo2 **xiu2 sem1** zo2 wei6 seng1 zeo6 xig6 **xiu2** zo2
大個咗，**小心**咗衛生就食**少**咗。
我從小就很喜歡吃街頭的小吃，長大以後，更注意衛生就少吃了。

Sei3 lou2 sei3 ngo5 **xiu2 xiu2** dan6 hei6 ngo5 hou2 **xiu2** tung4 kêu5 wan2
細佬細我**少少**，但係我好**少**同佢玩，
yen1 wei6 kêu5 hou2 **xiu2 héi3**
因為佢好**小器**。
弟弟的年紀比我小一點，但是我很少跟他玩，因為他很小心眼兒。

大哥是「大佬 dai6 lou2」。妹妹是「細妹 sei3 mui2」。

「小器」意思是小心眼兒，也可以寫成「小氣」，跟普通話用法不同，沒有吝嗇的意思。

Kêu5 sang1 deg1 **sei3 sei3 leb1** tiu4 yiu1 dêu3 gêg3 dou1 hou2 **yeo3**

佢生得**細細粒**，條腰、對腳都好**幼**，

gong2 yé5 **yem1 séng1 sei3 héi3**

講嘢**陰聲細氣**，

m4 xiu2 yen4 dong3 zo2 kêu5 hei6 **xiu2 peng4 yeo5**

唔少人當咗佢係**小朋友**。

她長得個子小，他的腰和腿也很細，說話聲音很小、很柔，不少人錯把她當成小孩。

Tiu4 xing2 hou2 **yeo3** ho2 yi5 qun1 guo3 hou2 **sei3** gé3 lung1 zei2

條繩好**幼**，可以穿過好**細**嘅窿仔。

繩子很細，可以穿過很小的洞。

Yed1 wun2 **sei3** cé1 zei2 min6 yiu3 **yeo3 min6** **xiu2 lad6**

一碗**細**車仔麵，要**幼麵**、**小辣**。

一碗小的車仔麵，要細麵條，小辣。

Di1 yug6 qid3 dou3 hou2 **sei3 leb1** cung1 xi1 yiu3 qid3 dou3 hou2 **yeo3**

啲肉切到好**細粒**，蔥絲要切到好**幼**。

把肉切成肉丁。蔥要切成細絲。

Sa1 tan1 di1 sa1 hou2 qi5 fen2 gem3 **yeo3 sei3**

沙灘啲沙好似粉咁**幼細**。

海灘的沙細得像粉末。

18.4 冷、凍、冰、雪

21901. mp3

「凍 dung3」，作為形容詞，相對「熱 yid6」；

「冷 lang5」，用於特定詞語，像冷氣、冷門、潑冷水等；

變調成「冷 lang1」是毛線的意思，音譯法語 laine。例如：冷衫 lang1 sam1（毛衣）

「雪 xud3」就是雪，也可以是冷凍的意思。粵語裏的冰、雪分不清楚，部分普通話的「冰」，粵語是「雪」。

Xig6 yun4 go3 **xud3 gou1 hung4 deo2 bing1** **dung3** dou3 ngo5 **da2 lang5 zen3**
食完個**雪糕紅豆冰**，**凍**到我**打冷震**。
吃了一個紅豆冰加冰淇淋，我冷得發抖。

Ngo5 **tin1 lang5** dou1 cung1 **dung3 sêu2** lêng4 xig6 **xud3 tiu2**
我**天冷**都沖**凍水**涼、食**雪條**。
我冬天都洗冷水澡、吃冰棍。
（冬天是「天冷 tin1 lang5」，夏天是「天熱 tin1 yid6」。）

Ngo5 m4 hei6 **pud3 lang5 sêu2** néi5 di1 sang1 yi3 gem3 **lang5 mun2**
我唔係**潑冷水**，你啲生意咁**冷門**，
néi5 **lang5 jing6** di1 zoi3 hao2 lêu6 ha5 la1
你**冷靜**啲再考慮吓啦。
我不是潑冷水，你的生意很冷門，你冷靜點再考慮一下啦。

Ni1 di1 **lang5 min6** m4 sei2 **guo3 lang5 ho4**
呢啲**冷麵**唔使**過冷河**，
fong3 yeb6 **xud3 guei6 xud3** dou3 **dung3 bing1 bing1** zeo6 xig6 deg1
放入**雪櫃雪**到**凍冰冰**就食得。
這些冷麵不用煮後放進冷水，放到冰箱裏冷了就可以吃。

Kêu5 dêu3 néi5 **lang5 bing1 bing1** zeo6 ji1 néi5 gé3 géi1 wui6 **dung3 guo3 sêu2**
佢對你**冷冰冰**就知你嘅機會**凍過水**。
他對你態度冷淡就知道你的機會很渺茫。

Xud3 guei6 bing1 gag3 yeo5 **bing1 xin1** gei1 tung4 **lang5 fan6**
雪櫃冰格有**冰鮮**雞同**冷飯**。
冰箱的冰格有冰鮮雞和冷飯。

Tou4 xu1 gun2 **lang5 qing1 qing1** mou5 med1 yen4
圖書館**冷清清**冇乜人，
di1 **lang5 héi3** yeo6 hou2 **dung3** co5 hei2 dou6 hou2 yi6 **lang5 cen1**
啲**冷氣**又好**凍**，坐喺度好易**冷親**。
圖書館裏沒人很冷清，空調又很冷，坐在這裏很容易着涼。

18.5 啱（合適、正確）、咁啱（剛巧）、啱啱（剛剛）、啱啱好（剛好）

21901. mp3

「啱 ngam¹」是合適、正確的意思

Dim² ji¹ bin¹ go³ **ngam¹** bin¹ go³ co³
點知邊個**啱**邊個錯？
怎麼判斷誰對誰錯？

M⁴ **ngam¹** m⁴ hei⁶ gem² gé³ Néi⁵ gem² zou⁶ **m⁴ hei⁶ hou² ngam¹**
唔**啱**，唔係咁嘅。你咁做**唔係好啱**。
不對，不是這樣的。你這樣做不太合適。

Néi⁵ gong² deg¹ **ngam¹** Ni¹ gin⁶ sêd¹ sam¹ **hou² ngam¹ sen¹**
你講得**啱**。呢件恤衫**好啱身**。
你説得對。這件襯衣很合身。

Néi⁵ bai² deg¹ **m⁴ ngam¹ wei²** bai² guo³ di¹ yeo⁶ min⁶ ji³ **ngam¹**
你擺得**唔啱位**，擺過啲右面至**啱**。
你放得位置不對，放到右面過一點點才對。

「唔啱 m⁴ ngam¹」可以用於建議：

Ngam¹ la³ Ngo⁵ yeo⁵ xi⁶ wen² néi⁵
啱嘞。我有事搵你，
m⁴ ngam¹ ngo⁵ déi⁶ hêu³ yem² ca⁴ man⁶ man² king¹
唔啱我哋去飲茶慢慢傾。
對了。我有事找你。要不，我們去喝茶，慢慢談吧。

「咁啱 gem³ ngam¹」意思是剛巧、湊巧

Ngo⁵ nem² ju⁶ déng⁶ géi¹ piu³ **gem³ ngam¹** zeo⁶ gam² ga³
我諗住訂機票，**咁啱**就減價。
我打算訂飛機票，剛巧就減價。

Wéi3 **gem3 ngam1** a3 Néi5 yeo6 hei6 lei4 yem2 ca4 a4
喂，**咁 啱** 呀！你 又 係 嚟 飲 茶 牙？
遇上你真巧！你也是來喝茶嗎？

「啱啱 ngam1 ngam1」意思是剛剛

表示事情或動作在說話前不久發生：

Ngo5 **ngam1 ngam1** hêu3 yun4 lêu5 heng4 dai3 zo2 seo2 sên3 béi2 néi5
我 **啱 啱** 去 完 旅 行，帶 咗 手 信 畀 你。
剛去過旅遊，給你帶了伴手禮。

表示事物正好達到某一程度，數量上不多不少：

Go3 téng1 bai2 yed1 zêng1 toi2 yed1 zêng1 so1 fa2 **ngam1 ngam1** geo3 wei2
個 廳 擺 一 張 枱、一 張 梳 化，**啱 啱** 夠 位。
客廳放一張桌子、一張沙發，空間剛夠。

時間上不早不晚：

Ngo5 **ngam1 ngam1** hêu3 dou3 yud6 toi4 ga3 cé1 zeo6 **gem3 ngam1** san1 mun4
我 **啱 啱** 去 到 月 台，架 車 就 **咁 啱** 閂 門。
我剛到了月台，列車剛巧關門。

「啱啱好 ngam1 ngam1 hou2」是強調剛好、正好

Yi4 ga1 **ngam1 ngam1** dab6 zéng3 sam1 dim2
而 家 **啱 啱** 踏 正 三 點，
ngam1 ngam1 hou2 hei6 ha6 ng5 ca4 xi4 gan3
啱 啱 好 係 下 午 茶 時 間。
現在剛三點整，正好是下午茶時間。

Ni1 zêng1 toi2 co5 bad3 go3 yen4 zeo6 **ngam1 ngam1** hou2
呢 張 枱 坐 八 個 人 就 **啱 啱** 好。
這桌子坐八個人就剛好。

18.6 咁（那樣）

「咁」的意思是「這麼」、「那麼」、「這樣」、「那樣」，有兩個聲調：「gem^3」和「gem^2」。

咁 gem^3

21901. mp3

i 表示程度高

Deng^2 zo^2 **gem^3** noi^6 dou^1 zung^6 méi^6 log^6 tong^4
等咗**咁**耐都仲未落堂。
等了那麼久還沒下課。

Néi^5 **gem^3** zung^1 yi^3 go^3 nêu^5 zei^2 fai^3 di^1 zêu^1 la^1
你**咁**鍾意個女仔，快啲追啦。
你那麼喜歡這個女孩，快去追求吧。

Ngo^5 ug^1 kéi^2 dung^1 tin^1 hou^2 qi^5 xud^3 guei^6 **gem^3** dung^3
我屋企冬天好似雪櫃**咁**凍，
ha^6 tin^1 hou^2 qi^5 son^1 la^4 fong^2 **gem^3** yid^6
夏天好似桑拿房**咁**熱。
我家裏冬天冷得像冰箱，夏天熱得像桑拿浴室。

ii 用於比較句式

Gem^1 yed^6 tung^4 kem^4 yed^6 yed^1 yêng^6 **gem^3** yid^6
今日同琴日一樣**咁**熱。
今天跟昨日一樣那麼熱。

Kêu^5 yeo^5 néi^5 **gem^3** gou^1 mou^5 néi^5 **gem^3** ying^4
佢有你**咁**高，冇你**咁**型。
他像你那麼高，沒你那麼帥。

Kêu^5 go^3 yêng^2 fa^3 m^4 fa^3 zong^1 dou^1 **gem^3 sêng^6 ha^2**
佢個樣化唔化妝都**咁上下**。
她的樣子化妝不化妝也差不多。

iii 表示盡量、盡力

Ad3 dou3 go3 ga3 yeo5 **gem3** péng4 deg1 **gem3** péng4
壓到個價有**咁**平得**咁**平。
把價格盡量壓低。

Néi5 yeo5 **gem3** do1 ngo5 mai5 **gem3** do1
你有**咁**多，我買**咁**多。
你有多少，我都買下來。

咁 gem2

21901. mp3

i 作為替代某個已知的情況

Féi4 séng4 **gem2** mun4 heo2 gem3 fud3 dou1 cêd3 m4 dou2
肥成**咁**，門口咁闊都出唔到。
胖成這樣子，門口那麼寬也不能出去。

Kêu5 **gem2** dêu3 ngo5 zen1 hei6 **gem2** dou1 deg1
佢**咁**對我，真係**咁**都得？
他這樣對我，怎麼可能的？

Yed1 zen6 **gem2** yed1 zen6 yeo6 wa6 **gem2**
一陣**咁**，一陣又話**咁**。
一會兒這樣，一會兒那樣。

Zeo6 **gem2** la1 küd3 ding6 zeo6 **gem2** ying1 xing4 kêu5 la1
就**咁**啦，決定就**咁**應承佢啦。
就這樣吧，決定了就這麼答應他吧。

Mei5 **gem2** la1 Béi2 yen4 tei2 dou2 ngo5 déi6 **gem2** dim2 deg1 ga3
咪**咁**啦。畀人睇到我哋**咁**，點得㗎？
別這樣。被人看到我們這樣子，怎麼可以？

Mou5 deg1 **gem2** gé3 xu1 da2 yéng4 yiu3
冇得**咁**嘅，輸打贏要。
不可以這樣的，輸打贏要。

連接名詞時要說「咁嘅」：

Néi5 yed1 ding6 yu6 dou2 guo3 géi2 go3 **gem2 gé3 yen4**
你 一 定 遇 到 過 幾 個 **咁 嘅 人** 。
你一定遇到過幾個這樣的人。

ii 在句首或中間停頓處，表示考慮或總結

Gem2 néi5 yeo5 mé1 yi3 gin3 a3
咁 ， 你 有 咩 意 見 呀 ？ 這個，你有甚麼意見？

Yi4 ga1 m4 deg1 han1 hoi1 wui2 **gem2** heo6 yed6 hoi1 la1
而 家 唔 得 閒 開 會 ； **咁** ， 後 日 開 啦 。
現在沒空開會；那麼，後天開吧。

Néi5 yed1 fong3 héi3 **gem2** mei6 qin4 gung1 zên6 fei3 lo1
你 一 放 棄 ， **咁** 咪 前 功 盡 廢 囉 。
你一放棄，這樣就前功盡廢了。

iii 用來比喻各種模樣

Gou1 dou3 yed1 ji1 zug1 **gem2**
高 到 一 枝 竹 **咁** 。 高得像一根竹子。

Go3 tou5 nam5 séng4 go3 lam4 keo4 **gem2**
個 肚 腩 成 個 籃 球 **咁** 。 肚腩像籃球那麼大。

Zou6 dou3 hou2 qi5 zég3 geo2 **gem2**
做 到 好 似 隻 狗 **咁** 。 工作忙，活得像一條狗。

Béi6 gou1 gou1 ngan5 dai6 dai6
鼻 高 高 ， 眼 大 大 ，
sang1 deg5 hou2 qi5 wen6 hüd3 yi4 **gem2**
生 得 好 似 混 血 兒 **咁** 。
鼻子高眼睛大，長得像混血兒。

Gem³ dai⁶ fung¹ hou² qi⁵ da² fung¹ **gem²**
咁大風，好似打風**咁**。
風那麼大，就像颱風來襲一樣。

iv 形容一個動作是怎樣進行

形容＋「咁」＋動作，普通話用「地」、「的」：

Kêu⁵ dai⁶ dai⁶ dam⁶ **gem²** xig⁶ m⁴ ting⁴ heo² **gem²** xig⁶ xud³ gou¹
佢大大啖**咁**食，唔停口**咁**食雪糕。
他大口大口地吃，不停地吃冰淇淋。

Ngo⁵ hou² gan² dan¹ **gem²** gong² do¹ qi³
我好簡單**咁**講多次。 我簡單地再講一遍。

v 「咁」＋動作＋「法」，形容做法很誇張、極端

Kêu⁵ **gem²** mai⁵ **fad³** m⁴ mai⁵ dou³ po³ can²
佢**咁**買**法**，唔買到破產？
他這樣買買買，會買到破產吧？

Gem² gao² **fad³** sed⁶ fan² min²
咁搞**法**實反面。 這樣下去，肯定會翻臉。

總結，「咁 gem³」和「咁 gem²」的用法

Dou² sêu² **gem³** dai⁶ yu⁵ **gem²** log⁶ yu⁵ **fad³**
倒水**咁**大雨，**咁**落雨**法**，
néi⁵ lo² ba² **gem² gé³** zé¹
你攞把**咁嘅**遮，
cêd¹ hêu³ sed⁶ lem⁴ dou³ log⁶ tong¹ gei¹ **gem²**
出去實淋到落湯雞**咁**。
倒水般下大雨，這樣子下雨，你帶一把這樣的雨傘，出去一定會淋得變落湯雞。

對比「咁樣」和「呢樣」

21901. mp3

「咁樣」和「呢樣」都是普通話「這樣」的意思，但是用法不同。

「咁樣 gem² yêng²」代表已知的情況

Gem² yêng² gong² jig¹ hei⁶ néi⁵ tung⁴ yi³ la¹
咁樣講，即係你同意啦。
這樣說，就是你同意了。

Zeo⁶ **gem² yêng²** kêu⁵ déi⁶ yi⁵ heo⁶ guo³ deg¹ geng³ ga¹ hoi¹ sem¹
就**咁樣**，佢哋以後過得更加開心。
就這樣，他們從此以後過得更開心。

Ngo⁵ yi⁵ wei⁴ qun⁴ sei³ gai³ dou¹ hei⁶ **gem² yêng²**
我以為全世界都係**咁樣**。
我以為全世界都是這樣。

Néi⁵ **gem² yêng²** ngo⁵ dim² bong¹ néi⁵ a³
你**咁樣**，我點幫你呀？
你這樣的態度，叫我怎麼幫你？

Ngo⁵ yeo⁵ **gem² yêng²** gé³ peng⁴ yeo⁵ hou² giu¹ ngou⁶
我有**咁樣**嘅朋友，好驕傲。
我有這樣的朋友，很驕傲。

「呢樣 ni¹ yêng⁶」指特定的事物

Gin³ dou² peng⁴ yeo⁵ heng⁶ fug¹ **ni¹ yêng⁶** hei⁶ ngo⁵ zêu³ hoi¹ sem¹ gé³
見到朋友幸福，**呢樣**係我最開心嘅。
看到朋友幸福，這是我最開心的。

Yeo⁵ lêng⁵ fun² dim² sem¹ **ni¹ yêng⁶** hei⁶ tim⁴ gé³
有兩款點心，**呢樣**係甜嘅，
go² yêng⁶ hei⁶ ham⁴ gé³
果樣係鹹嘅。
有兩種點心，這樣是甜的，那樣是鹹的。

18.7 好好咁（好好的）、係咁（不停地）、猛咁（拼命地）、有咁（盡量）

21901. mp3

「好好咁 hou² hou² gem²」，表示好好的認真對待

Néi⁵ **hou² hou² gem²** hao² lêu⁶ ha⁵
你**好好咁**考慮吓。 你好好的考慮吧。

Néi⁵ yiu³ **hou² hou² gem²** oi³ xig¹ kêu⁵
你要**好好咁**愛惜佢。 你要好好的愛惜它。

「係咁 hei⁶ gem²」，表示不停地重複

Hei² gai¹ **hei⁶ gem²** deo¹ dou¹ wen² m⁴ dou² wei² pag³ cé¹
喺街**係咁**兜都搵唔到位泊車。
在街上不停轉也找不到停車位。

Béi⁶ men⁵ gem² **hei⁶ gem²** da² hed¹ qi¹ leo⁴ béi⁶ sêu²
鼻敏感，**係咁**打乞嗤流鼻水。
因為過敏，不停打噴嚏流鼻水。

Hei⁶ gem² sé² **hei⁶ gem²** sé² sé² zo² géi² man⁶ ji⁶
係咁寫**係咁**寫，寫咗幾萬字。
不停地寫，寫出了幾萬字。

「猛咁 mang⁵ gem³」意思是「拼命地」，比「係咁」更強

Kêu⁵ **mang⁵ gem³** gong² yé⁵ **hei⁶ gem²** pen³ heo² sêu²
佢**猛咁**講嘢，**係咁**噴口水，
ngo⁵ sêng² cab³ zêu² dou¹ m⁴ deg¹
我想插嘴都唔得。
他拼命地說話，口沫橫飛，我想插嘴也不行。

Ngo5 **mang5** **gem3** gem6 di1 zei3 yiu3 ga3 lib1 san1 mun4
我**猛咁**撳啲掣，要架𨋢閂門。
我拼命按按鈕，要電梯立即關門。

「有咁 yeo5 gem3……咁 gem3……」，表示盡量到極限

Go3 bo1 cêu1 dou3 **yeo5** **gem3** dai6 **deg1** **gem3** dai6
個波吹到**有咁**大**得咁**大。
把氣球盡量吹到最大。

Yeo5 **gem3** fai3 **deg1** **gem3** fai3 so1 san3 di1 yen4
有咁快**得咁**快疏散啲人。
盡快疏散人群。

Néi5 bong1 ngo5 **yeo5** **gem3** do1 sou3 **gem3** do1 fo3 fan1 lei4
你幫我**有咁**多掃**咁**多貨番嚟。
你替我盡量買下所有貨。

Yen1 wei6 déi6 péi4 guei3 di1 leo2 **yeo5** **gem3** gou1 héi2 **gem3** gou1
因為地皮貴，啲樓**有咁**高起**咁**高。
因為地貴，樓房就盡量蓋到最高。

Néi5 zung6 m4 **yeo5** **gem3** fai3 zeo2 **gem3** fai3 gon2 méi5 ban1 cé1
你仲唔**有咁**快走**咁**快趕尾班車？
你還不盡快離開，趕上坐最後一班車？

19.1 係（是）

22001. mp3

係 hei6

Ni1 go3 **hei6** béi3 med6 **m4** **hei6** hou2 do1 yen4 ji1
呢個**係**秘密，**唔係**好多人知。
這是秘密，不是很多人知道。

Zung1 ceo1 jid3 **m4** **hei6** ga3 kéi4 gen1 ju6 go2 yed6 xin1 **hei6**
中秋節**唔係**假期，跟住果日先**係**。
中秋節不是假期，接着那天才是。

Hei6 **a3** Yeo5 qin2 ni1 go3 zeo6 **m4** **hei6** men6 tei4
係呀。有錢，呢個就**唔係**問題。
是的。有錢，這就不是問題。

M4 **hei6** **a3** **ma5** Ni1 go3 **hei6** gung1 xi1 jing3 cag3-2
唔係呀嘛？呢個**係**公司政策？
不是吧？這是公司政策？

多加「係」來加強肯定的語氣，跟普通話一樣：

Téng1 néi5 gé3 heo2 yem1 m4 qi5 **hei6** Hêng1 Gong2 yen4
聽你嘅口音唔似**係**香港人。
聽你的口音不像是香港人。

Kêu5 **hei6** bun1 zeo2 zo2 ding6 sed1 zo2 zung1
佢**係**搬走咗定失咗蹤？
他是搬走了還是失蹤了？

「係」經常跟「嘅」、「㗎」連用：

Ngo5 **hei6** m4 wui5 yêng6 bou6 **gé3**
我**係**唔會讓步**嘅**。我是不會讓步的。

Kêu5 **m4** **hei6** gong2 xiu3 **ga3**
佢**唔係**講笑**㗎**。他不是開玩笑的。

想問「是不是」，粵語是「係唔係」或縮短變成「係咪」：

Kêu5 **hei6** jun1 ga1 kêu5 gong2 gé3 néi5 **hei6 m4 hei6** ying1 goi1 sên3-2
佢 **係** 專 家 ， 佢 講 嘅 你 **係 唔 係** 應 該 信 ？
他是專家，他說的你是不是應該相信？

Ni1 gin6 xi6 **hei6 mei6** zen1 ga3
呢 件 事 **係 咪** 真 㗎 ？
這件事是不是真的？

用「係」的詞彙

22001. mp3

Ngo5 sêng2 bong1 kêu5 **dan6 hei6** mou5 ban6 fad3
我 想 幫 佢 ， **但 係** 冇 辦 法 。
我想幫他，但是沒辦法。

Ngo5 déi6 gin3 guo3 géi2 qi3 **xun3 hei6** peng4 yeo5
我 哋 見 過 幾 次 ， **算 係** 朋 友 。
我們見過幾次，算是朋友。

Néi5 xin1 **hei6** jun1 ga1 ngo5 **xun3 hei6** med1 yé5 a1
你 **先 係** 專 家 ， 我 **算 係** 乜 嘢 吖 ？
你才是專家，我算是甚麼？

Ni1 go3 **zeo6 hei6** kêu5 xing4 gung1 gé3 béi3 küd3
呢 個 **就 係** 佢 成 功 嘅 秘 訣 。
這就是他成功的秘訣。

Mou5 yé5 zou6 **m4 hei6** xig6 **zeo6 hei6** fen3
冇 嘢 做 ， **唔 係** 食 ， **就 係** 瞓 。
沒事幹，不是吃，就是睡。

Mei6 hei6 ying1 goi1 yed1 zou2 kêu5 jud6 kêu5 la1
咪 係 ！ 應 該 一 早 拒 絕 佢 啦 。
就是嘛！早就應該拒絕他。

Ni1 go3 **ji2 hei6** yed1 go3 hoi1 qi2
呢 個 **只 係** 一 個 開 始 。這只是一個開始。

Néi5 **jing6 hei6** deg1 léi5 lên6 yed1 cei3 **ji2 hei6** ji2 sêng6 tam4 bing1
你 **淨 係** 得 理 論 ， 一 切 **只 係** 紙 上 談 兵 。
你只是空有理論，一切只是紙上談兵。

Ngo5 zung1 yi3 da2 bo1 ngo5 peng4 yeo5 **dou1 hei6**
我鍾意打波，我朋友**都係**。
我喜歡打球，我朋友也是。

Cam1 ga1 béi2 coi3 **dou1 hei6** yed1 zung2 fen3 lin6
參加比賽**都係**一種訓練。
參加比賽也是一種訓練。

Gid3 guo2 ngo5 **dou1 hei6** küd3 ding6 m4 zou6 la3
結果，我**都係**決定唔做喇。
結果，我還是決定不做了。

Hêu3 ngoi6 guog3 **ding6 hei6** leo4 dei1 ngo5 **zung6 hei6** hao2 lêu6 gen2
去外國**定係**留低，我**仲係**考慮緊。
去外國還是（選擇）留下來，我還是一直在考慮。

Kêu5 wa6 nem2 ha5 xin1 **jig1 hei6** m4 sêng2 hêu3
佢話諗吓先**即係**唔想去。
他說要先想一想就等於是不想去。

Sed6 hei6 yen1 wei6 dam1 sem1 xin1 wui5 fen3 m4 zêg6
實係因為擔心先會瞓唔着。
一定是因為擔心才會睡不着。

Néi5 **ngang2 hei6** m4 téng1 yen4 gong2
你**硬係**唔聽人講。
你總是不聽人說的。

Néi5 **zen1 hei6** tin1 coi4
你**真係**天才。你真是天才。

Ngo5 **zen1 hei6** m4 ji1 ga3
我**真係**唔知㗎。我真的不知道。

Ji6 géi2 yen4 **geng2 hei6** m4 seo1 qin2 la1
自己人，**梗係**唔收錢啦。
自家人，當然不收錢。

Dim2 hei6 a3 Sung3 gem3 heo5 lei5 béi2 ngo5
點係呀？送咁厚禮畀我？
怎麼好意思呢？我怎麼收得下你送我這厚禮？

19.2 喺 hei^2（在、從）

喺 hei^2

22001. mp3

在一個地點或時刻

Néi^5 ju^6 **hei^2** bin^1 dou^6 a^3
你 住 **喺** 邊 度 呀 ？
你住在哪裏？

Ngo^5 ju^6 **hei^2** dei^6 yi^6 gai^1 sa^1-a^6 yi^6 hou^6 ya^6 yi^6 leo^2 bi^1 zo^6
我 住 **喺** 第 二 街 卅 二 號 廿 二 樓 B 座 。
我住在第二街 **32** 號 **22** 樓 **B** 座。

Hei^2 ni^1 yed^1 hag^1 yen^4 yen^4 dou^1 sem^1 qing^4 cem^4 cung^5
喺 呢 一 刻 ， 人 人 都 心 情 沉 重 。
在這個時刻，每個人都心情沉重。

Kêu^5 **hei^2** geo^6 nin^2 yi^4 zo^2 men^4
佢 **喺** 舊 年 移 咗 民 。
他在去年移民了。

從、由

Néi^5 **hei^2** bin^1 dou^6 lei^4 ga^3
你 **喺** 邊 度 嚟 㗎 ？
你從哪裏來？

Ngo^5 **hei^2** Ma^5 Loi^4 Sei^1 A^3 lei^4
我 **喺** 馬 來 西 亞 嚟 。
我從馬來西亞來。

也可以說：

Ngo^5 **yeo^4** Ma^5 Loi^4 Sei^1 A^3 lei^4
我 **由** 馬 來 西 亞 嚟 。
我從馬來西亞來。
（粵語不說「從」）

ii 喺度 hei2 dou6

意思是在這裏，把「喺呢度」縮短了

Néi5 hei2 dou6 deng2 ngo5
你**喺度**等我。 你在這裏等我。

表示一個狀態正在持續

Néi5 co5 **hei2 dou6** ngo5 kéi5 **hei2 dou6**
你坐**喺度**，我企**喺度**。
你坐着，我站着。

Ngo5 fen3 **hei2 dou6** tei2 xu1
我瞓**喺度**睇書。 我躺着看書。

Ngo5 **hei2 dou6** zeb1 yé5 kêu5 zeo6 **hei2 dou6** wan2
我**喺度**執嘢，佢就**喺度**玩。
我在收拾東西，他就在玩耍。

Ngo5 **hei2 dou6** nem2 zou6 yen4 yeo5 med1 yé5 yi3 yi6
我**喺度**諗，做人有乜嘢意義。
我在想，做人有甚麼意義。

對比「係」和「喺」

「係 hei6」即「是」；「喺 hei2」是「在」或「從」：

Néi5 **hei6** **hei2** dou6 xig6 ding6 ling1 zeo2 a3
你**係喺**度食定拎走呀？
你是在這裏吃還是帶走？

Ngo5 **hei2** Ying1 Guog3 dug6 fad3 lêd6 **hei6** Gim3 Kiu4 bed1 yib6 seng1
我**喺**英國讀法律，**係**劍橋畢業生。
我在英國學法律，是劍橋大學的畢業生。

19.3 緊（正在）

22002. mp3

動詞 +「緊 gen2」，表示動作正在進行

Kêu5 da2 **gen2** géi1 zeo6 m4 xig1 tou5 ngo6

佢 打 **緊** 機 就 唔 識 肚 餓 。

他打機的時候就不會餓。

Néi5 déi6 gong2 **gen2** bin1 go3 a3 Kêu5 zou6 zo2 di1 med1 yé5 a3

你 哋 講 **緊** 邊 個 呀 ？ 佢 做 咗 啲 乜 嘢 呀 ？

你們在說誰？他做了甚麼？

還可以在動詞前加「喺度」：

Néi5 **hei2** **dou6** zou6 **gen2** med1 yé5 a3

你 **喺** **度** 做 **緊** 乜 嘢 呀 ？ 你在做甚麼？

Ngo5 **hei2** **dou6** tei2 **gen2** fung1 ging2

我 **喺** **度** 睇 **緊** 風 景 。 你在看風景。

否定的時候加上「唔係」：

Néi5 **m4** **hei6** tei2 **gen2** héi3 zen1 hei6 yeo5 cêng1 jin3

你 **唔** **係** 睇 **緊** 戲 ， 真 係 有 槍 戰 。

你不是在看電影，真的有槍戰。

提問的時候加上「係唔係」或「係咪」：

Kêu5 déi6 **hei6** **m4** **hei6** ceo4 béi6 **gen2** fen1 lei5 a3

佢 哋 **係** **唔** **係** 籌 備 **緊** 婚 禮 呀 ？

他們是不是正在籌備婚禮？

Bi4 bi1 **hei6** **mei6** fen3 **gen2** gao3 a3

B B **係** **咪** 瞓 **緊** 覺 呀 ？ 寶寶正在睡覺嗎？

Hei6 a3 Bi4 bi1 fen3 **gen2** jing6 di1 la1

回答： 係 呀 。 B B 瞓 **緊** ， 靜 啲 啦 。/

是的。寶寶正在睡覺，安靜點。

M4 hei6 Bi4 bi1 séng2 zo2 xig6 **gen2** nai5
唔係，BB醒咗，食**緊**奶。
不是，寶寶醒了，正在喝奶。

對比「緊」和「喺」

「喺」和「緊」普通話同樣是「在」的意思，但粵語裏要分清用「喺」說明地點，用「緊」表示動作正在進行。

Kêu5 **hei2** sed6 yim6 sed1 sêng5 **gen2** tong4
佢**喺**實驗室上**緊**堂。
他正在實驗室上課。

Ngo5 yed1 go3 yen4 **hei2** jim1 sa1 zêu2 hang4 **gen2** gai1
我一個人**喺**尖沙咀行**緊**街。
我一個人在尖沙咀逛街。

19.4 住 ju6（住、着） 22002. mp3

動詞 +「住 ju6」，對應普通話「住」和「着」

表示動作仍在進行，維持在一種存續狀態

Kêu5 séng4 yed6 **gen1** **ju6** ngo5 yeo6 **dêu3** **ju6** ngo5 xiu3
佢成日**跟住**我，又**對住**我笑。
他整天跟着我又對着我笑。

Mong6 **ju6** mug6 biu1 **nem2** **ju6** yiu3 yéng4
望住目標，**諗住**要贏。
看着目標，想着要贏。

Yung6 go3 doi2 **ba3** **ju6** go3 wei2 m4 hei6 **ling1** **ju6** dib6 fan6 xin1 wen2 wei2
用個袋**霸住**個位，唔係**拎住**碟飯先搵位。
用包包先佔住座位，不是端着米飯才去找座位。

對比「住」和「緊」

「住」和「緊」都可以表示動作仍在進行，但是「住」必須維持在一種存續狀態。

Xiu² peng⁴ yeo⁵ to¹ **ju⁶** ma¹ mi⁴ seo² guo³ **gen²** ma⁵ lou⁶
小 朋 友 拖 **住** 媽 咪 手 過 **緊** 馬 路 。
孩子牽着媽媽的手正在過馬路。

Ngo⁵ wen² **gen²** ngan⁵ géng² yen¹ wei⁶ yiu³ dai³ **ju⁶** ngan⁵ géng² tei² xu¹
我 搵 **緊** 眼 鏡 ， 因 為 要 戴 **住** 眼 鏡 睇 書 。
我正在找眼鏡，因為要戴着眼鏡才可以看書。

普通話「等着」，粵語不是「等住」：

Ngo⁵ **deng² gen²** néi⁵ fan¹ lei⁴
我 **等 緊** 你 番 嚟 。
我等着你回來。

Ngo⁵ m⁴ guo³ hêu³ ngo⁵ **hei² dou⁶ deng²**
我 唔 過 去 ， 我 **喺 度 等** 。
我不過去，我在這裏等着。

ii 表示穩固、牢固，動作成功

Yed¹ seo² **jib³ ju⁶** go³ bo¹
一 手 **接 住** 個 波 。 一手把球接住。

Dong¹ cêng⁴ **zug¹ ju⁶ zo²** go³ cag²
當 場 **捉 住 咗** 個 賊 。 當場抓住了賊。

Géi² go³ dai⁶ yen⁴ dou¹ **tei² m⁴ ju⁶** yed¹ go³ sei³ lou⁶
幾 個 大 人 都 **睇 唔 住** 一 個 細 路 。
幾個大人都看不住一個小孩。

動詞 +「得住」，表示動作可以成功：

Tiu⁴ xing² **zad³ m⁴ zad³ deg¹ ju⁶** go³ sêng¹ wen² m⁴ wen² zen⁶ a³
條 繩 **紮 唔 紮 得 住** 個 箱 ， 穩 唔 穩 陣 呀 ？
這條繩子可以把箱子綁住嗎？牢固嗎？

Gem³ dai⁶ ad³ lig⁶ ngo⁵ dou¹ **ding² deg¹ ju⁶**
咁 大 壓 力 我 都 **頂 得 住** 。
那麼大的壓力，我都可以頂住。

Ni¹ go³ yen⁴ **kao³ m⁴ kao³ deg¹ ju⁶** Ngo⁵ tei² kêu⁵ **kao³ m⁴ ju⁶** wo³
呢 個 人 **靠 唔 靠 得 住**？我 睇 佢 **靠 唔 住** 喎 。
這人可靠嗎？我看他靠不住。

iii 先暫時這樣做，經常配合「先」一起用

Néi⁵ qim¹ kad¹ bong¹ ngo⁵ **béi² ju⁶** qin² **xin¹**
你 簽 卡 幫 我 **畀 住** 錢 **先** 。
你先用信用卡替我付錢。

Néi⁵ déi⁶ **xig⁶ ju⁶ xin¹** m⁴ sei² deng² ngo⁵
你 哋 **食 住 先** ， 唔 使 等 我 。
你們先吃飯，不用等我。

Méi⁶ xun¹ bou³ deg¹ gid³ guo² **ju⁶**
未 宣 佈 得 結 果 **住** 。
暫時還不能宣佈結果。

暫時不要做就用「咪住」：

Néi⁵ **mei⁵** hang⁴ **ju⁶ xin¹** deng² mai⁴ ngo⁵
你 **咪** 行 **住 先** ， 等 埋 我 。
你先不要走，等我。

Mei⁵ ju⁶ m⁴ hou² gong² **ju⁶** deng² ngo⁵ gu² ha⁵ **xin¹**
咪 住 ， 唔 好 講 **住** ， 等 我 估 吓 **先** 。
停住，先不要告訴我，讓我猜一猜。

19.5 吓（正在……突然、一下、頗為）

22003. mp3

吓 ha2

動詞重疊 +「吓 ha2」，表示某動作進行其間，突然有另一情況發生

Xig6 xig6 ha2 fan6 tou5 tung3
食 食 吓 飯 肚 痛 。
吃飯的時候突然肚子疼。

Sei2 sei2 ha2 teo4 ded6 yin4 mou5 sêu2
洗 洗 吓 頭 突 然 冇 水 。
我正在洗头，突然沒有水。

Mai5 mai5 ha2 sung3 xing2 héi2 bou1 tong1 méi6 xig1 fo2
買 買 吓 餸 醒 起 煲 湯 未 熄 火 。
買菜時才醒覺家裏在熬湯，沒關爐。

Pai4 pai4 ha2 dêu2 gin3 dou2 sug6 yen4
排 排 吓 隊 見 到 熟 人 。
排隊的時候見到我認識的人。

Téng1 téng1 ha2 yem1 ngog6 fen3 zêg6 zo2
聽 聽 吓 音 樂 瞓 着 咗 。
聽着音樂就睡着了。

重疊單音動詞 +「吓 ha2」接否定，表示不繼續正在進行的動作

Fen6 gung1 hou2 déi6 déi6 dim2 gai2 **zou6 zou6 ha2 m4 zou6** a3
份 工 好 哋 哋 ， 點 解 **做 做 吓 唔 做** 呀 ？
這工作好好的，為甚麼不繼續做？

Ni1 bun2 xiu2 xud3 ngo5 **tei2 sei2 ha2** dou1 **m4 tei2** la3 yud6 tei2 yud6 mun6
呢本小說我**睇睇吓**都**唔睇**喇，越睇越悶。
我不繼續看這本小說，越看下去越無聊。

Kêu5 **gong2 gong2 ha2** mou5 zoi3 gong2 log6 hêu3
佢**講講吓**冇再講落去。
他說了一半，沒繼續說下去。

ii 吓 ha5

動詞 +「吓 ha5」

22003. mp3

對應普通話「一下」，表示嘗試、或者時間很短暫：

Ngo5 sêng2 xi3 **ha5** yung6 sen1 fong1 fad3
我想試**吓**用新方法。
我想試一下用新方法。

Fong3 ga3 zeo6 yêg3 peng4 yeo5 yem2 **ha5** ca4 king1 **ha5** gei2
放假就約朋友飲**吓**茶、傾**吓**偈。
放假就約朋友喝茶、聊聊天。

Go3 yid6 sêu2 lou4 zêg6 **ha5** yeo6 xig1 **ha5**
個熱水爐着**吓**又熄**吓**。
這熱水器開一會又關一會。

「吓」可以跟「過」、「咗」等詞尾一起用：

Ngo5 dug6 **guo3 ha5** fad3 men4
我讀**過吓**法文。
我學過一點法語。

Ngo5 tei2 **zo2 ha5** gog3 deg1
我睇**咗吓**覺得 OK。
我看了一下，覺得還可以。

表示嘗試還可以重複單音動詞。注意第一個要讀重音拉長，還變調成第二聲高上調：

22003. mp3

Néi^{5} **xig^{1}** **xig^{1}** go^{3} din^{6} nou^{5} zoi^{3} bud^{1} géi^{1}
你 **熄** **熄** 個 電 腦 再 boot 機 。
你先關掉這電腦一會兒再重新啟動。

Néi^{5} gui^{6} zeo^{6} **teo^{2}** **teo^{2}** xin^{1}
你 攰 就 **抖** **抖** 先 。
你累了就先休息一下。

Néi^{5} **guo^{2}** **guo^{3}** lei^{4}
你 **過** **過** 嚟 。
你過來一下。

Néi^{5} **ting^{2}** **ting^{4}** la^{1}
你 **停** **停** 啦 。
你停一下吧。

Néi^{5} **dug^{2}** **dug^{6}** lei^{4} tóng^{1} **ha^{5}**
你 **讀** **讀** 嚟 聽 **吓** ！
你唸一下來聽。

形容詞 +「吓 ha^{5}」，表示頗為

22003. mp3

Go^{3} cag^{1} yim^{6} **dou^{1}** **géi^{2}** nan^{4} **ha^{5}**
個 測 驗 **都** **幾** 難 **吓** ！
這個測驗真是挺難的。

Ni^{1} go^{3} pai^{4} ji^{2} **hou^{2}** guei^{3} **ha^{5}** ga^{3}
呢 個 牌 子 **好** 貴 **吓** 㗎 ！
這個品牌挺貴的。

Ngo^{5} **géi^{2}** xig^{6} **deg^{1}** **ha^{5}** lad^{6} ga^{3}
我 **幾** 食 **得** **吓** 辣 㗎 ！
我很能吃辣的。

Mei^{5} tei^{2} kêu^{5} gem^{3} en^{1} kêu^{5} da^{2} **deg^{1}** **ha^{5}** ga^{3}
咪 睇 佢 咁 奀 ， 佢 打 **得** **吓** 㗎 ！
別看他那麼瘦，他的功夫很厲害的。

數字 +「吓」

作為動作次數：

Kêu5 pag3 zo2 ngo5 bog3 teo4 **yed1 ha5**

佢拍咗我膊頭**一吓**。他拍了拍我的肩膀。

Zan2 deng1 **yed1 ha5 yed1 ha5** gem2 xim2

盞燈**一吓一吓**咁閃。一次又一次閃燈。

表示快速：

Ngo5 hei6 gem2 yi2 têu1 zo2 kêu5 **yed1 ha5**

我係咁二推咗佢**一吓**。我輕輕的推了他一下。

Sam1 lêng5 ha5 seo2 sei3 zeo6 da2 dei1 dêu3 seo2

三兩吓手勢就打低對手。

三下兩下很輕鬆就打低對手。

Lêng5 ha5 zeo6 gao2 dim6 di1 yé5

兩吓就搞掂啲嘢。三下兩下就做完了。

表示本領、技能：

Kêu5 yeo5 **lêng5 ha5** san2 seo2

佢有**兩吓**散手。他真有兩下子。

Ngo5 jing6 hei6 deg1 **ni1 géi2 ha5** ga3 za3

我淨係得**呢幾吓**㗎咋。我就只會這幾下子兒。

普通話的「一下子」，粵語也可以說「一下」或「一下子」：

Dai6 teo4 ha1 **Yed1 ha5** m4 tei4 néi5 yeo6 gao2 co3 leg3

大頭蝦！**一下**唔提你又搞錯嘞。

真是個馬大哈！一下子忘了提醒你又做錯。

Yed1 xi4 gong2 pou2 tung1 wa2 yed1 xi4 gong2 ying1 men4

一時講普通話，一時講英文，

yed1 ha5 jun3 m4 dou2 toi4

一下轉唔到台。

有時候說普通話，有時候說英語，一下子腦筋轉不過來。

Yed¹ ha⁵ ji² nem² m⁴ héi²
一 下 子 諗 唔 起 。
一下子想不起來。

Yed¹ ha⁵ ji² béi² gem³ do¹ yé⁵ ngo⁵ zou⁶⁻²
一 下 子 畀 咁 多 嘢 我 做 ？
一下子給我那麼多工作？

19.6 普通話「下」，對應粵語要分成「下」、「落」、「低」

下 ha⁶

22003. mp3

「下」主要作為名詞，相對「上」

sêng⁶ bin⁶ **ha⁶ bin⁶**
上 便 **下 便** 上面下面

leo⁴ sêng⁶ **leo⁴ ha⁶**
樓 上 **樓 下** 樓上樓下

sêng⁶ go³ xing¹ kéi⁴ **ha⁶** go³ xing¹ kéi⁴
上 個 星 期 、 **下** 個 星 期 上星期、下星期

Xiu² xud³ sêng⁶ bun³ dün⁶ hou² tei² **ha⁶** bun³ dün⁶ lab⁶ sab³
小 說 上 半 段 好 睇 ， **下** 半 段 垃 圾 。
小說的上半段好看，下半段是垃圾。

Co⁵ hei² xu⁶ yem¹ **ha⁶ min⁶** teo² lêng⁴
坐 喺 樹 蔭 **下 面** 抖 涼 。 坐在樹下乘涼。

Hei² yêng⁴ guong¹ **ha⁶** sai³ géi² go³ zung¹
喺 陽 光 **下** 曬 幾 個 鐘 。 在陽光下曬幾個鐘頭。

Ha⁶ yed¹ pei¹ fo³ xing¹ kéi⁴ yed¹ zeo⁶ dou³
下 一 批 貨 星 期 一 就 到 。
下一批貨星期一就運到。

Sêng6 seo2 jing6 log6 di1 yé5 deng2 **ha6 seo2** mai4 méi5

上手淨落啲嘢等**下手**埋尾。

前任剩下的工作讓下任收拾。

Ngo5 déi6 **xi1 dei2 ha6** gu2 **ha6 yed1 go3** lên4 dou3 nei5

我哋**私底下**估**下一個**輪到你。

我們私下猜下一個輪到你。

普通話的「地面」或「地上」，粵語是「地下」：

Déi6 ha2 co5 mun5 sai3 yen4

地下坐滿晒人。　地上坐滿了人。

Déi6 ha2 hei6 mai6 sam1 gé3 **ha6 yed1 céng4** hei6 qiu1 xi5

地下係賣衫嘅，**下一層**係超市，

zêu3 dei2 go2 céng4 hei6 ting4 cé1 cêng4

最低果層係停車場。

地面是賣衣服的，下一層是超市，最底下一層是停車場。

「下」作為動詞

Yeo4 héi3 ngam1 ngam1 sêng5 ga2 yeo6 yiu3 **ha6 ga2**

遊戲啱啱上架，又要**下架**。

遊戲剛上架，又要下架。

M4 hou2 gem3 fai3 **ha6 gid3 lên6**

唔好咁快**下結論**。

別那麼快下結論。

Néi5 deng2 kêu5 **ha6 zo2 dam6 héi3** zoi3 gong2 la1

你等佢**下咗啖氣**再講啦！

你等他下了氣再說吧！

Wong4 sêng6 **ha6 ji2** qun4 bou6 yen4 m4 ho2 yi5 wei4 kong3

皇上**下旨**，全部人唔可以違抗。

皇帝下旨，所有人不得違抗命令。

落 log⁶

22003. mp3

「落」作為動詞

由高處到低處：

sêng⁵ cé¹ **log⁶ cé¹**
上車、**落車** 上車、下車

sêng⁵ géi¹ **log⁶ géi¹**
上機、**落機** 上飛機、下飛機

céng² hei² zo² bin⁶ sêng⁵ toi⁴ yeo⁶ bin⁶ **log⁶ toi⁴**
請喺左便上台，右便**落台**
請從左面上台，右面下台

log⁶ yun⁴ **yu⁵** ngo⁵ **log⁶ hêu³** leo⁴ ha⁶ hang⁴ ha⁵
落完**雨**，我**落去**樓下行吓。
停雨了，我到樓下去走走。

log⁶ gai¹ mai⁵ yé⁵
落街買嘢 從大廈樓上到樓下附近去買東西

tai³ yêng⁴ **log⁶ san¹**
太陽**落山** 太陽下山

sêng⁶ teo⁴ **log⁶ zo² o¹ da²**
上頭**落咗柯打**。 上級下了命令。

使用：

m⁴ ji¹ dim² **log⁶ bed¹**
唔知點**落筆**。不知怎麼下筆。

hei² ni¹ dou⁶ **log⁶ yed¹ dou¹**
喺呢度**落一刀**。在這裏下一刀。

Dim² **log⁶** deg² dou² **seo²** cao² yen⁴
點**落**得到**手**炒人？ 怎下得了手開除員工？

Zou⁶ sang¹ yi³ yiu³ ji⁶ géi² **log⁶ seo² log⁶ gêg³**
做生意要自己**落手落腳**。做生意要親力親為。

投入：

log6 dug6
落 毒　　下毒

log6 dan1
落 單　　點菜 / 下訂單

Sêu2 guen2 zeo6 **log6** min6
水 滾 就 **落** 麵 。　水開了就下麵條。

Cao2 coi3 yiu3 **log6** tong4 **log6** yim4
炒 菜 要 **落** 糖 **落** **鹽** 。　炒菜要放糖放鹽調味。

Néi5 **log6** **cêng4** da2 ma4 zêg3 sed6 yêng4
你 **落** **場** 打 麻 雀 實 贏 。　你參與打麻雀一定贏。

動詞 +「落」

22003. mp3

表示趨向，由高處到低處：

hêng3 ha6 **lai1** **log6** **lei4**
向 下 **拉** **落** **嚟**　向下拉

Yeo4 ug1 déng2 **mong6** **log6** **hêu3**　gin3 dou2 yeo5 yen4 **tiu3** zo2 **log6** sêu2
由 屋 頂 **望** **落** **去** ， 見 到 有 人 **跳** 咗 **落** 水 。
從屋頂往下看，見到有人跳了下水。

Zég3 xun4 man6 man2 **cem4** **log6** **hêu3** hoi2 dei2
隻 船 慢 慢 **沉** **落** **去** 海 底 。
船漸漸沉下去了海底。

Di1 ngan5 lêu6 yen2 m4 ju6 **leo4** **log6** **lei4**
啲 眼 淚 忍 唔 住 **流** **落** **嚟** 。
眼淚忍不住流下來。

Ngo5 mou5 wei6 heo2　**xig6** **m4** **log6** fan6
我 冇 胃 口 ， **食** **唔** **落** 飯 。
我沒有胃口，吃不下米飯。

人或事物放中間，注意語順跟普通話不同：

Go3 bo1 **lug1** zo2 **log6** toi2 dei2
個 波 **碌** 咗 **落** 枱 底 。

Lug1 zo2 go3 bo1 **log6** toi2 dei2
碌 咗 個 波 **落** 枱 底 。

球滾到桌下。

Zeo2 zo2 zég3 yé5 ju1 **log6** san1
走 咗 隻 野 豬 **落** **山** 。

從山上跑下來一頭野豬。

Têu1 zo2 kêu5 **log6** leo4 tei1
推 咗 佢 **落** 樓 梯 。

把他推下樓梯。

表示完成：

Néi5 zé3 qin2 béi2 kêu5 seo1 fan1 xig1 **gei3** **log6** néi5 yeo5 zêg6 sou3
你 借 錢 畀 佢 收 番 息 ， **計** **落** 你 有 着 數 。

你借錢給他收取利息，算起來你有好處。

Nem2 **log6** dou1 hei6 m4 hou2 yug1 seo2 ju6 tei2 ding6 di1 xin1
諗 **落** 都 係 唔 好 郁 手 住 ， 睇 定 啲 先 。

想清楚暫時還是不要動手，先看清形勢。

動作完成並脱離：

Hei2 bun2 xu1 **xi1** yed1 yib6 **log6** **lei4**
喺 本 書 **撕** 一 頁 **落** **嚟** 。

從書上撕下一頁。

Cag3 **zo2** di1 ling4 gin2 **log6** **lei4**
拆 **咗** 啲 零 件 **落** **嚟** 。

把零件卸下來。

表示繼續：

22003. mp3

Ni1 dou6 **ju6** **log6** yeo6 m4 gog3 cou4
呢 度 **住** **落** 又 唔 覺 嘈 。

在這裏住下來又不覺得吵。

Gem2 yêng2 **gei3 zug6 yen2 log6 hêu3** m4 hei6 ban6 fad3
咁樣**繼續忍落去**唔係辦法。
這樣繼續忍下去不是辦法。

Gin6 xi6 **tei2 log6 hêu3** yeo6 yeo5 sen1 fad3 jin2
件事**睇落去**又有新發展。
這件事看下去又有新發展。

Zoi3 gong2 log6 hêu3 dou1 mou5 gid3 guo2
再講落去，都冇結果。
再講下去也沒結果。

Ji6 gu2 **leo4 qun4 log6 lei4** gé3 géi6 sêd6
自古**流傳落嚟**嘅技術。
自古流傳下來的技術。

狀態開始出現：

Yed1 go3 yen4 **jing6 log6 lei4**
一個人**靜落嚟**。
一個人安靜下來。

動詞 +「得落」表示能容納得下：

Ni1 go3 sêng1 **zong1 deg1 log6** hou2 do1 zab6 med6
呢個箱**裝得落**好多雜物。
這箱子可以放很多雜物。

Lêng5 go3 yen4 féi4 di1 dou1 **fen3 m4 log6** ni1 zêng1 cong4
兩個人肥啲都**瞓唔落**呢張床。
胖一點的兩個人都不能睡在這床上。

Néi5 ga3 cé1 **co5 m4 co5 deg1 log6** séi3 go3 yen4
你架車**坐唔坐得落**四個人？
你的車可以載四個人嗎？

19.7 低（下）

22003. mp3

動詞 +「低 dei1」

表示固定：

Géi3 dei1 di1 zung6 dim2
記 低 啲 重 點 。
記下重點。

Néi5 **leo4 dei1** lün4 log6 din6 wa2 déi6 ji2 **sé2 dei1** hei2 ni1 dou6
你 **留 低** 聯 絡 電 話 、地 址 ，**寫 低** 喺 呢 度 。請你留下聯繫電話、地址，寫下在這裏。

Kêu5 yeo5 mou5 **gong2 dei1** **jing6 dei1** di1 yé5 dim2 zou6 a3
佢 有 冇 **講 低** ，**剩 低** 啲 嘢 點 做 呀 ？
他有沒有留言，剩下的工作怎樣做？

So2 xi4 **bai2 dei1** hei2 gun2 léi5 qu3 **gao1 dei1 zo2** béi2 hon1 gang1
鎖 匙 **擺 低** 喺 管 理 處 ，**交 低 咗** 畀 看 更 。
鑰匙放在管理處，交了給保安員。

由高處到低處，然後固定：

Néi5 hei2 ni1 dou6 **ting4 dei1** cé1 **fong3 dei1** ngo5 la1
你 喺 呢 度 **停 低** 車 **放 低** 我 啦 ！
你在這裏停車讓我下車吧！

Ngo5 zoi3 m4 **fen3 dei1** yeo1 xig1 zeo6 wui5 **wen4 dei1**
我 再 唔 **瞓 低** 休 息 就 會 **暈 低** 。
我再不躺下來休息就會暈倒。

動作完成後會脱離，然後處理好：

Yeb6 mun4 heo2 **cêu4 dei1** hai4 wun6 to1 hai2
入 門 口 **除 低** 鞋 換 拖 鞋 。
進門就脱鞋換拖鞋。

對比「低」和「落」

加在動詞後的「低」和「落」都有從高處到低處，或者完成後會脱離的意思。區別在於「落」強調動作的趨向。「低」就兼有固定下來的意思：

Ngo5 tei2 m4 dou2 zêng1 deng3 yeo5 go3 doi2 so2 yi5 **co5 zo2 log6 hêu3**
我睇唔到張櫈有個袋，所以**坐咗落去**。
我看不到有一個包在椅子上，所以坐了上去。

Néi5 **co5 dei1** la1 Ga3 cé1 hang1 gen2 m4 hou2 kéi5 héi2 sen1
你**坐低**啦！架車行緊，唔好企起身。
你坐下吧。行車時不要站起來。

Yeo5 yen4 **did3 zo2 log6** hoi2
有人**跌咗落**海。有人掉進海裏。

Did3 dei1 zo2 héi2 fan1 sen1
跌低咗，起番身。
跌倒了，再站起來。

Cêu4 dêu3 yi5 wan2 **log6 lei4**
除對耳環**落嚟**。把耳環脱下來。

Cêu4 dei1 dêu3 yi5 wan2 fong3 hei2 toi2 min2
除低對耳環放喺枱面。
把耳環脱下來，放在桌上。

19.8 到（能夠、到達）

「到」的用法就像普通話，不過要注意粵語裏有「dou^2」和「dou^3」兩個聲調。

到 dou^2

22004. mp3

動詞＋「到 dou^2」，表示動作達到了目的或有了結果

Ngo^5 téng^2 **dou^2** di^1 guai^3 séng^1 dan^6 ngo^5 tei^2 **m^4 dou^2** yeo^5 med^1 yé^5
我聽**到**啲怪聲，但我睇**唔到**有乜嘢。
我聽到一些怪聲，但我看不到甚麼。

提問的方式有幾個：

Wen^2 m^4 wen^2 **dou^2** kêu^5 a^3
搵唔搵**到**佢呀？能不能找到他？

Wen^2 **dou^2** kêu^5 **méi^6** a^3
搵**到**佢**未**呀？ 找到他了嗎？

Néi^5 **yeo^5 mou^5** gin^3 **dou^2** ngo^5 go^3 ngen^4 bao^1 a^3
你**有冇**見**到**我個銀包呀？
你見到我的錢包嗎？

Néi^5 **yeo^5 mou^5** zong^6 **dou^2 guo^3** ming^4 xing^1 a^3
你**有冇**撞**到過**明星呀？你碰到過明星嗎？

有些特定詞彙可讀成「dou^3」，像「估唔到」、「做得到」、「令到」：

Ngo^5 seo^1 dou^2 hou^2 xiu^1 xig^1 **gu^2 m^4 dou^3** ngo^5 hao^2 dou^2 mun^5 fen^1
我收到好消息，**估唔到**我考到滿分。
我收到好消息，想不到我考得滿分。

Néi^5 **zou^6 deg^1 dou^3** xin^1 hou^2 gong^2 m^4 hou^2 **ling^6 dou^3** kêu^5 sed^1 mong^6
你**做得到**先好講，唔好**令到**佢失望。
你真的做得到才說，別讓他失望。

到 dou3

22004. mp3

到達

Ngo5 **dou3** can1 téng1 xin1 ngo5 giu3 ju6 yé5 yem2 deng2 néi5
我 **到** 餐 廳 先 ， 我 叫 住 嘢 飲 等 你 。
我先到餐廳，我先點飲料等你。

Yi5 ging1 **dou3** **zo2** zêu3 heo6 gai1 dün6
已 經 **到** **咗** 最 後 階 段 。 已經到了最後階段。

Fun1 ying4 néi5 **lei4** **dou3** ni1 dou6
歡 迎 你 **嚟** **到** 呢 度 。 歡迎你到來。
（粵語不會説「到嚟」。）

普通話説「到」一個地方，但粵語只會説「去」：

Ngo5 **heu3** Tung4 Lo4 Wan1 hang4 gai1
我 **去** 銅 鑼 灣 行 街 。 我到銅鑼灣逛街。

Ngo5 dab3 déi6 tid3 **heu3** Tung4 Lo4 Wan1
我 搭 地 鐵 **去** 銅 鑼 灣 。 我搭地鐵到銅鑼灣去。

動詞 +「到 dou3」，表示到達某地，或繼續到甚麼時間

Di1 yé5 **gon2** **deg1** **dou3** hoi1 hog6 qin4 **géi3** **dou3** hêu3 béi2 kêu5
啲 嘢 **趕** **得** **到** 開 學 前 **寄** **到** 去 畀 佢 。
那些物品趕得到開學前寄到去給他。

Ngo5 sung3 kêu5 **hêu3** **dou3** géi1 cêng4
我 送 佢 **去** **到** 機 場 。 我送他到機場。

強調一直到達某點，需要重複動詞：

Ngo5 **sung3** **kêu5** **sung3** **dou3** hêu3 géi1 cêng4
我 **送** **佢** **送** **到** 去 機 場 。 我一直把他送到機場。

Ngo5 **dug6** **xu1** **dug6** **dou3** tin1 guong1
我 **讀** **書** **讀** **到** 天 光 。 我一直複習到天亮。

對比「到 dou³」和「到 dou²」

Tei² ju³ zég³ gu² piu³ yeo⁴ sam¹ men¹ xing¹ **dou³** ya⁶ men¹
睇 住 隻 股 票 由 三 蚊 升 **到** 廿 蚊 ，
ho² xig¹ ngo⁵ mai⁵ m⁴ **dou²**
可 惜 我 買 唔 **到** 。
看着這股票從三元升到二十元，可惜我買不到。

Sêng⁵ **dou³** san¹ déng² dung³ **dou³** zen³ ding² m⁴ **dou²** hou² noi⁶
上 **到** 山 頂 凍 **到** 震 ， 頂 唔 **到** 好 耐
zeo⁶ log⁶ san¹
就 落 山 。到了山頂冷得發抖，撐不了多久就要下山。

22004. mp3

「冇 mou⁵」+ 動詞 +「到 dou³」，表示該做或想做的但沒做

Béng⁶ dou³ gem³ yim⁴ zung⁶ dou¹ **mou⁵ tei² dou³** yi¹ seng¹
病 到 咁 嚴 重 都 **冇 睇 到** 醫 生 ，
hou² coi² **mou⁵ séi² dou³**
好 彩 **冇 死 到** 。
病得那麼嚴重都沒去看醫生，幸虧沒有死。

Jid³ xig⁶ ngo⁶ dou³ wen⁴ dei¹ dou¹ **mou⁵ seo³ dou³**
節 食 餓 到 暈 低 都 **冇 瘦 到** 。
節食餓得暈倒都竟然沒有瘦。

Néi⁵ **yeo⁵ mou⁵ bug¹ dou³** zeo² dim³ a³
你 **有 冇 book 到** 酒 店 呀 ？
你有沒有預訂酒店？（你應該預訂的）

mou⁵ bug¹ dou³ ngo⁵ déi⁶ ju⁶ bin¹ a³
冇 book 到 ， 我 哋 住 邊 呀 ？
要是沒有預訂，我們住哪裏？

形容達到某種程度

Ha6 tin1 ho2 yi5 yid6 **dou3** sam1 seb6 lug1 dou6
夏 天 可 以 熱 **到** 三 十 六 度 。
夏天可以熱到三十六度。

Mou5 lang5 héi3 yid6 **dou3** ngo5 dai6 hon6 dab6 sei3 hon6
冇 冷 氣 ， 熱 **到** 我 大 汗 疊 細 汗 。
沒有空調，熱得我汗如雨下。

Ngo5 béi2 kêu5 gig1 **dou3** zad3 zad3 tiu3
我 畀 佢 激 **到** 扎 扎 跳 。我被他氣得跳起來。

Ngo5 zen1 hei6 hag3 **dou3** a3 ma1 dou1 m4 ying6 deg1
我 真 係 嚇 **到** 阿 媽 都 唔 認 得 。
我真的嚇得瘋了（連媽媽都不認得）。

對比「得」和「到」用於描寫動作的情況

普通話只用「得」，但粵語可分為：「得」描寫一個動作的情況、結果。「到」形容達到某種程度，比較誇張。

Ham3 **deg1** hou2 sei1 léi6 ham3 **dou3** ngan5 dou1 zung2
喊 **得** 好 犀 利 ， 喊 **到** 眼 都 腫 。
哭得很厲害，哭得眼睛都腫了。

Xig6 **deg1** tai3 bao2 xig6 **dou3** wei6 tung3
食 **得** 太 飽 ， 食 **到** 胃 痛 。食得太飽，食得胃痛。

Cêng3 **deg1** qiu1 nan4 téng1 téng1 **dou3** ngo5 mou4 gun2 dung6
唱 **得** 超 難 聽 ， 聽 **到** 我 毛 管 戙 。
唱得超難聽，聽得我毛管直豎。

Hao2 **dou3** gem3 ca1 sem1 qing4 m4 hou2 **deg1** hêu3 bin1
考 **到** 咁 差 ， 心 情 唔 好 **得** 去 邊 。
考得那麼差勁，心情好不到哪兒去。

19.9 得（可以、只有） 22004. mp3

「得 deg1」在粵語裏用得很多，還有不同意思，這裏介紹與普通話不同的用法。

可以，能夠做得到，可配合其他動詞用

Deg1 med1 dou1 **deg1** m4 sei2 gong2 **deg1 ga3 la3**
得，乜都**得**，唔使講，**得㗎喇**！
行，甚麼都可以，不用說，行了！
（粵語不說「行」）

Deg1 deg1 deg1 mou5 men6 tei4 ngo5 géi3 deg1 ga3 la3
得、**得**、**得**，冇問題，我記得㗎喇。
行，沒問題，我記得了。

Deg1 zo2 nan4 deg1 deg1 dou2 ni1 go3 zêng2
得咗！難得得到呢個獎。
成功了！難得得到這個獎項。

Mou5 qin2 **m4 deg1** xig1 yen4 dou1 m4 yed1 ding6 **deg1**
冇錢**唔得**，識人都唔一定**得**。
沒錢不行，認識有關係的人也不一定可以。

Ngo5 **m4** ying1 xing4 kêu5 **dou1 m4 deg1**
我**唔**應承佢**都唔得**。我不得不答應他。

Ngo5 **gong2 deg1 cêd1 zou6 deg1 dou3** néi5 béi5 ngo5 sed6 **gao2 deg1 dim6**
我**講得出做得到**，你畀我實**搞得掂**。
我說得出做得到，你交給我，一定搞定。

像「入去」、「搬起」、「行上嚟」這類有方向的動作，把「得」放中間：

M4 hei6 wui2 yun4 **yeb6 m4 yeb6 deg1 hêu3** a3
唔係會員**入唔入得去**呀？
M4 hei6 wui2 yun4 **ho2 m4 ho2 yi5 yeb6 deg1 hêu3** a3
唔係會員**可唔可以入得去**呀？
不是會員能不能進去？

yeb6 deg1 hêu3 m4 yeb6 deg1 hêu3
回答：入得去可以進去／唔入得去不可以進去

Néi5 yed1 go3 yen4 **bun1 m4 bun1 deg1 héi2** a3
你一個人**搬唔搬得起**呀？
你一個人搬得起嗎？

bun1 deg1 héi2 bun1 m4 héi2
回答：搬得起搬得起／搬唔起搬不起

Néi5 **hang4 m4 hang4 deg1 sêng5 lei4** gem3 gou1 m4 gêg3 zen3 mé1
你**行唔行得上嚟**咁高？唔腳震咩？
你可以走上來這麼高的地方，不會抖震嗎？

否定時可以在中間插入「唔」，或「唔」/「未」+動詞+「得」：

22004. mp3

Ngo5 gen2 gen2 **hang4 deg1 yeb6** féi4 di1 dou1 **hang4 m4 yeb6**
我僅僅**行得入**，肥啲都**行唔入**。
我僅僅能走進去，要是胖一點已不能走進去。

M4 da2 deg1 dou1 **tei2 deg1**
唔打得都**睇得**。(外表好看，沒有實際作用也無所謂)
不能打也可以裝個模樣。

Kêu5 **hou2 xig6 deg1** dan6 hei6 **m4 hei6 géi2 yem2 deg1**
佢**好食得**，但係**唔係幾飲得**。
他可以吃很多，但是不太能喝酒。

Sei2 yi1 géi1 wai6 zo2 **m4 sei2 deg1** sam1
洗衣機壞咗，**唔洗得**衫。
洗衣機壞了，不能洗衣服。

Di1 yug6 **méi6 cao2 deg1 sug6** dim2 **xig6 deg1** a3
啲肉**未炒得熟**，點**食得**呀？
這肉還沒炒熟，怎能吃？

對比不同否定句式微妙的差別

以「打爛」（摔破）為例：

Bo[1] léi[1] **da[2] deg[1] lan[6]** sog[3] gao[1] **da[2] m[4] lan[6]**
玻璃**打得爛**，塑膠**打唔爛**。
玻璃有可能摔破，塑膠不能摔破。

Néi[5] **m[4] da[2] deg[1] lan[6]** go[3] fa[1] zên[1] gem[2] wui[5] gig[1] deg[1] séi[2] a[3] ba[4] ga[3]
你**唔打得爛**個花樽，咁會激得死阿爸㗎。你不可以摔破這花瓶，這會把爸爸氣死的。

提問時「得唔得」必須加在最後：

M[4] goi[1] zé[3] ba[2] zé[1] béi[2] ngo[5] **deg[1] m[4] deg[1] a[3]**
唔該，借把遮畀我，**得唔得呀**？
請問你可以借我一把雨傘嗎？

（不能問「得唔得借把遮畀我」。）

提問的時候，重複動詞第一個字：

Néi[5] ced[1] dim[2] **seo[1] m[4] seo[1] deg[1] gung[1]** a[3]
你七點**收唔收得工**呀？
你七點可以下班了嗎？

Seo[1] **deg[1]** gung[1] la[3]
回答：收**得**工喇。可以下班了。/
Ngo[5] **méi[6]** seo[1] **deg[1]** gung[1]
我**未**收**得**工。我還不能下班。

Fong[3] ga[3] **hêu[3] m[4] hêu[3] deg[1] wan[2]**
放假**去唔去得玩**？放假時能去玩嗎？

Geng[2] hei[6] **hêu[3] deg[1] wan[2]** la[1]
回答：梗係**去得玩**啦。當然可以去玩。
Fong[3] ga[3] dou[1] **m[4] hêu[3] deg[1] wan[2]**
放假都**唔去得玩**。放假都不能去玩。

「得」可以表示能力有高低程度，「可以」、「能夠」就不能這樣表達：

22004. mp3

hou2 deg1
好 得　非常棒

deg1 deg1 déi2
得 得 咃　還行

m4 hei6 géi2 deg1
唔 係 幾 得　不太行

粵語可以説「可以 ho2 yi5」和「能夠 neng4 geo3」，但不會説「能」。

「得」可以與其他動作補語一起用（意思詳見各個補語的用法）：

zou6 deg1 yun4 zou6 deg1 sai3 zou6 deg1 mai4
做 得 完 、做 得 晒 、做 得 埋

fen1 deg1 wen4 mai5 deg1 cei4 mai5 deg1 héi2 mai5 deg1 fan1
分 得 匀 、買 得 齊 、買 得 起 、買 得 番

co5 deg1 log6 co5 deg1 dei1 tei2 deg1 ha5 tei2 deg1 hoi1
坐 得 落 、坐 得 低 、睇 得 吓 、睇 得 開

「得」和「到」都可以表示能力

有時兩者差別不大：

ngo5 xig6 **deg1** lad6 / ngo5 xig6 **dou2** lad6 / ngo5 xig6 **deg1** **dou2** lad6
我 食 **得** 辣 / 我 食 **到** 辣 / 我 食 **得** **到** 辣
我能吃辣

Néi5 yen2 m4 yen2 **dou2** tung3 ? Deng2 m4 deng2 **deg1** dou3 bag6 cé1 lei4 ?
你 忍 唔 忍 **到** 痛 ？等 唔 等 **得** 到 白 車 嚟 ？
你忍得住痛嗎？可以等到救護車來嗎？

Ngo5 m4 yen2 **deg1** tung3 , deng2 m4 **dou2** hêu3 yi1 yun2 。
我 唔 忍 **得** 痛 ，等 唔 **到** 去 醫 院 。
我不能忍痛，不能等得到去醫院。

Ngo5 m4 xig6 **deg1** gem3 do1 , xig6 yun4 bao2 dou3 yug1 m4 **dou2** 。
我 唔 食 **得** 咁 多 ，食 完 飽 到 郁 唔 **到** 。

Ngo5 xig6 m4 **dou2** gem3 do1 xig6 yun4 bao2 dou3 m4 yug1 **deg1**
我食唔**到**咁多，食完飽到唔郁**得**。
我不能多吃，吃後飽得不能動。

有時用「得」可以說明客觀環境或規矩，「到」就不可以：

Ngo5 **mai5 m4 dou2** ni1 bun2 **hou2 mai6 deg1** gé3 xu1
我**買唔到**呢本**好賣得**嘅書。
我買不到這本賣得很好的書。

Ni1 bun2 xu1 **m4 mai6 deg1** hou2 do1 xu1 dim3 dou1 m4 mai6
呢本書**唔賣得**，好多書店都唔賣。
這本書賣得不好，很多書店都不賣。

Lou6 bin1 **pag3 deg1 cé1** dan6 hei6 ngo5 **wen2 m4 dou2** cé1 wei2
路邊**泊得車**，但係我**搵唔到**車位。
路邊可以停車，但是我找不到停車位。

「得」或「只得」意思是「只有」

22004. mp3

Yed1 sei3 yen4 **deg1** yed1 qi3 géi1 wui6 hou2 hou2 zen1 xig1
一世人**得**一次機會，好好珍惜。
Yed1 sei3 yen4 **ji2 yeo5** yed1 qi3 géi1 wui6 hou2 hou2 zen1 xig1
一世人**只有**一次機會，好好珍惜。
一生只有一次機會，好好珍惜。

Yed1 go3 yud6 **ji2 deg1** séi3 yed6 ga3
一個月**只得**四日假。一個月只有四天假期。

「只得」沒有唯有這樣做的意思，要說「只可以」：

Mou5 ban6 fad3 **ji2 ho2 yi5** gem2 zou6
冇辦法**只可以**咁做。沒辦法，只得這樣做。

「得番」，強調只剩下很少

Gem1 man5 héi3 wen1 did3 dou3 **deg1 fan1** seb6 dou6 za3
今晚氣溫跌到**得番**十度咋。
今天晚上氣溫降到只有十度。

Yen4 yen4 dou1 yeo5 pad1 la4 **deg1 fan1** kêu5 yed1 go3 dan1 ding1
人 人 都 有 拍 㨆 ， **得 番** 佢 一 個 單 丁 。
所有人都有拍擋，只剩下他單獨一個。

狀態 +「得 deg1」，表示極度的

22004. mp3

Neo1 **deg1** ngo5
嬲 **得** 我　氣死我了

Gu1 hon4 **deg1** kêu5
孤 寒 **得** 佢　你看他多小氣、吝嗇

So4 **deg1** néi5 gem3 gao1 guan1
傻 **得** 你 咁 交 關　你真傻得過分

動詞 +「得嚟 deg1 lei4」

表示做得來：

Ngo5 déi6 gog3 deg1 gab3 **deg1 lei4** xin1 gid3 fen6
我 哋 覺 得 夾 **得 嚟** 先 結 婚 ，
dan6 hei6 seng1 wud6 sêng6 hou2 do1 men6 tei4 dou1 gai2 küd3 **m4 lei4**
但 係 生 活 上 好 多 問 題 都 解 決 **唔 嚟** 。
我們覺得合得來才結婚，但是生活上很多問題都解決不來。

表示動作等到完成就很遲：

Deng6 di1 qin2 pai3 **deg1 lei4** dou1 ngo6 séi2
等 啲 錢 派 **得 嚟** 都 餓 死 。
等援助金慢慢分發到可能要餓死了。

Yi4 ga1 wun6 sam1 cêd1 **deg1** mun4 heo2 **lei4** zeo6 ca1 m4 do1
而 家 換 衫 ， 出 **得** 門 口 **嚟** 就 差 唔 多 。
現在換衣服，等到準備好出門就差不多了。

「冇得 mou5 deg1」

22004. mp3

表示不應該、不允許這樣做：

Gung1 yun2 wui5 san1 mun4 **mou5 deg1** leo4 hei2 dou6 m4 zeo2 gé3
公園會閂門，**冇得**留喺度唔走嘅。
公園會關門，不可以留在這裡不離開的。

「冇得」+ 動詞，表示無法做，或沒有機會做。

「有得」+ 動詞，表示有機會做到。提問的時候，**「有冇得」+ 動詞**：

Ni1 di1 hei6 leo4 béi2 hag3 yen4 gé3 néi5 **yeo5 deg1 tei2 mou5 deg1 xig6**
呢啲係留畀客人嘅，你**有得睇冇得食**。
這是為客人準備的，你只能看不能吃。

Kêu5 tung4 néi5 **mou5 deg1 béi2** zang1 geo2 tiu4 gai1 néi5 **mou5 deg1 xu1**
佢同你**冇得比**，爭九條街。你**冇得輸**。
他不能跟你比，差太遠了。你一定贏。

Yun4 fen6 ni1 yêng6 yé5 **mou5 deg1 gong2**
緣份呢樣嘢**冇得講**。
緣份這東西實在是說不定的。

Yed1 qin1 men1 ji2 **yeo5 mou5 deg1** zao2 a3
一千蚊紙**有冇得**找呀？
你接受 $1,000 紙幣找續嗎？

對比「唔得」和「冇得」

Mong4 dou3 **m4 hêu3 deg1 wan2** fong3 ga3 dou1 **mou5 deg1 wan2**
忙到**唔去得玩**，放假都**冇得玩**。
忙得不能去玩，放假都不能玩。

Ni1 bun2 xu1 **m4 mai6 deg1** hou2 do1 xu1 dim3 dou1 **mou5 deg1 mai6**
呢本書**唔賣得**，好多書店都**冇得賣**，
néi5 ji1 m4 ji1 bin1 dou6 zung6 **yeo5 deg1 mai6** a3
你知唔知邊度仲**有得賣**呀？
這本書賣得不好，很多書店都不賣，你知道哪裏還能買到？

Kêu5 mang5 gem3 gong2 yé5 ngo5 sêng2 gong2 dou1 **mou5 deg1 gong2**
佢猛咁講嘢，我想講都**冇得講**。
他不停地說話，我想說甚麼也沒法插嘴。

Ngo5 sêng2 gong2 dou1 **m4 gong2 deg1** ni1 go3 hei6 béi3 med6
我想講都**唔講得**，呢個係秘密。
我想說，但都不可以說出這個秘密。

「得過 deg1 guo3」

22004. mp3

動詞 +「得過 deg1 guo3」，表示值得的。

動詞 +「唔過 m4 guo3」，表示不值得。

Gu2 piu3 did3 dou3 ni1 go3 ga3 wei2 **mai5 deg1 guo3**
股票跌到呢個價位**買得過**。
股票跌到呢個價位值得買。

Go3 xi5 zung6 yeo5 deg1 did3 yi4 ga1 yeb6 xi5 **zei3 m4 guo3**
個市仲有得跌，而家入市**制唔過**。
股市還會下跌，現在入市不值得試。

Ni1 di1 yug6 m4 guei3 méi6 dou6 dou1 géi2 hou2 **xig6 deg1 guo3**
呢啲肉唔貴，味道都幾好，**食得過**。
這肉不貴，味道也不錯，很值。

想問值不值得：

Néi5 wa6 yi4 men4 **nem2 m4 nem2 deg1 guo3**
你話移民**諗唔諗得過**？值得考慮移民嗎？

「得切 deg1 qid3」

動詞 +「得切 deg1 qid3」，表示來得及。

動詞 +「唔切 m4 qid3」，表示來不及。

Ting1 yed6 xin1 jid6 ji2 zung6 **lei4 deg1 qid3** dei6 biu2
聽日先截止，仲**嚟得切**遞表。
明天才截止，還來得及交表格。

Gon2 m4 qid3 dab3 dig1 xi2 mei6 m4 wui5 qi4 lo1
趕唔切，搭的士咪唔會遲囉。
來不及的話，坐出租車就不會遲到了。

Go3 bo1 féi1 mai4 lei4 　yed1 xi4 **xim2 m4 qid3**
個波飛埋嚟，一時**閃唔切**，
xig6 zo2 go3 bo1 béng2
食咗個波餅。
有一個球飛過來，一時閃避不及，被球打個正着。

Yed1 xi4 gan1 men6 ngo5 gem3 do1 men6 tei4 　ngo5 dou1 **ying3 m4 qid3**
一時間問我咁多問題，我都**應唔切**。
一下子問我那麼多問題，我根本來不及回應。

想問來不來得及：

Deg1 sam1 go3 ji6 break 　**xig6 m4 xig6 deg1 qid3** fan6 a3
得三個字 break，**食唔食得切**飯呀？
只有十五分鐘休息，來不及吃飯嗎？

lou5 xi1 gong2 deg1 gem3 fai3 　**néi5 cao1 m4 cao3 deg1 qid3** lug1 xi2 a3
老師講得咁快，**你抄唔抄得切** notes 呀？
老師說得那麼快，你來得及抄寫筆記嗎？

「得滯 deg1 zei6」

形容詞 +「得滯 deg1 zei6」，表示過份。

Yid6 deg1 zei6 　di1 bing1 yung4 zo2
熱得滯，啲冰溶咗。太過熱，冰塊溶化了。

19.10 咗（了）

「咗」的用法就像普通話「了」

動詞 +「咗 zo2」

22005. mp3

表示動作完成、完結

「咗」應該放在詞語後還是插在中間屬約定俗成，有時候跟普通話不同。舉幾個例子：

普通話可以説「移了民」或「移民了」，粵語同樣可以：

Kêu5 **yi4 zo2 men4** hêu3 Méi5 Guog3
佢 **移 咗 民** 去 美 國 。他移了民去美國。

Kêu5 **yi4 men4 zo2** hêu3 Méi5 Guog3
佢 **移 民 咗** 去 美 國 。他移民了去美國。

普通話可以説「吃了飯」或「吃飯了」：

xig6 zo2 fan6
食 咗 飯（粵語不可以説「食飯咗」）
cêd1 zo2 hêu3
出 咗 去 出去了（粵語不可以説「出去咗」，普通話也沒有「出了去」）

「咗」並不是過去式，不需要加在每個已過去的動作後，更不應加在句末：

Ngo5 qin4 yed6 tung4 peng4 yeo5 hêu3 Jim1 Sa1 Zêu2 hang4 gai1 tei2 héi3
我 前 日 同 朋 友 去 尖 沙 咀 行 街 睇 戲 。
我前天跟朋友去尖沙咀逛街看電影了。
（不會説「我前日同咗朋友去咗尖沙咀行咗街睇咗戲。」）

用「咗」的句子，句末經常配合語氣助詞「喇 la3」，肯定事態出現了變化：

Kêu5 céng2 **zo2** ga3 gem1 yed6 m4 fan1 gung1 **la3**
佢 請 **咗** 假 ， 今 日 唔 返 工 **喇** ！
他請了假，今天不上班！

普通話的一句話裏很少用多個「了」，但是粵語不需要省去：

Kêu5 déi6 gid3 **zo2** fen1 ced1 nin4 **la3**
佢 哋 結 **咗** 婚 七 年 **喇** 。他們結婚七年了。
（普通話不會説「他們結了婚七年了」。）

Kêu5 gao2 dim6 **zo2** géi1 piu3 gen1 ju6 cêd1 **zo2** fad3 **la3**
佢 搞 掂 **咗** 機 票 ， 跟 住 出 **咗** 發 **喇** 。
他搞定了機票，接着出發了。

「咗」表示動作完成，「喇」表示事態將有變化，粵語必須分清楚，但普通話就沒有指定：

Kêu5 xing1 kéi4 lug6 zeo6 zeo2 **zo2** **la3**
佢 星 期 六 就 走 **咗** **喇**！他已經在星期六離開了！

如果想說他打算在即將來臨的星期六離開，就不能用「咗」，因為還沒完成：

Kêu5 xing1 kéi4 lug6 zeo6 zeo2 **la3**
佢 星 期 六 就 走 **喇**。他星期六離開了。

表示動作必須完成才可以發生後一個情況，就沒有時限過去或將來：

Ngo5 ting1 yed6 xig6 **zo2** fan6 xin1 fan1 ug1 kéi2 m4 sei2 ju2 ngo5 fan6
我 聽 日 食 **咗** 飯 先 返 屋 企，唔 使 煮 我 飯。
我明天吃了飯才回家，不用做飯給我。

Go3 zab6 yed1 zou2 jing2 hou2 **zo2** zeo6 m4 wui5 sêu2 zem3 la1
個 閘 一 早 整 好 **咗** 就 唔 會 水 浸 啦！
要是早就修好閘口就不會淹水了！

「咗」的前面常加「已經」：

Ngo5 **yi5 ging1** béi2 **zo2** qin2 **la3**
我 **已 經** 畀 **咗** 錢 **喇**！我已經付了錢！

用「喇」的句子前面常加「就快」或「唔好」，但不可以配「咗」：

Zeo6 lei4 log6 yu5 **la3** **Zeo6 fai3** log6 yu5 **la3**
就 嚟 落 雨 **喇**！/ **就 快** 落 雨 **喇**！快要下雨了！

M4 hou2 nem2 **la3**
唔 好 諗 **喇**！別想了！

想問動作究竟完成了沒有，要在結尾加上「未」這個字：

Kêu5 fan1 **zo2** lei4 **méi6** **a3**
佢 返 **咗** 嚟 **未** **呀** ？他回來了嗎？

Fan1 **zo2** lei4 **la3** / **Méi6** fan1 lei4
回答： 返 **咗** 嚟 **喇** ！回來了！/ **未** 返 嚟！還沒回來！

Néi5 xig6 **zo2** fan6 **méi6** **a3**
你 食 **咗** 飯 **未** **呀** ？你吃了飯沒有？

Xig6 **zo2** **la3**
回答： 食 **咗** **喇** ！ 吃了！

Méi6 xig6 / Ngo5 mou5 xig6 fan6
未 食 。還沒吃。/ 我 冇 食 飯。我沒吃飯。

想問過去的事用「有冇」更合適：

Néi5 **yeo5** **mou5** xig6 fan6 a3
你 **有** **冇** 食 飯 呀 ？你有沒有吃飯？/ 你吃飯了嗎？

「咗」在為了確認的情況下，可以和「有冇」一起提問：

Néi5 **yeo5** mou5 xig6 **zo2** fan6 **a3** Ngo5 **yeo5** fan6 jing6 **zo2** wo3
你 **有** 冇 食 **咗** 飯 **呀** ？ 我 **有** 飯 剩 **咗** 喎 。
你有沒有吃飯了？我有剩了的飯。

Ngo5 **yeo5** xig6 fan6 / Ngo5 xig6 **zo2** fan6 **la3**
回答： 我 **有** 食 飯 。/ 我 食 **咗** 飯 **喇** ！我吃了！

Ngo5 **mou5** xig6 fan6
我 **冇** 食 飯 。我沒吃飯。

Néi5 **yeo5** **mou5** xig1 **zo2** seo2 géi1 **ga3** Dim2 gai2 wui5 hêng2 ga3
你 **有** **冇** 熄 **咗** 手 機 **㗎** ？ 點 解 會 響 㗎 ？
你有沒有關掉了手機？怎麼會響起來的？

質問從沒發生的事也可以加「咗」，普通話也有類似用法：

Ngo5 géi2 xi4 qi4 **zo2** jig1 a3 Ngo5 zeo6 xing1 jig1 la3
我 幾 時 辭 **咗** 職 呀 ？ 我 就 升 職 喇 ！
我甚麼時候辭職了？我快要升職了！

Ngo5 géi2 xi4 deg1 zêu6 **zo2** néi5 a3
我 幾 時 得 罪 **咗** 你 呀 ？ 我甚麼時候開罪了你？

「咗」還可以配其他補語連用來強調完成：

Mai5 **yun4 zo2** sêu1 yiu3 gé3 coi4 liu2
買 **完 咗** 需 要 嘅 材 料 。 買完需要的材料了。
（粵語裏「完咗」不能拆開）

Mai5 **hou2 zo2** coi4 liu2
買 **好 咗** 材 料 。買好了材料。

Go3 bou3 gou3 zou6 **héi2 zo2**
個 報 告 做 **起 咗** 。報告做完了。

Ngo5 deg1 **dou2 zo2** peng4 yeo5 gé3 ji1 qi4
我 得 **到 咗** 朋 友 嘅 支 持 。我得到了朋友的支持。

但是「咗」不能跟「得」、「過」或「晒」連用，例如：

Ni1 dou6 ting4 **deg1** cé1 la3
呢 度 停 **得** 車 喇 ！這裏可以停車了。
（不可以說成「呢度停得咗車喇。」）

Ngo5 tei2 **guo3** heb6 yêg3 la3
我 睇 **過** 合 約 喇 ！我看過合約了。
（不可以說成「我睇過咗合約。」）

Ngo5 dab3 **sai3** di1 men6 tei4 la3
我 答 **晒** 啲 問 題 喇 ！我所有問題都回答了。
（不可以說成「我答晒咗啲問題。」）

普通話「……了又……」，粵語要用「完」不是「咗」：

Néi5 men6 **yun4 yeo6** men6 yiu3 men6 géi2 do1 qi3
你 問 **完 又** 問 ， 要 問 幾 多 次 ？
你問了又問，要問幾次？

說明處理方式

22005. mp3

M⁴ yiu³ la³ cêu² xiu¹ **zo²** kêu⁵
唔要喇，取消**咗**佢。不要了，取消它。

Dai⁶ ga¹ fen¹ **zo²** di¹ geo³ wun⁴ med⁶ ji¹
大家分**咗**啲救援物資。
讓大家來分發救援物資。

Néi⁵ zen¹ hei⁶ sêng² séng⁴ ba² teo⁴ fad³ jin² **zo²** kêu⁵
你真係想成把頭髮剪**咗**佢？
你真的想把長髮剪掉？

Hou² coi² **mou⁵** dem² **zo²** gem¹ yed⁶ xin¹ yeo⁵ deg¹ yung⁶
好彩**冇**揼**咗**，今日先有得用。
幸虧沒扔了，今天才用上了。

命令句

Mai⁶ **zo²** ga³ cé¹ la¹
賣**咗**架車啦！把車賣掉吧！

Gem³ yid⁶ cêu⁴ **zo²** gin⁶ sam¹ la¹
咁熱，除**咗**件衫啦！那麼熱，把衣服脫下吧！

形容詞 +「咗 zo²」

22005. mp3

表示性狀變化：

Gem¹ yed⁶ tin¹ héi³ lêng⁴ **zo²**
今日天氣涼**咗**！今天的天氣轉涼了！

Xig⁶ do¹ **zo²** féi⁴ **zo²**
食多**咗**肥**咗**！多吃了變胖了！

提問的時候，要配合「有冇」、「係咪」：

Néi⁵ **yeo⁵ mou⁵** seo³ **zo²**
你**有冇**瘦**咗**？你有沒有瘦了？

Go³ zung¹ **hei⁶ mei⁶** man⁶ **zo²**
個 鐘 **係 咪** 慢 **咗** ？這時鐘是不是慢了？

形容感覺，像餓了、累了、睏了，粵語不可以加「咗」。例如：

Néi⁵ ngo⁶ m⁴ ngo⁶ a³
你 餓 唔 餓 呀 ？你餓了嗎？
（不可以問「你有冇餓咗呀？」、「你係咪餓咗呀？」或「你餓咗未呀？」）

Ngo⁵ hou² ngo⁶ a³
回答： 我 好 餓 呀 ！我餓了！
（不可以說「我餓咗」。）

Ngo⁵ gui⁶ dou³ séi² la³
我 攰 到 死 喇 ！我累死了！
不會講「我攰到死咗」，除非你想說因過勞死去。）

Néi⁵ ngan⁵ fen³ zeo⁶ hêu³ fen³ la¹
你 眼 瞓 就 去 瞓 啦 ！你睏了就睡吧！
不可以說「你眼瞓咗就去瞓啦。」）

19.11 完（完）

22005. mp3

動詞 +「完 yun⁴」

表示動作剛完成，粵語裏用得比普通話多：

Xig⁶ **yun⁴** fan⁶ bai² dei¹ wun² fai³ yeo⁶ fan¹ hêu³ dug⁶ xu¹
食 **完** 飯 擺 低 碗 筷 ， 又 返 去 讀 書 。
吃完飯才放下碗筷，又回去學習。

Seo² géi¹ ngam¹ ngam¹ ca¹ **yun⁴** din⁶
手 機 啱 啱 叉 **完** 電 。手機剛充了電。

Xi³ **yun⁴** yed¹ qi³ yeo⁶ yed¹ qi³
試 **完** 一 次 又 一 次 。試了一次又一次。

Ngo5 gem1 man5 gon2 **deg1 yun4** jin2 hou2 di1 pin2
我今晚趕**得完**剪好啲片。
我今晚可以趕得上完成剪輯視頻。

表示動作完成後緊接另一情況：

普通話更常用「後」，粵語也可以說「之後」。

Cung1 **yun4** lêng4 zeo6 fen3 gao3
沖**完**涼就瞓覺。
Cung1 lêng4 **ji1 heo6** zeo6 fen3 gao3
沖涼**之後**就瞓覺。
洗澡後就睡覺。

Ngo5 gin3 **yun4** yi1 seng1 hêu3 lo2 yêg6
我見**完**醫生去攞藥。
Ngo5 gin3 yi1 seng1 **ji1 heo6** hêu3 lo2 yêg6
我見醫生**之後**去攞藥。
我見醫生後去取藥。

說明假設條件出現後緊接另一情況：

Xig6 **yun4** fan3 m4 hou2 jig1 hag1 zou6 wen6 dung6
食**完**飯唔好即刻做運動。
食飯後不要立即做運動。

沒完成的說法：

Fong3 gung1 dou1 **zung6 méi6** hoi1 **yun4** wui2, king1 **m4 yun4** di1 yé5 ting1 yed6 gei3 zug6
放工都**仲未**開**完**會，傾**唔完**啲嘢聽日繼續。會議到下班還沒結束，談不完的，明天繼續。

Ngo5 **zeo6 lei4** tei2 **yun4** tou3 héi3, zung6 yeo5 seb6 fen1 zung1
我**就嚟**睇**完**套戲，仲有十分鐘。
我快要看完這電影，還有十分鐘。

想問完成了沒有：

Mai5 **yun4** yé5 **méi6** a3
買**完**嘢**未**呀？買完東西了嗎？

Mai5 **yun4** la3 Hêu3 béi2 qin2 la1
回答：買**完**喇。去畀錢啦！買完了。去付錢吧！

Méi6 a3 zung6 yeo5 yé5 yiu3 mai5
未呀！仲有嘢要買。

還沒！還有東西要買。

Néi5 **yeo5** **mou5** zou6 **yun4** fen6 gin3 yi5 xu1 a3
你**有冇**做**完**份建議書呀？

你有沒有完成建議書？

Zou6 **yun4** la3 Méi6 zou6 **yun4**
回答：做**完**喇！做完了！/ 未做**完**。還沒做完。

對比「完」和「咗」

「完」和「咗」用在動詞後都有完成、結束的意思，還可以連在一起用：

Yem2 **yun4** **zo2** bui1 ga3 fé1 zoi3 tim1 la1
飲**完咗**杯咖啡再添啦！

喝完了這杯咖啡再添吧！

普通話可以問「寫完了問卷嗎？」，也可以問「寫完問卷了嗎？」，「完」和「了」可以分開，但是粵語裏「完咗」不能分開，還要加「未」在後面。

Néi5 tin4 **yun4** **zo2** fen6 men6 gün2 **méi6** a3
你填**完咗**份問卷**未**呀？

「完」強調剛完成，「咗」可以完成了一段時間：

Ngo5 xig6 **zo2** fan6 xin1 hêu3 sêng5 tong4
我食**咗**飯先去上堂，

sêng5 **yun4** tong4 xig6 fan6 zeo6 tai3 ngo6
上**完**堂食飯就太餓。

我先吃了飯才去上堂，因為下課後吃飯就太餓。

19.12 晒（全部完成、非常）

22005. mp3

動詞 +「晒 sai3」強調全部完成

Ji1 xi2 dan6 gou1 yed1 cêd1 zeo6 **mai6 sai3**
芝士蛋糕一出就**賣晒**。奶酪蛋糕一出來就賣光。

Xig6 sai3 di1 yêg6 dou1 zung6 méi6 hou2 fan1
食晒啲藥都仲未好番。
吃完所有藥，病還沒好過來。

Yi5 ging1 **mou5 sai3** yen4 **zeo2 sai3** la3
已經**冇晒**人，**走晒**喇！
已經沒有人，全都離開了！

med1 yé5 dou1 **tei2 dou2 sai3**
乜嘢都**睇到晒**。全都看得到。

Ni1 go3 sêng1 cêng4 ngo5 ceng4 ceng4 dou1 **hang4 guo3 sai3**
呢個商場，我層層都**行過晒**。
這個商場的每一層都逛過了。

沒法全部完成的說法：

Tai3 do1 ji1 liu2 **tei2 m4 sai3**
太多資料，**睇唔晒**。太多資料，看不完。

m4 xig6 deg1 sai3 di1 yé5
唔食得晒啲嘢。不能吃完所有東西。

想問可不可以全部完成：

Di1 yen4 sêng5 **sai3** cé1 **méi6** a3
啲人上**晒**車**未**呀？所有人都上車了嗎？

Sêng5 **sai3** la3
回答：上**晒**喇！全都上車了！/
Méi6 a3 zung6 yeo5 géi2 go3 méi6 sêng5
未呀！仲有幾個未上。
還沒！還有幾個人沒上車。

Kêu5 déi6 **yeo5 mou5** xig6 **sai3** di1 yé5 a3
佢 哋 **有 冇** 食 **晒** 啲 嘢 呀 ？
他們有沒有吃光所有東西？

Xig6 **sai3**
回答： 食 **晒** 。吃完了。/
Mou5 xig6 **sai3** leo4 zo2 di1 béi2 néi5
冇 食 **晒** ， 留 咗 啲 畀 你 。
沒吃完，留了一點給你。

Kêu5 déi6 **xig6 m4 xig6 deg1 sai3** di1 yé5 a3
佢 哋 **食 唔 食 得 晒** 啲 嘢 呀 ？
他們能把所有東西都吃光嗎？

xig6 **deg1** **sai3** xig6 **m4** **sai3**
回答： 食 **得** **晒** 。可以吃完。/ 食 **唔** **晒** 。吃不完。

對比「完」和「晒」

「完」的重點在動作結束。「晒」是強調所有關涉的人和事物都完成一個動作。

Xig6 **yun4** fan6 yiu3 sei2 wun2
食 **完** 飯 要 洗 碗 。吃飯後要洗盤子。

Xig6 **sai3** fan6 mou5 fan6 la3
食 **晒** 飯 ， 冇 飯 喇 。米飯吃光了，沒有飯。

「完」和「晒」可以連用，強調動作完成，而且沒有遺漏：

Zou6 yun4 sai3 gung1 fo3 xin1 zên2 wan2
做 完 晒 功 課 先 准 玩 。寫完作業才可以玩。

Zou6 yun4 zo2 gung1 fo3 zeo6 wan2 deg1
做 完 咗 功 課 就 玩 得 。寫完作業就可以玩。

「完」可以跟「咗」連用，但是「晒」不能跟「咗」連用，不可以說「做咗晒」或「做晒咗」。

ii 表示非常，改變很大

M4 goi1 **sai3** néi5 bong1 ngo5 hoi1 mun4
唔該**晒**你幫我開門。非常感謝你替我開門。

Do1 zé6 **sai3** néi5 gé3 ji1 qi4
多謝**晒**你嘅支持。非常感謝你的支持。

Yen1 wei6 tung1 zêng3, med1 yé5 dou1 guei3 **sai3**
因為通脹，乜嘢都貴**晒**。
因為通脹，甚麼都貴了很多。

Kêu5 fa3 zo2 zong1 séng4 go3 léng3 **sai3**
佢化咗妝成個靚**晒**。她化妝後頓時漂亮了。

Seo2 seo2 gêg3 gêg3 dung3 dou3 ngang6 **sai3**
手手腳腳凍到硬**晒**。冷得手腳全僵硬了。

Yeo5 qin2 dai6 **sai3** mé1
有錢大**晒**咩？有錢就獨大，有特權嗎？

Bad1 xin1 men1 go3 yud6 geo3 **sai3** sei2
八千蚊個月夠**晒**使。
八千元一個月絕對足夠開銷。

Di1 dab3 on3 co3 **sai3**, co3 deg1 hou2 léi4 pou2
啲答案錯**晒**，錯得好離譜。
答案全錯了，而且錯得很厲害。

Ngo5 zég3 gêg3 béi2 men1 ngao5 dou3 zung2 **sai3**
我隻腳畀蚊咬到腫**晒**。
我的腿被蚊子叮得紅腫。

Ngo5 tei2 dou3 zeo3 **sai3** méi4 teo4
我睇到皺**晒**眉頭。我看得眉頭緊皺。

Kêu5 ni1 go3 yen4 m4 sêu1 deg1 **sai3**
佢呢個人唔衰得**晒**。因他這人不算壞透。

19.13 過（經驗、比較、重做）

22006. mp3

動詞＋「過 guo3」

說明經驗，用法跟普通話一樣：

Ngo5 xi3 **guo3** hou2 do1 qi3
我 試 **過** 好 多 次 。我試過很多次。

Lou5 xi1 **mou5** gao3 **guo3** ying1 goi1 m4 sei2 hao2 xi3
老 師 **冇** 教 **過** ， 應 該 唔 使 考 試 。
老師沒教過，應該不用考試。

Yeo5 hou2 do1 déi6 fong1 ngo5 **méi6** hêu3 **guo3**
有 好 多 地 方 我 **未** 去 **過** 。
有很多地方我還沒去過。

Néi5 **yeo5 mou5** gin3 **guo3** ni1 go3 yen4 a3
你 **有 冇** 見 **過** 呢 個 人 呀 ？
你有沒有見過這個人？

回答： gin3 **guo3** 見 **過** 。見過。 ／ **Mou5** gin3 **guo3** **冇** 見 **過** 。沒見過。

Néi5 lo2 **guo3** gun3 guen1 **méi6** a3
你 攞 **過** 冠 軍 **未** 呀 ？你拿過冠軍了嗎？

回答： Lo2 **guo3** 攞 **過** 。拿過了。 ／ Méi6 lo2 **guo3** 未 攞 **過** 。還沒拿過。

再做、重做：

普通話有「重頭來過」表示再來一次，這種「過」的用法粵語裏很常見，還經常配合「再」和「又」一起用：

Yung6 yun4 **zoi3** mai5 **guo3**
用 完 **再** 買 **過** 。用完了再買。

Sed[1] bai[6] zo[2] zeo[6] **cung[4] teo[4] lei[4] guo[3]** xi[3] dou[3] deg[1] wei[4] ji[2]
失 敗 咗 就 **重 頭 嚟 過** ， 試 到 得 為 止 。
失敗了就重頭來過，直到嘗試成功。

M[4] hei[6] a[6] ma[5] **Yeo[6]** lei[4] **guo[3]** Ngo[5] ding[2] m[4] sên[6] la[3]
唔 係 呀 嘛 ？ **又** 嚟 **過** ？ 我 頂 唔 順 喇 ！
不是吧？又再來一次？我受不了！

Lug[6] yem[1] hao[6] guo[2] m[4] hou[2] **yeo[6] zoi[3]** lug[6] **guo[3]**
錄 音 效 果 唔 好 ， **又 再** 錄 **過** 。
錄音效果不好，又重錄。

「過」也經常和表示另外一個的「第」一起用：

Ga[3] ba[1] xi[2] wai[6] zo[2] yiu[3] log[6] cé[1] dab[3] **guo[3] dei[6] ga[3]**
架 巴 士 壞 咗 ， 要 落 車 搭 **過 第 架** 。
這公共汽車壞了，要下車坐另外一台。

Ngo[5] sêng[2] co[5] **guo[3] dei[6] go[3] wei[2]**
我 想 坐 **過 第 個 位** 。 我想換到別的座位。

Ngo[5] déi[6] yêg[3] **guo[3] dei[6] xi[4]** gin[3] la[1]
我 哋 約 **過 第 時** 見 啦 ！
我們再約另外一天見面吧！

形容詞 +「guo[3] 過」

22006. mp3

用於比較：

Di[1] sei[1] gua[1] tim[4] **guo[3]** tong[4] sêu[2]
啲 西 瓜 甜 **過** 糖 水 。 這西瓜比糖水甜。

Ngo[5] xig[6] yim[4] do[1] **guo[3]** néi[5] xig[6] mei[5] ging[1] yim[6] fung[1] fu[3] **guo[3]** néi[5]
我 食 鹽 多 **過** 你 食 米 ， 經 驗 豐 富 **過** 你 。
我吃鹽比你吃米多，經驗比你豐富。
（粵語也可以說「經驗比你豐富」

Tiu[4] din[6] tei[1] man[6] dou[3] néi[5] ning[4] yun[2] hang[4] leo[4] tei[1] **hou[2] guo[3]**
條 電 梯 慢 到 你 寧 願 行 樓 梯 **好 過** 。
扶手電梯的速度慢得你覺得寧願走樓梯會更好。

Yeo5 go3 héi1 mong6 **hou2 guo3 mou5**
有 個 希 望 **好 過 冇** 。有希望總比沒有希望好。
（「好過冇」這説法像英語 better than nothing ）

「比不上」有幾種説法：

fa1 seng1 yeo4 gin6 hong1 **m4 guo3** gam3 lam2 yeo4
花 生 油 健 康 **唔 過** 橄 欖 油 。
花生油不比橄欖油健康。

dab3 déi6 tid3 **m4 hei6** fai3 **guo3** dab3 ba1 xi2
搭 地 鐵 **唔 係** 快 **過** 搭 巴 士 。
坐地鐵不是比坐公共汽車快。

Néi5 **m4** gou1 **deg1 guo3** kêu5
你 **唔** 高 **得 過** 佢 。你的身高比不上他。

wong4 gem1 guei3 **m4 deg1 guo3** jun3 ség6
黃 金 貴 **唔 得 過** 鑽 石 。黃金不比鑽石貴。

比較還可以加上程度：

Gem1 nin2 **zou2** dung3 **guo3** geo6 nin2
今 年 **早** 凍 **過** 舊 年 。今年比去年更早轉冷。

din6 tung2 guong1 **guo3** lab6 zug1 **hou2 do1**
電 筒 光 **過** 蠟 燭 **好 多** 。手電筒比蠟燭亮得多。

Ngo5 qi4 **guo3** kêu5 **xiu2 xiu2** dou3
我 遲 **過** 佢 **少 少** 到 。我比他晚一點來到。

Kêu5 gong2 yé5 **zung6** fai3 **guo3** géi1 guan1 cêng1
佢 講 嘢 **仲** 快 **過** 機 關 槍 。
他説話的速度比機關槍還要快。

Néi5 di1 fen1 sou3 **m4** gou1 deg1 **guo3** kêu5 **géi2 do1**
你 啲 分 數 **唔** 高 得 **過** 佢 **幾 多** 。
你的分數比他高不了多少。

19.14 番（回復）

22006. mp3

動詞＋「番 fan1」

表示回復本有或應有的狀態，「番」也可以寫成「返」或「翻」：

Dab3 cé1 heb1 ngan5 fen3, séng2 **fan1** yi5 ging1 dou3 zung2 zam6

搭車瞌眼瞓，醒**番**已經到總站。

坐車時打盹，醒來後已經到了終點站。

Go3 sei3 lou6 dai6 ham3, ma1 mi4 jig1 hag1 ség3 **fan1**

個細路大喊，媽咪即刻錫**番**。

孩子大聲哭，媽媽立即親他呵護，讓他不哭。

Yi5 wei4 gem2 mou6 **hou2 fan1**, dim2 ji1 dung3 yed1 dung3 yeo6 ked1 **fan1**

以為感冒**好番**，點知凍一凍又咳**番**。

以為感冒好過來了，誰料一冷又再咳嗽。

Kêu5 go3 béng6 hei6 dim2 yêng2 **yi1 fan1 hou2** ga3

佢個病係點樣**醫番好**㗎？

他的病是怎樣治好的？

Bun1 ug1 yiu3 wan4 **fan1 sai3** so2 xi4 béi2 yib6 ju2

搬屋要還**番晒**鎖匙畀業主。

搬家要退還所有鑰匙給業主。

Gin3 **fan1** ban1 tung4 hog6, **nem2 fan1 héi2** hou2 do1 hoi1 sem1 yé5

見**番**班同學，**諗番起**好多開心嘢。

同學重聚，回想起很多開心事。

不可以回復狀態：

Ni1 zung2 béng6 yeo5 yen4 yi1 deg1 fan1 hou2, yeo5 yen4 **yi1 m4 fan1**

呢種病有人醫得番好，有人**醫唔番**。

這種病有人可以治癒，有人治不好。

Xig6 m4 fan1 tung4 nin4 gé3 méi6 dou6

食唔番童年嘅味道。

M4 xig6 deg1 fan1 tung4 nin4 gé3 méi6 dou6

唔食得番童年嘅味道。

無法再嚐到童年的味道。

想問有沒有回復狀態：

Néi5 **yeo5** **mou5** cab3 **fan1** **hou2** go3 cab3 sou1 a3
你 **有** **冇** 插 **番** **好** 個 插 蘇 呀 ？
你有沒有把拔掉的插頭插回去？

　　Yeo5 cab3 **fan1** **hou2**
回答：**有** 插 **番** **好** 。有插回去。/
　　Méi6 cab3 **fan1**
　　未 插 **番** 。還沒插回去。

Néi5 did3 zo2 bou6 seo2 géi1 **zeb1** **m4** **zeb1** **deg1** **fan1** a3
你 跌 咗 部 手 機 **執** **唔** **執** **得** **番** 呀 ？
你丟了手機，能找回嗎？

　　zeb1 **deg1** **fan1**　　zeb1 **m4** **fan1**
回答：執 **得** **番** 。找回了。/ 執 **唔** **番** 。找不回。

對比「番」和「過」

「番」表示回復本有或應有的狀態。「過」表示再來一次：

Ni1 teo4 wen2 **fan1** zêng1 jing3, go2 teo4 yeo6 m4 gin3 **guo3**
呢 頭 搵 **番** 張 證 ，果 頭 又 唔 見 **過** 。
丟了的證件剛找回又再丟了。

Ngo5 déi6 yeo6 hêu3 **guo3** Tai3 Guog3 lêu5 heng4
我 哋 又 去 **過** 泰 國 旅 行 ，
yeo6 ju6 **fan1** sêng6 qi3 gan1 zeo2 dim3
又 住 **番** 上 次 間 酒 店 。
我們又去泰國旅遊，又再入住上一次的酒店。

19.15 匀（遍、均匀、平均）

22006. mp3

動詞 +「匀 wen⁴」

表示全面，或指一個完整過程，對應普通話「遍」：

Ngo⁵ yiu³ hêu³ **wen⁴** qun⁴ sei³ gai³ xig⁶ **wen⁴** qun⁴ sei³ gai³ hou² yé⁵
我要去**匀**全世界，食**匀**全世界好嘢。
我要走遍世界各地，嚐遍各地美食。

Men⁶ **wen⁴** yen⁴ hang⁴ **wen⁴** séng⁴ ceng⁴ leo² xin¹ wen² dou² gan¹ pou³
問**匀**人行**匀**成層樓先搵到間舖。
問過所有人，走遍全層樓才找到那家店。

Gem⁶ **wen⁴** **sai³** di¹ zei³ ga³ géi¹ dou¹ m⁴ yug¹
揿**匀晒**啲掣，架機都唔郁。
按遍了全部按鈕，機器還是不動。

gem⁶ guo⁴ sai³ di¹ zei³
可以說「揿過晒啲掣」（意思同樣是按遍了全部按鈕）

Tei² **wen⁴** gan¹ fong² mui⁵ go³ gog³ log¹
睇**匀**間房每個角落
Tei² **guo⁴** **sai³** gan¹ fong² mui⁵ go³ gog³ log¹
睇**過晒**間房每個角落
看遍房間每個角落

想問均匀不均匀：

Néi⁵ men⁶ **wen⁴** di¹ yen⁴ **méi⁶** a³
你問**匀**啲人**未**呀？
Néi⁵ **yeo⁵** **mou⁵** men⁶ **wen⁴** di¹ yen⁴ a³
你**有冇**問**匀**啲人呀？
你問過所有人了嗎？

men⁶ **wen⁴** la¹
回答：問**匀**啦！問遍了！／
méi⁶ men⁶ **deg¹** **wen⁴**
未問**得匀**。還沒問遍。

平均：

fen¹ **deg¹ wen⁴** béi² sei³ go³ yen⁴
分 **得 匀** 畀 四 個 人

ho² yi⁵ **ping⁴ guen¹** fen¹ béi² sei³ go³ yen⁴
可 以 **平 均** 分 畀 四 個 人

可以平均分給四個人

Zêng¹ di¹ med⁶ ji¹ pai³ **wen⁴** béi² di¹ yun⁴ gung¹
將 啲 物 資 派 **匀** 畀 啲 員 工 。

把物資平均分發給所有員工。

均匀：

lou¹ **wen⁴** di¹ min⁶
撈 **匀** 啲 麵　把麵條拌好

Di¹ yib³ liu² yiu³ ca⁴ **wen⁴** séng⁴ zég³ gei¹
啲 醃 料 要 搽 **匀** 成 隻 雞 。

Di¹ yib³ liu² yiu³ **guen¹ wen⁴** ca⁴ **sai³** séng⁴ zég³ gei¹
啲 醃 料 要 **均 匀** 搽 **晒** 成 隻 雞 。

把醃料均匀塗在雞的表面

表示不均匀時，加「唔」或「未」在前面：

Néi⁵ **méi⁶** gao² **wen⁴** di¹ tong⁴ bui¹ nai⁵ ca⁴ yem² dou³ dei² hou² tim⁴
你 **未** 攪 **匀** 啲 糖 ， 杯 奶 茶 飲 到 底 好 甜 。

你還沒把糖攪拌均匀，奶茶喝到底部就太甜。

Seb⁶ leb¹ tong¹ yun² fen¹ **m⁴ wen⁴** béi² sam¹ go³ yen⁴
十 粒 湯 丸 分 **唔 匀** 畀 三 個 人 。

十個湯圓不能平均分給三個人。

Sêu² tung⁴ yeo⁴ keo¹ **m⁴** keo¹ **deg¹ wen⁴** a³
水 同 油 溝 **唔** 溝 **得 匀** 呀 ？

水和油能拌得均匀嗎？

Keo¹ **deg¹ wen⁴**
回答：溝 **得 匀** 。可以拌得均匀。/

Keo¹ **m⁴ wen⁴**
溝 **唔 匀** 。不能拌得均匀。

19.16 齊（齊全、整齊） 22006. mp3

動詞 +「齊 cei4」

表示齊全：

Géi3 deg1 **lo2 cei4** yé5 zeo2 m4 hou2 leo6 zo2 ba2 zé1
記得**攞齊**嘢走，唔好漏咗把遮。
記得把所有的東西帶走，別忘了帶雨傘。

Wui6 so2 med1 yé5 qid3 xi1 dou1 **yeo5 cei4**
會所乜嘢設施都**有齊**。會所的設施齊全。

Méi6 gao1 cei4 fo3 béi2 go3 hag3 zêu1 dou3 seo3
未交齊貨，畀個客追到瘦。
還沒交上所有的貨，被客顧狂追。

Yeo5 mou5 dai3 cei4 di1 jing3 gin2 lei4 hoi1 ngen4 hong4 wu6 heo2 a3
有冇帶齊啲證件嚟開銀行戶口呀？
有沒有帶齊全證件來開銀行戶口？

回答：**Dai3 cei4** la1
帶齊啦！帶齊了！/
Dai3 m4 cei4 yiu3 fan1 hêu3 lo2
帶唔齊，要返去攞。沒帶全，要回去拿。

Néi5 **mai5 m4 mai5 deg1 cei4** di1 coi4 liu2 a3
你**買唔買得齊**啲材料呀？
你買得到全部材料嗎？

回答：**Mai5 deg1 cei4**
買得齊。都買得到。/
Mai5 m4 cei4
買唔齊。不是全買得到。

表示整齊：

Jin2 cei4 di1 teo4 fad3 m4 hou2 lün6 dou3 yed1 dêu1 cou2 gem2
剪齊啲頭髮，唔好亂到一堆草咁。
把頭髮修剪整齊，不要亂得像草。

Xu1 ga2 sêng6 gé3 xu1 **pag3 m4 cei4** qin4 qin4 heo6 heo6 gem2
書架上嘅書**拍唔齊**，前前後後咁。
書架上的書不是整齊並排，前前後後的。

19.17 起（起）

22006. mp3

動詞 +「起 héi2」

表示動作完成，達到目的：

Gem1 jiu1 ji3 **gon2 héi2** fen6 bou3 gou3
今朝至**趕起**份報告。
今天早上才趕起完成這個報告。

Seo1 héi2 di1 dung1 tin1 sam1
收起啲冬天衫。收起冬天的衣服。

表示動作開始，還會繼續下去：

Ngo5 dou1 m4 ji1 yeo4 bin1 dou6 **gong2 héi2**
我都唔知由邊度**講起**。
我不知道該從何說起。

Fu6 **héi2** sé5 wui2 zag3 yem6 yeo4 go3 yen4 **zou6 héi2**
負**起**社會責任，由個人**做起**。
負起社會責任，由個人開始。

表示關涉到某事物：

Gong2 héi2 yi5 qin4 dug6 xu1 dai6 ga1 zeo6 **men6 héi2** di1 tung4 hog6 yi4 ga1 dim2
講起以前讀書，大家就**問起**啲同學而家點。
說起從前唸書的日子，大家就問起同學現在怎麼樣。

Ngo5 **géi3 héi2** yeo5 di1 yé5 méi6 zou6 dan6 **nem2 m4 héi2** hei6 med1
我**記起**有啲嘢未做，但**諗唔起**係乜。
我想起有事情還沒做，但是想不起是甚麼。

Eo1 héi2 gem3 do1 wui4 yig1 kêu5 **yeo5 mou5** tei4 **héi2 guo3** ngo5
勾起咁多回憶，佢**有冇**提**起過**我？
勾起那麼多回憶，他有沒有提起過我？

起來，由下向上：

Yeo4 yu4 gong1 **lao4 héi2** tiu4 yu2
由魚缸**撈起**條魚。從魚缸把魚撈起。

Hag3 dou3 **dan6 héi2** séng4 go3 kéi5 héi2 sen1
嚇到**彈起**，成個企起身。
嚇得跳起來，站起來了。

Cung5 dou3 **ling1 m4 héi2**
重到**擰唔起**。重得拿不起來。

表示有能力承擔：

Ngo5 **yêng5 deg1 héi2** séng4 teo4 ga1
我**養得起**成頭家。我有能力養得起一個家。

Ngo5 **mai5 m4 héi2** ni1 ga3 cé1
我**買唔起**呢架車。我買不起這台汽車。

Néi5 **wan4 m4 wan4 deg1 héi2** gem3 dai6 bed1 zai3 a3
你**還唔還得起**咁大筆債呀？
你償還得起這一大筆債嗎？

動詞 +「起上嚟 héi2 sêng5 lei4」

表示開始：

Kêu5 déi6 wei6 zo2 qin2 **cou4 héi2 sêng5 lei4**
佢哋為咗錢**嘈起上嚟**。他們為了錢鬧起來。

Kêu5 **xiu3 héi2 sêng5 lei4** yeo5 lêng5 go3 zeo2 leb1
佢**笑起上嚟**有兩個酒凹。
他笑起來有兩個酒窩。

表示估計：

Kêu5 go3 yêng2 **tei2 héi2 sêng5 lei4** béi2 sed6 zei3 dai6
佢 個 樣 **睇 起 上 嚟** 比 實 際 大 。
他的樣子看起來比實際年紀大。

19.18 埋（一起、完成、輕蔑、靠近）

22006. mp3

動詞＋「埋 mai4」

一起、連帶：

Néi5 **tung4 mai4** ngo5 yed1 cei4 zeo6 mou5 yeo5 pa3
你 **同 埋** 我 一 齊 就 冇 有 怕 。
你和我一起就甚麼都不用怕。

Tou3 can1 **lin4 mai4** yem2 yé5 gé3
套 餐 **連 埋** 飲 嘢 嘅 。套餐連飲料的。

Dai3 **mai4** néi5 di1 peng4 yeo5 lei4 wan2
帶 **埋** 你 啲 朋 友 嚟 玩 。
連你的朋友也帶來一起玩吧。

Zeo2 dim3 yeo5 **mai4** ji6 zo6 zou2 can1
酒 店 有 **埋** 自 助 早 餐 。
酒店也有自助早餐。

Deng2 **m4** deng2 **mai4** ngo5 yed1 cei4 zeo2 a3
等 **唔** 等 **埋** 我 一 齊 走 呀 ？
你等我，我們一起離開，好嗎？

Hou2 ag3 , deng2 mai4 néi5
回答： 好 呃 ， 等 埋 你 。好的，可以等你一起走。/
M4 deng2 sai3 . Zeo2 xin1 la3
唔 等 喇 。 走 先 喇 。不等了。我先走了。

把已在進行的動作繼續直至完畢：

Zou6 **mai4** di1 seo2 méi5 zeo6 seo1 gung1
做**埋**啲手尾就收工。
把手頭的工作完成就下班。

Hou2 bao2 la3 xig6 **m4 mai4** di1 min6
好飽喇，食**唔埋**啲麵。
太飽了，吃不完剩下的麵條。

Kêu5 déi6 **yeo5 mou5** xig6 **mai4** di1 yé5 a3
佢哋**有冇**食**埋**啲嘢呀？
他們有沒有把剩下的東西吃完？

Xig6 sai3 la1
回答：食晒啦！吃完了！/
Mou5 a3 xig6 **m4 mai4** jing6 zo2 di1
冇呀！食**唔埋**，淨咗啲。
沒吃完，剩了一些。

Néi5 mai6 **m4** mai6 **deg1 mai4** di1 fo3 a3
你賣**唔**賣**得埋**啲貨呀？
你能賣得完剩下的貨品嗎？

Mai6 **mai4** / Mai6 **m4 mai4**
回答：賣**埋**。可以賣完。/ 賣**唔埋**。賣不完。

輕蔑：

Xig1 **mai4 di1** ju1 peng4 geo2 yeo5 hog6 dou3 wai6 sai3
識**埋啲**豬朋狗友，學到壞晒。
他認識的都是狐朋狗友，把他帶壞了。

Mai5 **mai4 di1** mou5 yung6 gé3 yé5
買**埋啲**冇用嘅嘢。總愛買些沒用的東西。

Kêu5 zou6 **mai4 di1** m4 gin3 deg1 guong1 gé3 yé5
佢做**埋啲**唔見得光嘅嘢。
他在做見不得光的事。

靠近：

Ngo⁵ hang⁴ **mai⁴** hêu³ cong⁴ bin¹ tung⁴ kêu⁵ king¹ gei²
我 行 **埋** 去 牀 邊 同 佢 傾 偈 。
我走近床邊跟他聊天。

M⁴ goi¹ dai⁶ ga¹ pai⁴ dêu² pai⁴ **mai⁴** yed¹ bin⁶ m⁴ hou² zo² ju⁶ tiu⁴ lou⁶
唔 該 大 家 排 隊 排 **埋** 一 便 ， 唔 好 阻 住 條 路 。請大家靠到旁邊排隊，不要阻礙通道。

M⁴ geo³ wei² dai⁶ ga¹ big¹ **mai⁴ di¹** co⁵ **mai⁴** yed¹ zêng¹ toi²
唔 夠 位 ， 大 家 逼 **埋 啲** ， 坐 **埋** 一 張 枱 。
座位唔夠，大家擠近一點，坐在一桌。

Néi⁵ sug¹ **mai⁴** hei² gog³ log¹ teo² ngo⁵ tei² m⁴ dou² néi⁵
你 縮 **埋** 喺 角 落 頭 ， 我 睇 唔 到 你 。
你躲在角落，我看不到你。

19.19 對比「完」、「咗」、「過」、「埋」、「起」、「好」、「成」、「晒」、「齊」

這些字配合動詞都有完成的意思，不過使用的情景略有不同。否定的時候都在前面加「未」，例如「未食完」、「未食晒」。

「完」表示動作剛完成： 22006. mp3

Ngam¹ ngam¹ xig⁶ **yun⁴** fan⁶ fong³ dei¹ fai³ ji²
啱 啱 食 **完** 飯 放 低 筷 子 。
剛吃完飯放下筷子。

「咗」強調動作已經完成，結束了：

Ngo⁵ xig⁶ **zo²** fan⁶ m⁴ ngo⁶
我 食 **咗** 飯 ， 唔 餓 。我食飯了，不餓。

「過」表示有這種經驗：

Ngo5 xig6 **guo3** ga3 léi1 ngeo4 nam5 fan6 hou2 hêng1
我食**過**咖喱牛腩飯，好香。
我吃過咖喱牛腩飯，很香。

「埋」表示把已在進行的動作繼續直至完畢：

Xig6 **mai4** di1 fan6 m4 hou2 jing6 fan1 yed1 dam6
食**埋**啲飯，唔好淨番一啖。
吃完這些米飯，不要剩下一口。

「起」表示完成特定目標：

Zou6 **héi2** fen6 gin3 yi5 xu1 béi2 go3 hag3
做**起**份建議書畀個客。寫成了建議書給客戶。

「好」表示好好完成：

Béi2 sem1 géi1 zou6 **hou2** fen6 gin3 yi5 xu1
畀心機做**好**份建議書。用心做好建議書。

「成」表示成功完成：

Zou6 **séng4** yed1 dan1 sang1 yi3
做**成**一單生意。做成了生意，達成交易。

「晒」是指所有關涉的人和事物都完成一個動作：

Di1 fan6 xig6 **sai3** mou5 jing6 la3
啲飯食**晒**，冇淨喇！
米飯吃光了，沒有剩下！

「齊」表示集合齊全：

Giu3 **cei4** yen4 xig6 fan6 séng4 dêu6 yen4 zêu6 yed1 zêu6
叫**齊**人食飯，成隊人聚一聚。
叫整個團隊的人都來吃飯，一起聚一聚。

19.20 開（遠離、順便、習慣）

22007. mp3

動詞 +「開 hoi1」

遠離：

M4 goi1 zé3 **hoi1** di1 Tei2 ju6 heo6 bin6 yeo5 yen4
唔該借**開**啲！睇住後便有人。
請讓開！小心後面有人。

Ngo5 hang4 **hoi1** hêu3 guei6 toi2 béi2 qin2
我行**開**去櫃台畀錢。我走到櫃台付款。

Zeb1 bin1 go3 yen4 ai1 mai4 lei4 ngo5 mei6 sug1 **hoi1** lo1
側邊個人挨埋嚟，我咪縮**開**囉。
身旁那人靠過來，我只好躲開。

順便：

Néi5 cêd1 **hoi1** gai1 bong1 ngo5 dem2 lab6 sab3 la1
你出**開**街，幫我揼垃圾啦。
你上街時順便替我扔垃圾。

Ging1 **hoi1** déi6 tid3 zam6 **sên6 bin2** gem6 qin2
經**開**地鐵站，**順便**撳錢。
經過地鐵站，順便去提款機拿錢。

Néi5 sei2 **hoi1** wun2 **sên6 seo2** sei2 mai4 ngo5 zég3 bui1 la1
你洗**開**碗，**順手**洗埋我隻杯啦！
你洗盤子，順便也洗我的杯子吧！

習慣：

Ngo5 hêu3 **hoi1** Tung4 Lo4 Wan1 gé3 fen1 dim3
我去**開**銅鑼灣嘅分店。我常去銅鑼灣的分店。

Gong2 **hoi1** yeo6 gong2, néi5 yung6 **hoi1** zég3 wu6 fad3 sou3 ma4 ma2 déi2
講**開**又講，你用**開**隻護髮素麻麻哋。
順便說一下，你平常用的護髮素質量一般般。

Ngo5 tei2 **hoi1** zung1 yi1, xig6 m4 guan3 sei1 yêg6
我睇**開**中醫，食唔慣西藥。
我習慣了看中醫，不慣吃西藥。

如果要說平常沒有看中醫：

Ngo5 **m4** tei2 **hoi1** zung1 yi1 / Ngo5 **mou5 tei2 hoi1** zung1 yi1
我**唔**睇**開**中醫 / 我**冇睇開**中醫。
（要是說：「睇唔開 tei2 m4 hoi1」就變成「看不開」）

Néi5 **ping4 xi4 yeo5 mou5** zou6 **hoi1** wen6 dung6 a3
你**平時有冇**做**開**運動呀？
你平常有沒有做運動？

Ngo5 **mou5** zou6 **hoi1** wen6 dung6, pao2 lêng5 pao2 zeo6 sog3 héi3
我**冇**做**開**運動，跑兩跑就索氣。
我沒有做運動的習慣，跑一下就氣喘。

動詞 +「開」和「慣」都表示習慣：

Ngo5 **xig6 hoi1** ni1 zég3 heo4 tong2
我**食開**呢隻喉糖。
Ngo5 **xig6 guan3** ni1 zég3 heo4 tong2
我**食慣**呢隻喉糖。
我習慣吃這種喉糖。

「慣」可以和「咗」一起用，「開」就不可以，沒有「食開咗」：

Ngo5 xig6 **guan3 zo2** ni1 zég3 heo4 tong2
我食**慣咗**呢隻喉糖。我習慣了吃這種喉糖。

Ngo5 **m4** xig6 **hoi1** ni1 zég3 heo4 tong2
我**唔**食**開**呢隻喉糖。
Ngo5 xig6 **m4 guan3** ni1 zég3 heo4 tong2
我食**唔慣**呢隻喉糖。
我吃不慣這種喉糖。

Néi5 **yeo5 mou5** xig6 **hoi1** ni1 zég3 heo4 tong2 a3

你 **有 冇** 食 **開** 呢 隻 喉 糖 呀 ？

Néi5 **guan3 m4 guan3** xig6 ni1 zég3 heo4 tong2 a3

你 **慣 唔 慣** 食 呢 隻 喉 糖 呀 ？

你習慣吃這種喉糖嗎？

19.21 親（每次、受傷） 22007. mp3

動詞 +「親 cen1」

每次：

Gin3 **cen1** kêu5 dou1 wan2 gen2 seo2 géi1

見 **親** 佢 都 玩 緊 手 機 。

不郎甚麼時候見到他都在玩手機。

Di1 hag3 lei4 **cen1** sed6 giu3 ni1 go3 jiu1 pai4 coi3

啲 客 嚟 **親** 實 叫 呢 個 招 牌 菜 。

每次客人來到，一定點這個招牌菜。

Men6 cen1 kêu5 med1 dou1 wa6 m4 ji1

問 親 佢 乜 都 話 唔 知 。

每次問他，不管甚麼，他都説不知道。

受傷：

M4 xiu2 sem1 **zong6 cen1**, zég3 seo2 yu2 zo2

唔 小 心 **撞 親** ， 隻 手 瘀 咗 ！

不小心撞傷了，手上有瘀血！

Ngo5 tég3 bo1 **tég3 cen1** zég3 gêg3, hang4 lou6 ged6 ha5 ged6 ha5

我 踢 波 **踢 親** 隻 腳 ， 行 路 趷 吓 趷 吓 。

我踢球踢傷了腿，腳走路一拐一拐。

Hang4 lou6 m4 xiu2 sem1 **did3 cen1**, go3 sed1 teo4 xun2 sai3

行 路 唔 小 心 **跌 親** ， 個 膝 頭 損 晒 。

走路不小心跌傷，膝蓋擦傷得很嚴重。

Qid3 cen1 zég3 seo2 yiu3 jig1 hag1 qi1 gao1 bou3
切 親 隻 手 要 即 刻 黐 膠 布 。
被刀子切傷了手，要立即貼上創可貼。

粵語也會說「傷」：

Béi2 coi3 dou1 **qid3 sêng1** zég3 seo2
畀 菜 刀 **切 傷** 隻 手 。
被菜刀切傷了手。

Did3 sêng1 go3 sed1 teo4
跌 傷 個 膝頭。
跌傷了膝蓋。

生病、不舒服：

Tai3 big1 yen4 la3 Ngo5 béi2 yen4 **cai2 cen1** hai4 dou1 led1 mai4
太 逼 人 喇 ！ 我 畀 人 **踩 親** ， 鞋 都 甩 埋 。
太擠了！我被人踩到，鞋子都脱了。

Hei6 tai3 yid6 **lad3 cen1** zêu2 ding6 hei6 béi2 lad6 jiu1 **lad6 cen1**
係 太 熱 **辣 親** 嘴 ， 定 係 畀 辣 椒 **辣 親** ？
是因為太熱燙了嘴巴，還是被辣椒嗆住？

Fen3 gao3 mou5 kem2 péi5 **lang5 cen1** kuong4 leo4 béi6 sêu2
瞓 覺 冇 冚 被 **冷 親** ， 狂 流 鼻 水 。
睡覺的時候沒蓋好被子着涼了，不停流鼻水。

心裏不好受：

Néi5 gem3 og3 **hag3 cen1** di1 sei3 lou6
你 咁 惡 ， **嚇 親** 啲 細 路 。
你這樣兇，嚇壞了孩子。

Ngo5 béi2 a3 sê4 di1 léi5 lên6 **mun6 cen1**
我 畀 阿 sir 啲 理 論 **悶 親** ，
yen2 m4 ju6 da2 ham3 lou6
忍 不 住 打 喊 露 。
聽老師講理論在太沉悶，我忍不住打哈欠。

19.22 定（還是選擇、預先作準備）

22007. mp3

定 ding6

還是選擇：

Hei2 dou6 xig6 **ding6** ling1 zeo2 a3
喺 度 食 **定** 拎 走 呀 ？
在這裏吃還是帶走？

Néi5 yiu yid6 **ding6** dung3 ling4 mung1 ca4 a3
你 要 熱 **定** 凍 檸 檬 茶 呀 ？
熱的還是冰的檸檬茶？

Ngo5 déi6 dab3 ba1 xi2 **ding6** **hei6** dig1 xi2 a3
我 哋 搭 巴 士 **定** **係** 的 士 呀 ？
我們坐公車還是出租車？

動詞 +「定 ding6」，意思是預先作準備：

Hoi1 **ding6** toi2 zên2 béi6 xig6 fan6
開 **定** 枱 準 備 食 飯 。
擺開桌子，準備吃飯。

Zeb1 **ding6** heng4 léi5 cêu4 xi4 cêd1 fad3 hêu3 lêu5 heng4
執 **定** 行 李 ， 隨 時 出 發 去 旅 行 。
先收拾好行李，隨時出發去旅遊。

Dai3 **ding6** di1 gao1 doi2 cêd1 gai1 mai5 yé5
帶 **定** 啲 膠 袋 出 街 買 嘢 。
上街買東西前先帶上塑料袋。

Néi5 **nem2** **ding6** dim2 tung4 kêu5 gai2 xig1 la1
你 **諗** **定** 點 同 佢 解 釋 啦 ！
你先想好怎麼跟他解釋吧！

20.1 同（和、跟、為、向、代勞、命令）

22101. mp3

同 tung4

和、跟

Ngo5 **tung4** peng4 yeo5 hêu3 tei2 héi3
我 **同** 朋 友 去 睇 戲 。
我和朋友去看電影。

Néi5 **tung4** bin1 go3 yed1 cei4 a3
你 **同** 邊 個 一 齊 呀 ？
你跟誰在一起？

Ling1 ju6 deng1 géi1 jing3 **tung4** wu6 jiu3 sêng5 géi1
拎 住 登 機 證 **同** 護 照 上 機 。
拿着登機證和護照上飛機。

「同」可以説成「同埋」：

Ngo5 **tung4 mai4** néi5 yed1 cei4 hêu3 mai5 yé5 la1
我 **同 埋** 你 一 齊 去 買 嘢 啦 。
我和你一起去買東西吧。

Zêng1 di1 sêng2 **tung4 mai4** sên3 fong3 yeb6 go3 sêng1
將 啲 相 **同 埋** 信 放 入 個 箱 。
把照片和信放進箱子裏。

想説不是一起：

Ngo5 **m4 tung4** néi5 xig6 fan6
我 **唔 同** 你 食 飯 。
我不和你一起吃飯。

Ngo^5 **m^4 tung^4 deg^1** néi^5 hêu^3 lêu^5 heng^4
我 **唔 同 得** 你 去 旅 行 。我不可以跟你一起去旅遊。

Ngo^5 **mou^5 tung^4** peng^4 yeo^5 hêu^3 tei^2 héi^3
我 **冇 同** 朋 友 去 睇 戲 。我沒有和朋友去看電影。

想問是不是一起：

Tung^4 m^4 tung^4 ngo^5 déi^6 da^2 bin^1 lou^4 a^3
同 唔 同 我 哋 打 邊 爐 呀 ？
你要不要跟我們一起吃火鍋？

Dé^1 di^1 **hei^6 mei^6 tung^4** zei^4 zei^2 da^2 gen^2 géi^1 a^3
爹 哋 **係 咪 同** 仔 仔 打 緊 機 呀 ？
爸爸是不是跟兒子在打機？

Néi^5 **yeo^5 mou^5 tung^4** kêu^5 hêu^3 guo^3 lêu^5 heng^4
你 **有 冇 同** 佢 去 過 旅 行 ？
你有沒有跟他一起去過旅遊？

為

Ngo^5 **tung^4** dai^6 ga^1 zeng^1 cêu^2 fug^1 léi^6
我 **同** 大 家 爭 取 福 利
我為大家爭取福利

向、對

Ngo^5 **tung^4** gung^1 xi^1 céng^2 zo^2 ga^3
我 **同** 公 司 請 咗 假 我向公司請假了

Ngo^5 bong^1 néi^5 **hêng^3** fad^3 gun^1 keo^4 qing^4
我 幫 你 **向** 法 官 求 情 我替你向法官求情

Kêu^5 **tung^4** ngo^5 gong^2 héi^2 guo^3 ni^1 gin^6 xi^6
佢 **同** 我 講 起 過 呢 件 事 。他對我説起過這件事。

Kêu^5 **mou^5 tung^4** ngo^5 tei^4 guo^3
佢 **冇 同** 我 提 過 。他沒有對我提過。

用作比較異同

Gem1 nin2 **tung4** qin4 nin2 gé3 qing4 fong3 yed1 yêng6
今 年 **同** 前 年 嘅 情 況 一 樣 。
今年和前年的情況一樣。

Yen4 **tung4** cug1 seng1 yeo5 mé1 fen1 bid6
人 **同** 畜 生 有 咩 分 別 ？
人類跟畜生有甚麼區別？

Tung4 yen4 **m4** **tung4** méng6
同 人 **唔** **同** 命 。 同是人卻各有各的命運。

用來命令

Néi5 **tung4** ngo5 seo1 séng1
你 **同** 我 收 聲 ！ 你給我住口！

Néi5 **tung4** ngo5 kéi5 hei2 dou6
你 **同** 我 企 喺 度 ！ 你站住！不要動！

用作代勞

Néi5 **tung4** ngo5 mai5 yed1 go3 deg1 m4 deg1 a3
你 **同** 我 買 一 個 得 唔 得 呀 ？
你給我買一個，可以嗎？
（這一句的意思也可以是「我可以和你兩個人買一個嗎？」）

要説清楚是代勞，可以用「幫」：

Néi5 **bong1** ngo5 mai5 yed1 go3 deg1 m4 deg1 a3
你 **幫** 我 買 一 個 得 唔 得 呀 ？

另一個例子：

Ma1 mi4 **tung4** a3 zei2 zou6 gung1 fo3
媽 咪 **同** 阿 仔 做 功 課
（意思可以是「媽媽替兒子寫作業」或「媽媽陪着兒子寫作業」）

如果想講得清楚：

Ma¹ mi⁴ **bong¹** a³ zei² zou⁶ gung¹ fo³
媽 咪 **幫** 阿 仔 做 功 課 。
媽媽替兒子寫作業。

Ma¹ mi⁴ **pui⁴** a³ zei² zou⁶ gung¹ fo³
媽 咪 **陪** 阿 仔 做 功 課 。
媽媽陪兒子寫作業。

20.2 都（都、也）

22101. mp3

都 dou¹

「都」的用法跟普通話一樣，還包括普通話「也」的用法。粵語不說「也」：

表示全部

Ngo⁵ ni¹ go³ xing¹ kéi⁴ **dou¹** hou² mong⁴
我 呢 個 星 期 **都** 好 忙 。我這星期都很忙。

Yed¹ yed⁶ sam¹ can¹ **dou¹** hei² ug¹ kéi² ju²
一 日 三 餐 **都** 喺 屋 企 煮 。
每天三頓飯都在家裏做。

Kêu⁵ qun⁴ ga¹ **dou¹** hei⁶ yi¹ seng¹
佢 全 家 **都** 係 醫 生 。他全家都是醫生。

表示已經

Di¹ fa¹ **dou¹** hoi¹ zo² séng⁴ go³ yud⁶ zung⁶ hei⁶ dim² tei² **dou¹** gem³ léng³
啲 花 **都** 開 咗 成 個 月，仲 係 點 睇 **都** 咁 靚 。
這花已經開了一整個月，還是怎麼看都覺得美。

Yen4 yen4 **dou1** ji1 ni1 gin6 xi6 **dou1** m4 hei6 béi3 med6 la1
人人**都**知呢件事，**都**唔係秘密啦。
每個人都知道這件事，已經不是秘密。

Dou1 géi2 seb6 sêu3 la1 **dou1** m4 xig1 jiu3 gu3 ji6 géi2
都幾十歲啦！**都**唔識照顧自己。
都已經幾十歲了！還是不懂照顧自己。

表示強調

Jig6 hong4 géi1 **dou1** yiu3 féi1 seb6 go3 zung1 teo4
直航機**都**要飛十個鐘頭。
直航機也要飛十一個鐘頭。

Diu3 géng2 **dou1** yiu3 teo2 ha5 héi3 wan2 ha5 seo2 géi1 **dou1** m4 deg1
吊頸**都**要抖吓氣，玩吓手機**都**唔得？
再忙也需要休息一下，玩一下手機都不可以嗎？

Kêu5 men6 **dou1** m4 men6 zeo6 lo2 zo2 ngo5 di1 yé5
佢問**都**唔問就攞咗我啲嘢。
他問都不問就拿了我的東西。

Yed1 dam6 sêu2 **dou1** mou5 yem2 guo3
一啖水**都**冇飲過。
都沒喝過一口水。

Kêu5 m4 lei4 **dou1** hou2 **dou1** mou5 yen4 jiu1 fu1 kêu5
佢唔嚟**都**好，**都**冇人招呼佢。
他不來也好，根本沒人接待他。

Seo1 m4 fan1 qin2 ngo5 **dou1** xun3 la3 dou1 fei3 xi6 zêu1 kêu5
收唔番錢我**都**算喇，都費事追佢。
收不到錢也算了，也懶得向他追討。

Kêu5 **dou1** qi1 xin3 gé3
佢**都**黐線嘅。
他是神經病的。

有些連用句式用「都」，普通話也有這樣的說法：

Zeo^{6} xun^{3} néi^{5} m^{4} ngam^{1} téng^{1} ngo^{5} **dou^{1}** yiu^{3} gong^{2} ga^{3} la^{3}
就算你唔啱聽我**都**要講㗎嘞。
就算你不想聽我也要說。

Lin^{4} sei^{3} lou^{6} **dou^{1}** ha^{1} kêu^{5} **dou^{1}** géi^{2} cam^{2}
連細路**都**蝦佢，**都**幾慘。
連小孩都欺負他，也挺可憐。

Mou^{4} lên^{6} hêu^{3} dou^{3} bin^{1} **dou^{1}** gem^{3} seo^{6} fun^{1} ying^{4}
無論去到邊**都**咁受歡迎。
無論到哪裏都同樣受歡迎。

表示同樣，即普通話「也」

Néi^{5} hêu^{3} ngo^{5} **dou^{1}** hêu^{3}
你去，我**都**去。你去，我也去。

Ngo^{5} m^{4} ji^{1} **dou^{1}** m^{4} sêng^{2} ji^{1}
我唔知，**都**唔想知。我不知道，也不想知道。

Ngo^{5} **dou^{1}** hêu^{3} dab^{3} ba^{1} xi^{2} yed^{1} cei^{4} hang^{4} la^{1}
我**都**去搭巴士，一齊行啦。
我也去坐公車，一起走吧。

「都係」說明結果或理由，普通話是「還是」、「就是」

22101. mp3

Gid^{3} guo^{2} **dou^{1} hei^{6}** bed^{1} liu^{5} liu^{5} ji^{1}
結果**都係**不了了之。
到最後還是不了了之。

Ngo^{5} hog^{6} tan^{4} kem^{4} **dou^{1} hei^{6}** yen^{1} wei^{6} néi^{5}
我學彈琴，**都係**因為你。
我學彈鋼琴，都是因為你。

Dou^{1} hei^{6} néi^{5} m^{4} hou^{2} lin^{1} lêu^{6} zo^{2} yen^{4}
都係你唔好，連累咗人。
都是你不好，連累了別人。

「都」的特色用法

動詞 +「極都」，後面接否定式，表示怎麼也不能夠：

Ngo5 deng2 **gig6 dou1 m4** gin3 yen4 lei4 zeo6 fan1 zo2 ug1 kéi2
我 等 **極 都 唔** 見 人 嚟 就 返 咗 屋 企 。
我等到最後不見一個人來就回家了。

Ngo5 deng2 **gig6 dou1 méi6** gin3 yen4 lei4
我 等 **極 都 未** 見 人 嚟 。
我等了很久還不見一個人來。（其他人都遲到）

Ngo5 deng2 **gig6 dou1 mou5** yen4 lei4
我 等 **極 都 冇** 人 嚟 。
我一直等，沒有一個人來。

Dêu3 ju6 go3 dai6 hoi2 mong6 **gig6 dou1 m4** yim3
對 住 個 大 海 ， 望 **極 都 唔** 厭 。
面對着大海，看多久都不會厭倦。

Zen1 hei6 xin6 mou6 néi5 xig6 **gig6 dou1 m4** féi4
真 係 羨 慕 你 ， 食 **極 都 唔** 肥 。
真羨慕你，怎麼吃也不胖。

「一啲都」就像普通話的「一點也不」

Biu2 yin6 **yed1 di1 dou1 m4** jun1 yib6
表 現 **一 啲 都 唔** 專 業 。 表現一點也不專業。

Néi5 **yed1 di1 dou1 mou5** bin3 guo3
你 **一 啲 都 冇** 變 過 。 你一點也沒變。

「都罷」就像普通話的「不也罷」：

Ni1 di1 gem3 mun6 gé3 zeo2 wui2 hêu3 m4 hêu3 **dou1 ba6**
呢 啲 咁 悶 嘅 酒 會 去 唔 去 **都 罷** 。
這種無聊的酒會不去也罷。

「一日都係」表示責怪別人處事不當：

Yed¹ yed⁶ dou¹ hei⁶ néi⁵ lan⁵ xi⁶ qin⁴ mou⁵ cég¹ qing¹ co²
一日都係你懶，事前冇check清楚。
只怪你懶惰，事前沒檢查清楚。

Yed¹ yed⁶ dou¹ hei⁶ kêu⁵ mou⁵ guei² yung⁶ m⁴ xig¹ wen² qin²
一日都係佢冇鬼用，唔識搵錢。
只怪他沒一點用處，不懂賺錢。

20.3 仲（還）

22101. mp3

仲 zung⁶

正寫是「重」，不過香港人一般寫「仲」。

還是不變

Log⁶ yun⁴ yu⁵ méi⁶ a³
A：落完雨未呀？停雨了嗎？

Méi⁶ a³ **Zung⁶** log⁶ gen² yu⁵
B：未呀。**仲**落緊雨。
還沒有停，還在下雨。

Kêu⁵ **zung⁶ hei⁶** gem³ yeo⁵ hing³ cêu³ hog⁶ log⁶ hêu³
佢**仲係**咁有興趣學落去。
他還是那麼有興趣學下去。

粵語也可以說「仍然」表示不變：

Ngo⁵ téng¹ zo² géi² qi³ **zung⁶ hei⁶** m⁴ ming⁴
我聽咗幾次**仲係**唔明。
Ngo⁵ téng¹ zo² géi² qi³ **ying⁴ yin⁴** m⁴ ming⁴ bag⁶
我聽咗幾次**仍然**唔明白。
我聽了幾次還是不明白。

還有

Ngo5 **zung6** **yeo5** hou2 do1 gei3 wag6 méi6 yun4 xing4
我 **仲** **有** 好 多 計 劃 未 完 成 。
我還有很多計劃沒有完成。

Ngo5 **zung6** **yeo5** yed1 go3 béi3 med6 bao3 béi2 néi5 ji1
我 **仲** **有** 一 個 秘 密 爆 畀 你 知 。
我還有一個秘密要告訴你。

Gao1 wun6 yun4 lei5 med6 **zung6** **yeo5** ceo1 zêng2
交 換 完 禮 物 **仲** **有** 抽 獎 。
交換禮物後還有抽獎。

想説還沒有：

Ngo5 **zung6** **méi6** küd3 ding6 dim2 zou6
我 **仲** **未** 決 定 點 做 。
我還沒決定怎樣做。

Kêu5 **zung6** **hei6** gem3 ei2 **zung6** **méi6** fad3 yug6
佢 **仲** **係** 咁 矮 ， **仲** **未** 發 育 。
他個子還是那麼小，還沒發育。

「仲未」可以和「完」「過」、「晒」、「得」等詞尾一起用：

Ngo5 **zung6** **méi6** mai5 **yun4** yé5
我 **仲** **未** 買 **完** 嘢 。 我還沒買完東西。

Ngo5 **zung6** **méi6** hêu3 **guo3** san1 déng2
我 **仲** **未** 去 **過** 山 頂 。
我還沒去過山頂

Ngo5 **zung6** **méi6** gao1 sai4 gung1 fo3
我 **仲** **未** 交 **晒** 功 課 。
我還沒交完作業。

Ngo5 **zung6** **méi6** seo1 **deg1** gung1
我 **仲** **未** 收 **得** 工 。
我還不能下班。

還要更多

22101. mp3

經常加語氣詞「添」：

Néi5 **zung6** xig6 di1 med1 yé5 **tim1** a3
你**仲**食啲乜嘢**添**呀？你還吃點甚麼？

Ngo5 **zung6** sêng2 wen2 do1 di1 yen4 bong1 seo2
我**仲**想搵多啲人幫手。
我還想多找些人幫忙。

Ngo5 **zung6** yiu3 sêng5 do1 tong4
我**仲**要上多堂。
我還要多上一節課。

Dung6 med6 yun4 **m4 ji2** yeo5 xi1 ji2 lou5 fu2 **zung6** yeo5 hung4 mao1 **tim1**
動物園**唔止**有獅子、老虎，**仲**有熊貓**添**。動物園不止有獅子、老虎，還有熊貓等。
（「唔止」也可以説成「唔單止 m4 dan1 ji2」）

還更加

Kêu5 zé3 qin2 béi2 ngo5 **zung6** gao3 ngo5 dim2 zou6 sang1 yi3
佢借錢畀我，**仲**教我點做生意。
他借錢給我，還教我怎樣生意。

Yed1 yid6 héi3 zeo6 bao3 cong1 **zung6** heo4 lung4 tung3 **tim1**
一熱氣就爆瘡，**仲**喉嚨痛**添**。
一上火就長痘痘，還喉嚨痛。

Yiu3 gam2 féi4 xing4 gung1 **cêu4 zo2** jid3 xig6,
要減肥成功，**除咗**節食，
zung6 yiu3 zou6 wen6 dung6 **tim1** ga3
仲要做運動**添**㗎！
要減肥成功，除了節食，還要做運動。

Kêu5 **m4 ji2** cung1 ming4 yeo6 léng3 zei2 **zung6** hou2 yeo5 qin2 **tim1**
佢**唔止**聰明又靚仔，**仲**好有錢**添**。
他不止聰明，人又帥，還很有錢。

Kêu5 **m4 dan1 ji2** hei6 xing3 gem2 nêu5 sen4
佢**唔單止**係性感女神，
yi4 cé2 zung6 hei6 méi5 nêu5 qu4 sen4 **tim1**
而且仲係美女廚神**添**！
她不單是性感女神，而且很會做菜的美女廚神。

Kêu5 **dim2 ji2** yêng2 sêu1 **zung6** heo2 ceo3 **tim1**
佢**點止**樣衰，**仲**口臭**添**！
他不單樣子惹人討厭，還有口氣和口不擇言。

用於比較句式，表示更加

Gem1 man5 fan1 fung1 wui5 dung3 guo3 géi2 yed6 **zung6** dung3
今晚翻風會凍，過幾日**仲**凍。
今晚起風轉涼，過幾天會更冷。

Ha1 Fed6 seo1 zo2 kêu5 kêu5 **zung6** hoi1 sem1 **guo3** zeb1 dou2 gem1
哈佛收咗佢，佢**仲**開心**過**執到金。
哈佛大學錄取了他，他比撿到黃金更高興。

Bao3 zo2 sêu2 heo4 di1 sêu2 **zung6** ging6 **guo3** pen3 qun4
爆咗水喉，啲水**仲**勁**過**噴泉。
水管爆裂了，水噴得比噴泉更厲害。

用於反問

22101. mp3

Dou1 seb6 yi6 dim2 la3 néi5 **zung6** gong2 zou2 sen4-2
都十二點喇，你**仲**講早晨？
都十二點了，你還說早？

Néi5 ji1 gag3 **zung6** men6 ngo2
你知格，**仲**問我？ 你知道的，還問我？

表示責備或譏諷，常用「仲話」

Zung6 wa6 dug6 guo3 dai6 hog6 sé3 fung1 sên3 dou1 m4 xig1
仲話讀過大學，寫封信都唔識？
虧你上過大學，寫一封信都不懂？

對比「仲」和「都」

因為「仲」和「都」都會對應普通話「還」，有時候不知道用哪一個。反問時，用「都」比「仲」更強烈：

Gem² **zung⁶** yeo⁵ deg¹ ga²
咁 **仲** 有 得 假 ？
Gem² **dou¹** yeo⁵ deg¹ ga²
咁 **都** 有 得 假 ？
這還能假？

表示經過比較、考慮作出選擇的「還是」，粵語裏用「仲」強調一直的狀態，用「都」說明結果：

Sêu¹ yin⁴ gin⁶ xi⁶ guo³ zo² gem³ noi⁶ ngo⁵ **zung⁶ hei⁶** fong³ m⁴ dei¹
雖 然 件 事 過 咗 咁 耐 ， 我 **仲 係** 放 唔 低 。
雖然那件事已過人那麼久，我還是一直放不下。

Sêu¹ yin⁴ gin⁶ xi⁶ guo³ zo² gem³ noi⁶ ngo⁵ **dou¹ hei⁶** fong³ m⁴ dei¹
雖 然 件 事 過 咗 咁 耐 ， 我 **都 係** 放 唔 低 。
雖然那件事已過人那麼久，我到今天還是放不下。

Zeo⁶ xun³ yin² cêng³ wui² yun⁴ zo² di¹ go¹ mei⁴ **zung⁶ hei⁶** m⁴ zeo²
就 算 演 唱 會 完 咗 ， 啲 歌 迷 **仲 係** 唔 走 。
即使演唱會完結了，歌迷還是一直不走。

Zeo⁶ xun³ yin² cêng³ wui² yun⁴ zo² di¹ go¹ mei⁴ **dou¹ hei⁶** m⁴ zeo²
就 算 演 唱 會 完 咗 ， 啲 歌 迷 **都 係** 唔 走 。
即使演唱會完結了，歌迷還是怎麼都不走。

作出推論時，只可以用「都」。「仲」就補說明更甚的情況：

Dig¹ xi² **dou¹** hang⁴ m⁴ guo³ fo³ cé¹ **zung⁶** dim² guo³ dou² a³
的 士 **都** 行 唔 過 ， 貨 車 **仲** 點 過 到 呀 ？
出租車還通不過，貨車還怎麼能通過呢？

Lin⁴ mong⁵ keo³ **dou¹** mai⁵ m⁴ dou² qiu⁴ xi⁵ **zung⁶** yeo⁵ deg¹ mai⁶⁻²
連 網 購 **都** 買 唔 到 ， 超 市 **仲** 有 得 賣 ？
連網購還買不到，超市還能買到？

20.4 先（先）

22101. mp3

「先 xin¹」

表示先後次序，要放在動作後

Néi⁵ béi² ngo⁵ nem² ha⁵ **xin¹** zoi³ dab³ néi⁵
你 畀 我 諗 吓 **先** 再 答 你 。
你讓我先想一想再答覆你。

作為語氣詞

建議：

Néi⁵ mei⁵ gem³ sem¹ geb¹ **xin¹**
你 咪 咁 心 急 **先** 。

Téng¹ ha⁵ kêu⁵ gong² **xin¹**
聽 吓 佢 講 **先** 。

你先別那麼焦急。先聽聽他說。

Deng² ngo⁵ xi³ ha⁵ **xin¹**
等 我 試 吓 **先** ！讓我來試試吧！

強烈要求對方表態：

Néi⁵ yi⁴ ga¹ bong¹ bin¹ go³ **xin¹**
你 而 家 幫 邊 個 **先** ？
你現在的立場站在哪一邊？

20.5 先至（才、再）

22101. mp3

「先至 xin¹ ji³」

「先至 xin¹ ji³」對應普通話「才」或「再」，可以說成「先 xin¹」或「至 ji³」。

表示一個動作將在另一動作結束後出現

Deng2 dou3 log6 tong4 **xin1** wen6 lou5 xi1
等到落堂**先**問老師。
等到下課才問老師。

表示出現一個情況只在某條件下或因某種原因、目的

Ngo5 kéi5 héi2 sen1 yab6 seo2 kêu5 **ji3** gin3 dou2 ngo5
我企起身揖手，佢**至**見到我。
我站起來揮手，他才見到我。

Wei6 zo2 ni1 teo4 ga1 ngo5 **xin1** gem3 sen1 fu2 zou6 yé5
為咗呢頭家，我**先**咁搏命做嘢。
為了這個家，我才那麼拼命工作。

Ngo5 hou2 sen1 fu2 **ji3** pog3 dou2 féi1
我好辛苦**至**撲到飛。我好不容易才搶到票。

表示事情發生或結束很晚

Ngo5 tin1 guong1 **ji3** fen3
我天光**至**瞓。我天亮才睡。

Ngo5 cêu1 zo2 géi2 qi3 kêu5 **xin1** **ji3** heng2 zeo2
我催咗幾次佢**先至**肯走。
我催了幾次他才走。

強調確定語氣

Gem2 **xin1** zéng3
咁**先**正！這才好呢！

Kêu5 m4 ji1 **ji3** kéi4
佢唔知**至**奇！他不知道才怪！

Ngo5 **xin1** m4 héi1 hon2
我**先**唔稀罕！我才不稀罕呢！

Ni[1] wei[2] **xin[1] ji[3] hei[6]** gou[1] seo[2]
呢位**先至係**高手！
這才是高手！

Ngo[5] mou[5] gong[2] dai[6] wa[6] néi[5] **xin[1] ji[3]** gong[2] dai[6] wa[6]
我冇講大話，你**先至**講大話。
我沒撒謊，你才是撒謊。

21.1 舉例子

22201. mp3

Dan6 gou1 sêng6 min6 yeo5 hou2 do1 sang1 guo2 **hou2 qi5** mong1 guo2 **la1**
蛋糕上面有好多生果，**好似**芒果**啦**、
lam4 mui2 **la1** xi6 do1 bé1 léi2 **la1 gem2**
藍莓**啦**、士多啤梨**啦咁**。
蛋糕上有很多水果，好像芒果、藍莓、草莓等。

Ngo5 hou2 zung1 yi3 wen6 dung6 **lei6 yu4** pao2 bou6 yeo4 sêu2
我好鍾意運動，**例如**跑步、游水、
da2 bo1
打波。我很喜歡運動，比如跑步、游泳、打球。

Ngo5 di1 peng4 yeo5 dêu3 ngo5 hou2 hou2 **péi3 yu4** gao3 ngo5
我啲朋友對我好好，**譬如**教我
guong2 dung1 wa2 céng2 ngo5 hêu3 kêu5 ug1 kéi2 xig6 tün4 nin4 fan6
廣東話、請我去佢屋企食團年飯。
我的朋友對我很好，比如教我廣州話、請我到他家吃年夜飯。

Yeo3 ji6 yun2 yeo5 hou2 do1 zab6 fei3 yeo6 xu1 bou2 yeo6 ca4 dim2
幼稚園有好多雜費，又書簿又茶點，
zung6 yeo5 hao6 fug6 xu1 bao1 hao6 cé1 **ju1 yu4 qi2 lêu2**
仲有校服、書包、校車，**諸如此類**。
幼兒園有很多雜項收費，比如書本、練習簿、茶點，還有校服、書包、校車，諸如此類。

表示沒有多選擇：

Ha6 ng5 ca4 **yed1 hei6** sei1 do1 xi2 **yed1 hei6** za3 gei1 béi2
下午茶**一係**西多士，**一係**炸雞髀。
下午茶不是法式吐司，就是炸雞腿。（表示沒太多選擇）

舉例解釋：

Kêu5 go3 yen4 hou2 sem1 geb1 **jig1 hei6** med1 yé5 dou1 wa6 yiu3 zeo6
佢個人好心急，**即係**乜嘢都話要就

yiu3 deng2 ng5 fen1 zung1 dou1 m4 deg1
要，等五分鐘都唔得。
他性格很焦躁，比如甚麼都説要就要，等五分鐘都不可以。

21.2 假設

22201. mp3

Yu4 guo2 hou2 tin1 **zeo6** ho2 yi5 hêu3 hang4 lou6 tin1 xi5 zab6
如果好天，**就**可以去行露天市集。
如果天晴，就可以去逛露天市集。

Péi3 yu4 ngo5 sêng2 sen1 qing2 zêng2 hog6 gem1 yeo5 med1 yé5 fong1 fad3
譬如我想申請獎學金，有乜嘢方法？
打個比方，我想申請獎學金，有甚麼辦法？

Ga2 yu4 yeo5 yed1 yed6 qun4 men4 bin3 xing4 xi6 sed6
假如有一日，傳聞變成事實……
假如有一天，傳聞變成事實……

Béi2 zêg6 néi5 hei6 ngo5 néi5 wui5 dim2 zou6
比着你係我，你會點做？
如果你是我，你會怎樣做？

21.3 追問

Séng4 qun1 yen4 da2 lo2 wen2 néi5 Néi5 **geo3 ging2** hêu3 zo2 bin1 a3
成村人打鑼搵你！你**究竟**去咗邊呀？
那麼多人焦急地找你。你到底去哪裏了？

Men6 tei4 **dou3 dei2** cêd1 hei2 bin1 dou6
問題**到底**出喺邊度？問題到底在哪裏？

反問：

M4 tung1 néi5 m4 pa3 séi2 mé1
唔通你唔怕死咩？難道你連死都不怕？

21.4 建議

22201. mp3

Ni[1] gan[1] can[1] téng[1] ma[4] ma[2] déi[2] **bed[1] yu[4]** xig[6] dei[6] dou[6] **la[1]**
呢間餐廳麻麻哋，**不如**食第度**啦**。
這家餐廳一般般，我們不如去別的地方吃吧。

Yu[5] kéi[4] co[5] hei[2] dou[6] deng[2] **bed[1] yu[4]** ju[2] dung[6] cêd[1] gig[1] **ba[2] la[1]**
與其坐喺度等，**不如**主動出擊**罷啦**。
與其坐着等，不如主動出擊好了。

Ngo[5] gog[3] deg[1] hou[2] yung[6] **m[4] ngam[1]** néi[5] dou[1] xi[3] ha[5] **la[1]**
我覺得好用，**唔啱**你都試吓**啦**。
我覺得很好用。要不，你也試試吧。

Yed[1] hei[6] dai[6] ga[1] yed[1] yen[4] hang[4] yed[1] bou[6] la[3]
一係大家一人行一步喇。
要不，雙方各讓一步吧。

可以有幾個建議：

Yed[1] hei[6] xig[6] ji[6] zo[6] can[1] **yed[1] hei[6]** xig[6] xi[1] fong[4] coi[3]
一係食自助餐，**一係**食私房菜，
yed[1] hei[6] giu[3] dou[3] wui[6] néi[5] gan[2] la[1]
一係叫到會，你揀啦。
我們可以吃自助餐，可以吃私房菜，可以訂餐飲配送，你選吧。

21.5 勸喻

Yeo[5] béng[6] zeo[6] **hou[2]** hêu[3] tei[2] yi[1] seng[1] **la[1]**
有病就**好**去睇醫生**啦**。
我勸你生病就該去看醫生。

Hou[2] sem[1] néi[5] song[2] seo[2] di[1] **mei[5]** zo[2] ju[6] go[3] déi[6] keo[4] jun[3]
好心你爽手啲，**咪**阻住個地球轉。
你做事應該快一點！別阻礙其他人。

Néi5 **qin1 kéi4 yiu3** xiu2 sem1 yeo5 hou2 do1 hem6 jing6 ga3
你**千祈要**小心，有好多陷阱㗎。
你千萬要小心，有很多陷阱的。

勸人不要做某件事：

Qin1 kéi4 mei5 yi5 wei4 xig6 ju6 yêg6 zeo6 mou5 xi6
千祈咪以為食住藥就冇事。
千萬別以為一直吃藥就沒事。

Kêu5 gem3 ju2 gun1 néi5 nem2 ju6 goi2 bin3 kêu5 **zan2** sai1 héi3
佢咁主觀，你諗住改變佢**盞**嘥氣。
他那麼主觀，你打算改變他，只會徒費唇舌。

Néi5 yen2 ju6 m4 gong2 cêd1 lei4 **zan2** ji6 géi2 sen1 fu2
你忍住唔講出嚟，**盞**自己辛苦。
你忍住不説出來，徒讓自己辛苦。
（「盞」也可寫成「棧」意思即徒然）

21.6 表示意願、打算

Sang1 yi3 nan4 zou6 ngo5 **da2 xun3** zeb1 zo2 gan1 pou3
生意難做，我**打算**執咗間舖。
生意難做，我打算關了這家店。

Néi5 **nem2 ju6** gem1 man5 xig6 med1 yé5
你**諗住**今晚食乜嘢？你打算今晚吃甚麼？

Di1 yé5 gem3 nan4 xig6 ngo5 **qing4 yun2** m4 xig6
啲嘢咁難食，我**情願**唔食。
這些那麼難吃，我情願不吃。

Néi5 **ning4 yun2** wun6 go3 sen1 gé3 ding6 têu3 fan1 qin2
你**寧願**換個新嘅定退番錢？
你寧願換一個新的還是退款？

Zeo6 xun3 log6 dai6 yu5 **dou1** jiu3 hêu3 kém1
就算落大雨**都**照去 camp。
就算下大雨也一樣去露營。

表示不想做某事：

Ngo5 **lan5 deg1** léi5 kêu5 mé1 yé5 gem2 seo6
我**懶得**理佢咩嘢感受。
我懶得理會他是甚麼感受。

Fei3 xi6 ju2 giu3 ngoi6 mai6 xun3 la3
費事煮，叫外賣算喇。
因為懶得做飯，叫外賣好了。

Ngo5 **fei3 xi6** tung4 néi5 ao3 néi5 wa6 ngam1 zeo6 ngam1 la1
我**費事**同你拗，你話啱就啱啦。
我懶得跟你爭辯，你說對就是對吧。

21.7 説明前因後果

22201. mp3

Yen1 wei6 mou5 lem4 sêu2 **so2 yi5** pun4 fa1 séi2 zo2
因為冇淋水，**所以**盆花死咗。
因為沒澆水，所以這盆花枯死了。

Ji1 so2 yi5 ngo5 mun4 ju6 néi5 **zeo6 hei6** pa3 néi5 lün2 nem2 yé5
之所以我瞞住你，**就係**怕你亂諗嘢。
我瞞着你，原因就是怕你亂想。

Kêu5 sêng2 fong3 héi3 **yu1 xi6** ngo5 gu2 lei6 kêu5
佢想放棄，**於是**我鼓勵佢。
他想放棄，於是我鼓勵他。

Géi3 yin4 néi5 tung4 yi3 gem2 **zeo6** hei2 dou6 qim1 go3 méng2 la1
既然你同意，咁**就**喺度簽個名啦。
既然你同意，那就在這裏簽名吧。

Wang4 dim6 dou1 lei4 zo2 **mei6** co5 yed1 zen6 xin1 **lo1**
橫掂都嚟咗，**咪**坐一陣先**囉**。
反正都來了，就先坐一會兒吧。

Kêu5 dei6 yed1 yed6 fan1 gung1 **m4 guai3 deg1** med1 dou1 m4 ji1
佢第一日返工，**唔怪得**乜都唔知。
他今天才第一天上班，難怪甚麼都不知道。
（唔怪得」也可以説成「唔怪之得 m4 guai3 ji1 deg1」或「唔怪得之 m4 guai3 deg1 ji1」）

21.8 表示轉折

Ngo5 **sêu1 yin4** m4 zung1 yi3 **dan6 hei6** dou1 mou5 biu2 yin6 cêd1 lei4
我 **雖 然** 唔 鍾 意 ， **但 係** 都 冇 表 現 出 嚟 。
我雖然不喜歡，但是沒表現出來。

Hei6 sed1 bai6 zo2 **bed1 guo3** m4 sei2 fui1 sem1
係 失 敗 咗 ， **不 過** 唔 使 灰 心 。
確是失敗了，不過不用灰心。

Ngo5 **bun2 loi4** ying1 xing4 zo2 hêu3 heo6 lei4 yeo5 xi6 m4 hêu3 deg1
我 **本 來** 應 承 咗 去 ， 後 嚟 有 事 唔 去 得 。
我原來答應了去的，後來有事不能去。

Ngo5 m4 cêd1 séng1 **bing6** m4 doi6 biu2 ngo5 zan3 xing4
我 唔 出 聲 ， **並** 唔 代 表 我 贊 成 。
我不說，並不代表我贊成。

Yen4 yen4 dou1 wa6 ni1 go3 hei6 yem1 meo4 **yi4** ngo5 m4 hei6 gem2 tei2
人 人 都 話 呢 個 係 陰 謀 ，**而** 我 唔 係 咁 睇 。
人人都說這是個陰謀，而我不是這樣看。

21.9 表示事情發生前後次序、即將發生、不久前發生

22201. mp3

表示事情發生前後次序

Hêu3 ngen4 hong4 gem6 zo2 qin2 **yin4 heo6** hêu3 mai5 yé5
去 銀 行 撳 咗 錢 ， **然 後** 去 買 嘢 。
先去銀行 **ATM** 拿了錢，然後去買東西。

Néi5 déi6 tou2 lên6 ha5 **xin1** **yin4 ji1 heo6** sé2 bou3 gou3
你 哋 討 論 吓 **先** ， **然 之 後** 寫 報 告 。
你們先討論一下，然後做小組報告。

Ngo5 déi6 hêu3 dou3 zeo2 dim3 **zeo6** bai2 dei1 heng4 léi5
我哋去到酒店**就**擺低行李，
gen1 ju6 cêd1 hêu3 wan2
跟住出去玩。
我們到了酒店就放下行李，接着出去玩。

敘述故事的時候：

開始：zêu3 co1 最初 / co1 co1 初初 / co1 teo4 初頭 / co1 xi4 初時 / héi2 co1 起初

轉折：heo6 loi4 後來 / heo6 lei4 後嚟

結尾：zêu3 heo6 最後 / zêu3 méi5 / zêu3 méi1 最尾 / seo1 méi1 收尾

Co1 co1 kêu5 m4 sêng2 lei4, **heo6 lei4** ngo5 ngei1 kêu5,
初初佢唔想嚟，**後嚟**我𢯎佢，
seo1 méi1 kêu5 goi2 bin3 ju2 yi3
收尾佢改變主意。
最初他不想來，後來我求他，最後他改變主意。

表示事情即將發生：

粵語不説「快」、「快要」。

Ngo5 mai4 zo2 dan1, ngo5 **zeo6** zeo2 ga3 la3
我埋咗單，我**就**走㗎喇。
我結帳了，這就走。

Néi5 deng2 zen6, ngo5 **hou2 fai3 zeo6** fan1 lei4
你等陣，我**好快就**番嚟。
你等一會兒，我馬上就回來。

Béi2 coi3 **zeo6 lei4** yun4, ni1 cêng4 ying1 goi1 da2 wo4
比賽**就嚟**完，呢場應該打和。
這場比賽快完了，這一場應該是打平手。

表示事情不久前發生：

Ngo[5] **ngam[1] ngam[1]** hêu[3] yun[4] lêu[5] heng[4]
我 **啱 啱** 去 完 旅 行 。我剛去過旅遊。

Ngo[5] **gong[1] gong[1]** seo[1] dou[2] zêu[3] sen[1] xiu[1] xig[1]
我 **剛 剛** 收 到 最 新 消 息 。
我剛收到最新消息。

Ngo[5] **teo[4] xin[1]** cung[1] guo[3] lêng[4] yi[4] ga[1] yeo[6] yi[5] ging[1] yed[1] sen[1] hon[6]
我 **頭 先** 沖 過 涼 ， 而 家 又 已 經 一 身 汗 。
我剛才淋浴過，現在又已經滿身汗了。

Néi[5] **jing[3] wa[6]** hêu[3] zo[2] bin[1] Ngo[5] m[4] gin[3] néi[5] gé[2]
你 **正 話** 去 咗 邊 ？ 我 唔 見 你 嘅 ？
你剛才去哪兒了？我怎麼沒見到你？

21.10 表示立即

22201. mp3

Néi[5] **jig[1] hag[1]** cé[2] fai[3] di[1] cé[2]
你 **即 刻** 扯 ！ 快 啲 扯 ！你立即離開！盡快離開！

Yed[1] gong[2] Cou[4] Cou[1] Cou[4] Cou[1] **zeo[6]** dou[3]
一 講 曹 操 ， 曹 操 **就** 到 。説曹操，曹操到。

Déi[6] pun[4] **wa[6]** ting[4] gung[1] **zeo[6]** ting[4] gung[1]
地 盤 **話** 停 工 **就** 停 工 。這工地説停工就停工了。

21.11 表示動作重複或繼續、反覆

M[4] gen[2] yiu[3] **zoi[3]** xi[3] do[1] qi[3]
唔 緊 要 ， **再** 試 多 次 。沒關係，再試一次。

Xi[3] yun[4] yed[1] qi[3] **yeo[6]** yed[1] qi[3]
試 完 一 次 **又** 一 次 。試了一次又一次。

Néi⁵ **yeo⁶** hêu³ zo² bin¹ a³ **Séng⁴ yed⁶** wen² m⁴ dou² néi⁵
你 **又** 去 咗 邊 呀 ？ **成 日** 搵 唔 到 你 。
你又去哪兒了？總是找不到你 。

21.12 表示兩件事同時進行

Ngo⁵ **yed¹ lou⁶** ying² sêng² **yed¹ lou⁶** tei² fung¹ ging²
我 **一 路** 影 相 ， **一 路** 睇 風 景 。
我一邊拍照，一邊看風景。

Ngo⁵ déi⁶ **yed¹ bin⁶** tei² bo¹ **yed¹ bin⁶** cêu¹ sêu²
我 哋 **一 便** 睇 波 ， **一 便** 吹 水 。
我們一邊看球賽，一邊聊天。

Yed¹ bin¹ zou⁶ **yed¹ bin¹** hog⁶
一 邊 做 **一 邊** 學 。
邊做邊學。

21.13 一直

Ngo⁵ **yed¹ jig⁶** mung⁶ sêng² zou⁶ lou⁵ ban²
我 **一 直** 夢 想 做 老 闆 。 我一直夢想做老闆。

Yed¹ jig⁶ yi⁵ loi⁴ dou¹ hei⁶ ba⁴ ba¹ ma⁴ ma¹ jiu³ gu³ ngo⁵
一 直 以 來 都 係 爸 爸 媽 媽 照 顧 我 。
一直以來都是爸爸媽媽照顧我。

Ngo⁵ **yed¹ hêng³** sen¹ tei² dou¹ hou² hou²
我 **一 向** 身 體 都 好 好 。
我一向身體很好。

Ngo⁵ **bed¹ leo¹ dou¹** m⁴ xig⁶ zou² can¹
我 **不 留 都** 唔 食 早 餐 。
我從來不吃早餐。

Bed1 leo1 dou1 yeo4 néi5 fu6 zag3 fong3 geo2 ga1 ma3
不留都由你負責放狗㗎嘛。
向來都是由你負責遛狗的。

Ngo5 **qi2 zung1** ying6 wei4 gin6 xi6 mou5 gem3 gan2 dan1
我**始終**認為件事冇咁簡單。
我始終認為事情沒那麼簡單。

Ngo5 hün3 guo3 kêu5 hou2 do1 qi3, kêu5 **ngang2 hei6** m4 téng1
我勸過佢好多次，佢**硬係**唔聽。
我勸了他很多次，他總是不聽。

Ngo5 **yed1 lou6** gen1 ju6 néi5
我**一路**跟住你。我一直跟着你。

Yed1 lou6 yeo4 yed1 sou2 dou3 yed1 bag3
一路由一數到一百。一直由 1 數到 100。

Ngo5 yeo4 jiu1 **yed1 lou6** mong4 dou3 man5
我由朝**一路**忙到晚。我從早到晚一直在忙。

Ngo5 **yed1 lou6** deng2 dou3 gid3 guo2 cêd1 lei4
我**一路**等到結果出嚟。我一直等到結果出來。

21.14 表示事情發生的頻率

22201. mp3

Ngo5 **xi4 xi4** hêu3 wui6 so2 zou6 jim1
我**時時**去會所做 gym。我常常去會所上健身房。

Ni1 di1 men6 tei4 **ging1 sêng4** fad3 seng1
呢啲問題**經常**發生。這類問題經常發生。

Di1 yen4 m4 gin3 néi5, **séng4 yed6** men6 héi2 néi5
啲人唔見你，**成日**問起你。
他們不見你，常常問起你。

Yug1 ha5 zeo6 ga1 ga3, ni1 bun3 nin4 ga1 zo2 lêng5 qi3 la3
郁吓就加價，呢半年加咗兩次喇！
動不動就加價，這半年已加了兩次。

Yeo5 xi4 do1 wen4 **yeo5 xi4** log6 yu5 m4 wui5 yed6 yed6 dou1 hou2 tin1
有時多雲，**有時**落雨，唔會日日都好天。有時候多雲，有時候下雨，不會天天都是晴天。

Ngo5 **gan3 zung1** zeo6 wui5 lei4 hoi2 bin1 hang4 ha5
我**間中**就會嚟海邊行吓。
我偶爾就會到海邊走走。
（「間中」也可以說成「間唔中 gan3 m4 zung1」）

Ngo5 déi6 **noi6 bed1 noi2** zeo6 gin3 ha5 min6
我哋**耐不耐**就見吓面。我們偶爾就見見面。

Ngo5 **ngeo5 yin4** dou1 wui5 fong3 zung3 yed1 qi3
我**偶然**都會放縱一次。我偶爾也會放縱一下。

Ngo5 **hou2 xiu2** zou6 dou3 gem3 yé6
我**好少**做到咁夜。我很少工作到那麼晚。

Kêu5 **hou2 xiu2 ho2** gem3 ying6 zen1
佢**好少可**咁認真。他難得那麼認真。

Ngo5 déi6 **nan4 deg1** zêu3 mai4 yed1 qi3 ha6 qi3 dou1 m4 ji1 géi2 xi4
我哋**難得**聚埋一次，下次都唔知幾時。
我們難得聚一次，下一次都不知道是甚麼時候。

21.15 表示有可能

Ngo5 jig1 gun2 men4 ha5 **wag6 zé2** deg1 **wag6 zé2** m4 deg1 ga3
我即管問吓，**或者**得，**或者**唔得㗎。
我儘管問問，或者行，或者不行。

Yi4 ga1 zêu1 **wag6 zé2** zêu1 deg1 sêng5 kêu5 **dou1 m4 ding2**
而家追，**或者**追得上佢**都唔定**。
現在追上去，或者趕得上他。

Wa6 m4 ding6 kêu5 yed1 zou2 zeo2 zo2 la3
話唔定佢一早走咗喇。說不定他早就走了。

Wa⁶ m⁴ mai⁴ ni¹ di¹ hei⁶ tin¹ yi³
話 唔 埋 呢 啲 係 天 意 。說不定這是天意。

Zen¹ hei⁶ yeo⁵ kéi⁴ jig¹ cêd¹ yin⁶ **dou¹ gong² m⁴ mai⁴ gé²**
真 係 有 奇 蹟 出 現 **都 講 唔 埋 嘅** 。
真有奇蹟出現也說不定。

Ngo⁵ **gu²** hei⁶ kêu⁵ zou⁶ **gua³**
我 **估** 係 佢 做 **啩** 。我猜是他做的。

Gem³ hou² tin¹ **dün³ gu²** m⁴ wui⁵ log⁶ yu⁵ gua³
咁 好 天 ，**斷 估** 唔 會 落 雨 啩 。
天氣那麼好，據我估計不會下雨。

21.16 一定

22201. mp3

Di¹ fo³ **yed¹ ding⁶** yiu³ zên² xi⁴ sung³ dou³
啲 貨 **一 定** 要 準 時 送 到 。
這些貨物一定要準時送到。

Hog⁶ do¹ di¹ yé⁵ **heng² ding⁶** dêu³ néi⁵ yeo⁵ yig¹
學 多 啲 嘢 **肯 定** 對 你 有 益 。
多學一些肯定對你有益處。

Dong¹ yin⁴ wui⁵ yeo⁵ yen⁴ fan² dêu³ gem² hei⁶ **geng²** ga³ la¹
當 然 會 有 人 反 對 ，咁 係 **梗** 㗎 啦 。
當然會有人反對，這是必然的。

Yeo⁴ hag³ lei⁴ dou³ **geng² yiu³** tei² Wei⁴ Gong² yé⁶ ging² la¹
遊 客 嚟 到 ，**梗 要** 睇 維 港 夜 景 啦 。
遊客來到香港，必定要看維港夜景。

A³ Gung¹ céng² xig⁶ fan⁶ **geng² hei⁶** xig⁶ zêu³ guei³ ga³ la¹
阿 公 請 食 飯 **梗 係** 食 最 貴 㗎 啦 。
公費吃飯當然要吃最貴的。

Néi⁵ sêng⁵ mong⁵ mai⁵ **sed⁶** mai⁵ dou² la¹
你 上 網 買 ，**實** 買 到 啦 。你上網買，一定買到。

Ngo5 gem1 qi3 **sed6** séi2 néi5 yiu3 geo3 ngo5
我 今 次 **實** 死 ， 你 要 救 我 。
我這次死定了，你要救我。

21.17 表示突然、出乎意料

Ded6 yin4 ting4 din6 séng4 ug1 hag1 sai3
突 然 停 電 ， 成 屋 黑 晒 。
突然停電，房子裏一片漆黑。
（「突然」可以說成「突然間 ded6 yin4 gan1」或「突然之間 ded6 yin4 ji1 gan1」）

Fed1 yin4 ji1 gan1 hang4 lêu4 xim2 din6
忽 然 之 間 行 雷 閃 電 。 忽然雷電交加。
（「忽然之間」可以說成「忽然 fed1 yin4」或「忽然間 fed1 yin4 gan1」）

Kêu5 **mou4 dün1 dün1** fad3 péi4 héi3 yun4 loi4 hei6 néi5 gig1 cen1 kêu5
佢 **無 端 端** 發 脾 氣 ， 原 來 係 你 激 親 佢 。
他平白無故發脾氣。原來是你讓他生氣。

Ji6 géi2 sang1 yed6 dou1 **gêu1 yin4** m4 géi3 deg1
自 己 生 日 都 **居 然** 唔 記 得？
自己的生日，你居然忘了？

Ging2 yin4 yeo5 di1 gem2 gé3 xi6-2 Ngo5 m4 sên3
竟 然 有 啲 咁 嘅 事 ？ 我 唔 信 ！
竟然有這樣的事？我唔信！

Gu2 m4 dou3 kêu5 lêng5 go3 xing4 wei4 zo2 hou2 peng4 yeo5
估 唔 到 佢 兩 個 成 為 咗 好 朋 友 。
想不到他們兩個成了好朋友。

21.18 表示隨便

22201. mp3

Cêu⁴ bin² co⁵
隨便坐。隨便坐。

Néi⁵ bong¹ ngo⁵ **xi⁶ dan⁶** gan² yed¹ go³
你幫我**是旦**揀一個。你替我隨便選一個吧。

Keo⁴ kéi⁴ xig⁶ di¹ yé⁵ zeo⁶ fan¹ ug¹ kéi²
求其食啲嘢就返屋企。隨便吃點甚麼就回家。

21.19 表示特地、故意

Ngo⁵ **deg⁶ deng¹** céng² ga³ lei⁴ bong¹ néi⁵ seo²
我**特登**請假嚟幫你手。我特地請假來幫你。

Ngo⁵ **jun¹ deng¹** hei² kêu⁵ min⁶ qin⁴ hang⁴ guo³, deng² kêu⁵ ju³ yi³ ngo⁵
我**專登**喺佢面前行過，等佢注意我。
我故意在他面前走過，讓他注意我。

Ngo⁵ **gu³ yi³** xu¹ béi² kêu⁵
我**故意**輸畀佢。我是故意輸給他的。

21.20 表示要注意、小心

Xiu² sem¹ guo³ ma⁵ lou⁶, tei² cé¹ a³
小心過馬路，睇車呀！
小心過馬路，注意車輛！

Néi⁵ teo¹ xig⁶, **gu³ ju⁶** béi² yen⁴ fad³ yin⁶
你偷食，**顧住**畀人發現。
你偷吃，小心被發現。

Guen² sêu²　sug¹ hoi¹　**tei² ju⁶** heo⁶ bin⁶ yeo⁵ yen⁴
滾水！縮開！**睇住**後便有人。
讓開！小心後面有人。

21.21 只

Ngo⁵ **jing⁶ hei⁶ deg¹** xing¹ kéi⁴ yed⁶ ha⁶ zeo³ deg¹ han⁴ **za³**
我**淨係得**星期日下晝得閒**咋**。
我只有星期天下午才有空。

Jing⁶ hei⁶ néi⁵ tung⁴ ngo⁵　mou⁵ kéi⁴ ta¹ yen⁴
淨係你同我，冇其他人。
Ji² yeo⁵ néi⁵ tung⁴ ngo⁵　mou⁵ kéi⁴ ta¹ yen⁴
只有你同我，冇其他人。
只有你和我，沒有其他人。

Ngo⁵ **ji² hei⁶** yeo⁵ xiu² xiu² dam¹ sem¹
我**只係**有少少擔心。我只是有一點擔心。

Ngo⁵ **ji² bed¹ guo³** tei² xiu² yed¹ ngan⁵　kêu⁵ zeo⁶ did³ dei¹
我**只不過**睇少一眼，佢就跌低。
我不過少看一眼，他就跌倒。

「齋 zai¹」+ 動詞，表示只做這個動作是不好的：

Zai¹ gong² mou⁵ yung⁶　zêu³ gen² yiu³ heng⁴ dung⁶
齋講冇用，最緊要行動。
空談沒有用，最重要是行動。

Zai¹ co⁵ zo² séng⁴ man⁵　mou⁵ tung⁴ yen⁴ king¹ guo³ gei²
齋坐咗成晚，冇同人傾過偈。
乾坐一晚，一句話也沒有跟人聊過。

第三部分

書寫粵語

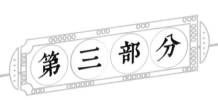

香港人喜歡用粵語寫作，覺得比書面語更親切，尤其一些俚語，用普通話難以演繹粵語的神韻。

粵語歷史源遠流長，每個漢字都有粵語讀音，香港的字典都會把粵音和普通話讀音並列出來。

香港人喜歡用粵語寫作，覺得比書面語更親切，尤其一些俚語，用普通話難以演繹粵語的神韻。

外地人覺得這些方言寫作不容易理解，但是如果知道香港人是怎樣選字把粵語寫出來，就能明白香港人寫甚麼。

1.1 講解粵語特色字的構成

書寫粵語的特色字可以分為五大類：

i 唐宋時期保留下來的古漢字

古漢字	現今粵語意思	古意
諗 nem^{2}	想、思索、推測、打算	想、知道、勸告
偈 gei^{2}	談話 king^{1} gei^{2} 傾 偈 聊天	和尚唱的詞句
睇 tei^{2}	看	斜着眼看
嬲 neo^{1}	生氣	怒火
慳 han^{1}	節省、吝嗇 han^{1} ga^{1} 慳 家 節儉	吝嗇
靚 léng^{3}	美麗、漂亮	美麗、漂亮
瀡 sê^{4}	滑動、濕滑 sê^{4} wad^{6} tei^{1} 瀡 滑 梯 玩滑梯 sê^{4} log^{6} lei^{4} 瀡 落 嚟 滑下來	滑

ii 表音不表意的諧音字

有些粵語的古漢字已不通用，一般人都不知道怎樣寫，又或電腦字形檔找不到，就用俗字代替。例如： 山旮旯（形容地點偏遠），一般人會寫「山卡啦」。

部分粵語方言沒有漢字，就借用諧音字，漢字可能失去本義：

借用諧音字的詞彙	本義的詞彙
邊度 bin¹ dou⁶ 哪裏	邊緣 bin¹ yun⁴ 溫度 wen¹ dou⁶
而家 yi⁴ ga¹ 現在	而且 yi⁴ cé² 家庭 ga¹ ting⁴
碌落山 lug¹ log⁶ san¹ 滾到山下 圓碌碌 yun⁴ lug¹ lug¹ 圓圓的	忙碌 mong⁴ lug¹

iii 借用適合形聲結構的漢字來表音

這類漢字失去本義，還可以讀音不同：

	借用例子	本義用法
呢	呢個人 ni¹ go³ yen⁴ 這個人	你呢？ Néi⁵ né¹
脾	雞髀 gei¹ béi² 雞腿	脾臟 péi⁴ zong⁶ 脾氣 péi⁴ héi³
褸	風褸 fung¹ leo¹ 風衣 大褸 dai⁶ leo¹ 大衣	衣衫襤褸 yi¹ sam¹ lam⁴ lêu⁵

iv 創造新漢字來表音，以形聲字為主

形聲字

部首	諧音字	新造字	意思及使用例子
口	左 zo^2	咗 zo^2	**了** 我約咗朋友 ngo^5 yêg^3 zo^2 peng^4 yeo^5 我約了朋友
火	保 bou^2	煲 bou^1	**鍋、用鍋煮或熬** 電飯煲 din^6 fan^6 bou^1 電飯鍋 煲湯 bou^1 tong^1 熬湯
目	訓 fen^3	瞓 fen^3	**睡、躺** 瞓覺 fen^3 gao^3 睡覺 瞓唔着 fen^3 m^4 zêg^6 睡不着 瞓低 fen^3 dei^1 躺下來
食	送 sung^3	餸 sung^3	**下飯的小菜** 兩餸一湯 lêng^5 sung^3 yed^1 tong^1 兩個菜一個湯 買餸煮飯 mai^5 sung^3 ju^2 fan^6 去市場買菜做飯

會意字

新造字	意思及使用例子
冇 mou^5	**沒有** 有冇人？ yeo^5 mou^5 yen^4 有沒有人？ 冇用 mou^5 yung^6 沒有用
閂 san^1	**關上** 閂門 san^1 mun^4 關門

新造字	意思及使用例子
攰 gui^{6}	**疲累** 好攰 hou^{2} gui^{6}　很累
冚	kem^{2}　覆蓋 hem^{6}　完全覆蓋 yung^{6} fai^{3} bou^{3} kem^{2} dou^{3} teb^{1} teb^{1} hem^{6} 用　塊　布　冚　到　tup　tup　冚 用一塊布全面覆蓋

V 創作英語拼音

因沒有諧音漢字，就用英文字母拼出近似發音

	意思及使用例子
hé^{3} hea	**態度不認真、漫無目的地打發時間** 喺屋企hea　hei^{2} ug^{1} kéi^{2} hé^{3}　在家裏無所事事 hea 做　hé^{3} zou^{6}　不用心做事 **亂翻東西** hei^{2} guei^{6} tung^{2} wen^{2} yé^{5}　hé^{3} dou^{3} lün^{6} sai^{3} 喺　櫃　桶　搵　嘢，hea 到　亂　晒。 從抽屜亂翻找東西。 好呢 hea　hou^{2} lé^{2} hé^{3}　非常忙亂
péd^{1} péd^{1} pet pet / pat pat	**屁股** da^{2} péd^{1} péd^{1} 打　pat　pat　打屁股 péd^{1} kêu^{5} lêng^{5} ha^{5} pat　佢　兩　吓　打他屁股兩下

（更多例子，請看附錄詞彙表）　3-1.1.pdf

1.2 文白二讀、一字多音

漢字分文白二讀

粵語中有很多文白二讀的情形，即字典裏注一個音，但口語裏還可以有多個通行讀音。

一字多個聲調

	字典讀音	口語
濫	氾濫 fan^5 lam^6	濫用 lam^5 yung^6 / lam^6 yung^6
綜	綜合 zung^3 heb^6	綜合 zung^1 heb^6

一字兩個聲母和不同聲調

	字典讀音	口語讀音
伏	中伏 zung^3 fug^6	伏低 bug^6 dei^1 伏下
踩	踩住 cai^2 ju^6	踩單車 yai^2 dan^1 cé^1/ cai^2 dan^1 cé^1 騎自行車
淡	冷淡 lang^5 dam^6	淡水 tam^5 sêu^2
坐	打坐 da^2 zo^6	坐低 co^5 dei^1 坐下來
重	重要 zung^6 yiu^3	重量 cung^5 lêng^6
斷	不斷 bed^1 dün^6	斷開 tün^5 hoi^1
聽	打聽 da^2 ting^3	聽話 téng^1 wa^6
捧	追捧 zêu^1 pung^2	捧高 bung^2 gou^1 / pung^2 gou^1 高舉起來 捧唔起 bung^2 m^4 héi^2 抬不起來

某些韻母特別常見文白二讀情況，用法按約定俗成

韻母	例子	字典讀音	口語讀音
eng, ing	聲	聲音 xing1 yem1	細聲 sei3 séng1
	命	命運 ming6 wen6	人命 yen4 méng6
	請	申請 sen1 qing2	請坐 céng2 co5
	青	青春 qing1 cên1	驚青 géng1 céng1 驚惶失措
	驚	驚喜 ging1 héi2	
	頂	頂點 ding2 dim2	山頂 san1 déng2 死頂 séi2 ding2 死撐
	訂	修訂 seo1 ding3	訂婚 ding6 séng1 訂單 déng6 dan1
	靈	靈活 ling4 wud6	ni1 zég3 yêg6 hou2 léng4 kéng4 呢 隻 藥 好 靈 擎 這種藥很有效
ang, eng	生	生物 seng1 med6 醫生 yi1 seng1	學生 hog6 sang1 / hog6 seng1 後生 heo6 sang1 年輕
	更	更改 geng1 goi2	sam1 gang1 bun3 yé6 三更半夜
ag, eg	握	把握 ba2 eg1	握手 ag1 seo2 / ngag1 seo2
	黑	黑色 heg1 xig1	黑色 hag1 xig1
ab, eb	立	成立 xing4 leb6	成立 xing4 lab6
oi, ei	來	原來 yun4 loi4 來往 loi4 wong5 未來 méi6 loi4	後來 heo6 léi4 / heo6 loi4 慢慢嚟 man6 man2 lei4 慢慢來 未嚟 méi6 lei4 還沒來到 為了區別發音，口語經常寫成「嚟」。

ii 一字多音

例子	字典讀音	口語讀音
玩	玩具 wun6 gêu6 開玩笑 hoi1 wan4 xiu3	好玩 hou2 wan2
近	附近 fu6 gen6 接近 jib3 gen6	好近 hou2 ken5
地	地方 déi6 fong1	冇地去 mou5 déng6 hêu3 沒有想去的地方
結	打結 da2 gid3	打結 da2 lid3 / da2 kig1
匿	匿藏 nig1 cong4	匿埋 léi1 mai4 躲起來
儲	儲備 qu5 béi6	儲錢 cou5 qin2 儲蓄

某些字的口語有兩個音，異讀音有時意思略有不同

異讀音及意思	
ni1 / lei1 dou6 呢 度 這裏	**jiu6 / zéo6** hêng1 heo2 gao1 嚼 香 口 膠 咀嚼口香糖
zéo6 kêu5 lêng5 cêu4 嚼 佢 兩 槌 用拳頭打他	

（更多例子，請看附錄詞彙表） 3-1.2.pdf

1.3 常用漢字粵語發音表

（發音表請看附錄詞彙表） 3-1.3.pdf

學好 廣東話 天書

一本天書解決學習廣東話的疑難

著者
孔碧儀

錄音示範
孔碧儀

責任編輯
周宛媚

裝幀設計
鍾啟善

排版
何秋雲　劉葉青

出版者
萬里機構出版有限公司
香港北角英皇道 499 號北角工業大廈 20 樓
電話：2564 7511　　傳真：2565 5539
電郵：info@wanlibk.com
網址：http://www.wanlibk.com
http://www.facebook.com/wanlibk

發行者
香港聯合書刊物流有限公司
香港荃灣德士古道 220-248 號荃灣工業中心 16 樓
電話：2150 2100　　傳真：2407 3062
網址：http://www.suplogistics.com.hk

承印者
美雅印刷製本有限公司
香港觀塘榮業街 6 號海濱工業大廈 4 樓 A 室

出版日期
二零二零年九月第一次印刷
二零二三年六月第二次印刷

規格
大 32 開（210 mm × 142 mm）

ISBN 978-962-14-7281-6